Verraad

AF370376

© 2018 S. Faber/ Uitgeverij U2pi

Titel: Verraad
Auteur: Sarah Faber
www.sarahfaber.nl

Uitgeverij U2pi BV, Den Haag
Website uitgever: www.uitgeveriju2pi.nl

Druk: Jouwboekdrukkerij.nl

ISBN: 978-90-8759-818-1
NUR: 332

Alle rechten voorbehouden. Niets uit deze uitgave mag worden verveelvoudigd, opgeslagen in een geautomatiseerd gegevensbestand, of openbaar gemaakt, in enige vorm of op enige wijze, hetzij elektronisch, mechanisch, door fotokopieën, opnamen, of enige andere manier, zonder voorafgaande toestemming van de uitgever.

Verraad

Sarah Faber

Voor Fred: "*Als jij lacht, schater ik.*"

Proloog

Sofie bekijkt de foto's op haar mobiel in vogelvlucht. Het gros is van haar en Anne samen. 'Oké, Anne, we maken er nog eentje.' Sofie kijkt haar vriendin smekend aan en Anne voelt alsof ze geen andere keuze heeft. Ze kijkt met een geforceerde glimlach naar de camera. Opeens klinkt er een zware stem door de luidspreker: "Halte Ridderhof."
'We moeten er zo uit. Schiet op met die foto!' roept Anne zenuwachtig. 'Straks rijdt de bus verder en kom ik te laat op het werk.'
Sofie maakt snel een laatste snapshot, waarna de meiden hun plaats verlaten en zich naar de uitgang begeven. De bus nadert de halte en remt hard. Anne grijpt de rode stang boven haar hoofd om niet voorover te vallen. Als de bus stil komt te staan, openen de deuren zich luid sissend. Anne loopt als eerste het trapje af en stapt op het trottoir. In de haast vergeet Sofie bijna haar telefoon, ze grist hem van de lederachtig bekleding.
'Sorry voor de vertraging!' Verontschuldigend steekt ze haar hand op naar de buschauffeur en stapt dan naar buiten, even kijkt ze om zich heen. Daar staat Anne, slechts een paar meter bij haar vandaan. Doodstil. 'Anne, wat is er?' Behoedzaam zet Sofie een paar stappen voorwaarts. Een moment wordt ze verblind door iets wat in de zon reflecteert, ze knippert met haar ogen.
Plotseling ziet ze hem staan, op het fietspad. Een smal strookje gemeenteplantsoen is het enige wat hen scheidt. Haar adem stokt in haar keel. Haar hart gaat als een razende tekeer. Ze kijkt hem recht aan. Zijn diepliggende ogen zijn zwart omrand. Een huivering gaat door haar heen als ze zijn uitgestrekte arm ziet. In zijn hand heeft hij een pistool, het glimt in het zonlicht. Ze probeert iets uit te brengen: 'Anne, kijk…' Haar stem klinkt hees, bijna geluidloos. Door de stilte heen klinkt plots een knal en nog een. Sofie ziet Anne voor zich in elkaar zakken, ontredderd laat ze haar tas op de grond glijden. Ze wil naar Anne, onderweg struikelt ze over een punt van een stoeptegel. Met een dreun komt ze op het trottoir terecht, een armlengte bij Anne

vandaan. Kreunend grijpt ze naar haar arm. Stekende pijnscheuten maken haar misselijk. Ze probeert zich op te richten en ziet Annes gezicht. Haar ogen zijn wijd open gesperd, ze kijken dwars door Sofie heen. Ze schuift zich verder over de betonnen tegels naar haar vriendin.

'Anne?' Ze pakt haar hand en schudt haar heen en weer. 'Anne, Anne zeg wat!' Maar Anne reageert niet. Sofie probeert op te staan. Ze bijt op haar lip van de pijn, ze moet nog dichter bij Anne komen. Haar hoofd duizelt. Ze zet haar ene hand neer om zich op te richten, de grond is vochtig en plakkerig. Ze kijkt naar haar hand. Bloed, Annes bloed. Voetstappen, ze komen langzaam dichterbij. Een zwarte schaduw vormt zich op de grond om haar heen. Ze probeert over haar schouder te kijken, ze moet de "dood" nog één keer zien. Opnieuw klinkt er een harde knal. Ze wordt tegen de grond gedrukt. Het geluid om haar heen vervaagt zachtjes. Ze opent haar ogen en ziet een helderblauwe lucht. Haar tanden klapperen. Koude rillingen overmannen haar. De grond onder haar voelt ze langzaam wegzakken, ze lijkt eindeloos te vallen in een tunnel. Haar oogleden voelen zwaar en dan wordt alles zwart.

1.

Enkele maanden eerder

Sofie snijdt de reep plastic tape hardhandig doormidden. Het uiteinde weigert, daarom zet ze nog meer kracht om een opening te forceren. Het vlijmscherpe mesje schiet door en rijt het vlees van haar vinger open. Druppels bloed sijpelen langs haar pols naar beneden. Haastig kijkt ze om zich heen, ze moet iets vinden om het bloeden te stelpen, maar er is niets bruikbaars. Beschermend steekt ze de kloppende vinger in haar mond op zoek naar een pleister of iets anders dat voldoet. Voorzichtig zet ze de besmeurde kartonnen verpakking terug. De al wankelende stapel dozen zwaait even licht heen en weer. Met haar ogen probeert ze hem in het gareel te houden, dan wint Newtons wet het van haar wilskracht. Een pak waspoeder valt, het barst open als het de grond raakt. Wit poeder stuift op en valt verspreid neer, de intense geur van lentebloesem stijgt op. Balend laat ze de bende achter. Onderweg naar de BHV-koffer probeert ze zich te ontdoen van het witte spul op haar broekspijpen. Er ontstaat een mengeling van bloed en wasmiddel, door de samensmelting verschijnen er roze korrels. In haar ooghoek ziet ze een jongedame richting de kassa lopen.
'Anne, wil jij die klant misschien helpen?' Ze wijst met haar bebloede vinger richting het kassagedeelte.
'Ja, tuurlijk. Gaat het wel? De verbandtrommel staat trouwens op de grijze kast in het kantoor.'
Sofie weet het, Anne bedoelt het goed, dus ze knikt dankbaar. De inhoud van de verbandkoffer blijkt meer dan toereikend te zijn, de vleeswond is maar een fractie van wat het leek. Ze bekijkt het eindresultaat, een smetteloos wit ingezwachtelde wijsvinger.
Het bezorgde gezicht van Anne verschijnt om het hoekje van het kantoor. Anne is de "moeder" van het team dat bestaat uit vele

vrouwen met totaal uiteenlopende karakters. Anne is meestal serieus. Als manager is dat een goede eigenschap evenals een pré.

'Is het erg of valt het mee?'

'Het gaat prima. Ik neem de kassa weer voor mijn rekening.'

'Weet je zeker? Moet je niet even zitten of zo?'

'Nee, het gaat. Echt!' Ze heeft de woorden nog niet uitgesproken of een volgende klant is alweer onderweg. Met gepaste spoed begeeft ze zich naar de kassa en begroet de dame vriendelijk. Als een geoliede machine scant ze alle artikelen. Als laatste pakt ze een tube tandpasta.

'Mevrouw, wist u dat u bij deze tandpasta de tweede gratis krijgt?'

De vrouw kijkt onwetend en haalt haar schouders op. Opnieuw een gevalletje waarbij een inburgeringscursus niet misplaatst zou zijn. Direct heeft ze spijt van deze gedachte, alsof zij zo'n bijzondere bijdrage aan de maatschappij levert. Snel haalt Sofie eenzelfde tube en ze probeert het opnieuw, nu in een combinatie van gebarentaal en Engels voor beginners, een ultieme poging. De vrouw begrijpt het, ze wijst naar de twee tubes en steekt haar duim in de lucht. Het afrekenen verloopt zonder verdere taalbarrières, de vrouw bedankt haar hartelijk en schuifelt de winkel uit.

Uit routine kijkt Sofie de drogisterij rond. Het waspoeder. Ze heeft een stoffer en blik nodig, haar irritatie loopt op als ze de uitrusting niet vindt op de gebruikelijke plaats. Opeens herinnert ze zich dat ze ze eerder die middag beneden heeft zien liggen. Ze daalt de oude trap af, die uitkomt in een groot magazijn. Met arendsogen speurt ze stapels dozen af.

Hoe moeilijk kan het zijn om een stoffer en blik te vinden?

In een flits valt haar oog op het ijzeren voorwerp. Ze pakt het stevig vast, alsof het straf verdiende voor alle tijd die het kostte om het te vinden. Dan keert ze terug naar boven en veegt de geurende massa bij elkaar. Als ze bijna klaar is, ziet ze haar collega met een bezem halverwege het derde pad. De klok boven de ingang geeft tien voor zes aan, bijna sluitingstijd.

'Sofie, sluit jij beneden af, dan regel ik het hier.' Ze knikt instemmend en verdwijnt opnieuw een etage lager. Als ze alles heeft afgesloten laat ze haar blik nog eenmaal aandachtig door de ruimte gaan en draait ze de schakelaar om. Het licht vanuit het trappenhuis is voldoende om veilig tussen de opgestapelde voorraad door bij de trap te komen. Boven in de winkel is het grote licht uit, ze zijn gesloten. Ze besluit om Anne een helpende hand te bieden, zo kunnen ze sneller huiswaarts keren.

Als Sofie de krat, gevuld met de gouden sieraden, oppakt, kijkt Anne haar erkentelijk aan. 'Wat goed van jou. Ik zou hem glad zijn vergeten. Zet jij hem in de kluis?'

'Prima, heb jij verder alles?'

'Ja, de kassalades staan er ook al in.'

'Je bent geweldig!' Een extra complimentje kan Anne wel gebruiken. Nu ze aan de zoveelste hormoonkuur is begonnen, lijken haar hersenen wel een zeef.

'Hé, Anne, wist jij dat Nina weer een nieuw sieraad heeft besteld? Dit keer een armband, hij zat bij de nieuwe levering die gisteren werd bezorgd.'

'Gisteren? Het goud wordt toch altijd op woensdag bezorgd?' Daarbij werpt ze Sofie een vragende blik toe.

'Eh, ja het was gisteren. Ik weet het zeker.' Ze weet het toch wel zeker. Ja, want Nina nam de armband direct mee naar huis. Het lege sieradendoosje legde ze in haar locker, ze zou hem later wel betalen. Ondertussen plaatst ze de kostbare sieraden in de onderste kluis. In het kantoor haalt ze haar jas, het hengsel van haar tas slingert ze over haar schouder. Ze is afgepeigerd en wil naar huis.

'Soof, ik hou het kort, er is iets wat je nog moet weten. Omdat Nina binnenkort wordt geopereerd, komen we iemand te kort, eigenlijk twee, want Frederique komt voorlopig niet terug. Ik wist niet zo goed hoe ik dat gat op moest vullen, ruimte om een extra persoon aan te nemen heb ik niet. Gelukkig kwam Nina met het perfecte plan: een stagiair, voor een half jaar. Ik heb gelijk "ja" gezegd. Het lijkt mij een prima oplossing.'

Sofie vindt het vervelend voor Frederique, ze zit al maanden overspannen thuis, al twijfelt ze eraan of Frederique niet meer melancholisch is, last heeft van ernstige heimwee naar Denemarken. 'Dat hebben jij en Nina goed opgelost!'

'Dank je, maar dit was echt Nina's verdienste. Donderdag heeft ze een gesprek met hem en daarna wordt het besluit genomen.'

'Zei je nou "hem"? Is het een man?' Anne vindt haar reactie vermakelijk.

'Het is een jongen, nou ja, van het mannelijke geslacht.' Sofie is verheugd, eindelijk een haan in het kippenhok.

'Anne, schiet op. We gaan naar huis.'

'Ja, ja ik kom. Gaat het wel met die vinger van je?'

'Ach, het stelt niks voor. Het enige waar jij druk mee moet zijn, is zwanger worden.' Liefdevol legt Anne haar arm om Sofie heen en samen verlaten ze het pand.

De volgende morgen komt het met bakken uit de hemel. Sofie stapt naar buiten, de regen stort op de reling van de galerij en spettert alle kanten op. Snel duwt ze de voordeur weer open en grijpt ze een kleurige paraplu van de kapstok. De buurvrouw staat voor het slaapkamerraam met uitgezakte krulspelden in haar haar. Beleefd steekt Sofie haar hand op en loopt stevig door naar het trappenhuis. Ze twijfelt een moment tussen de lift en de trap, als een sterke urinelucht haar tegemoet komt, is die keuze snel gemaakt. Met een dichtgeknepen neus daalt ze de trap af, alle zeven verdiepingen naar beneden. Eenmaal buiten opent ze haar paraplu, ze gaat op weg, een nieuwe werkdag tegemoet.

Als ze bij de slijterij de hoek om gaat, ziet ze Nina al staan. Wat een beauty, zelfs op deze troosteloze dag. Haar glanzende, gitzwarte haar danst in de wind. Hoe vroeg ze op sommige dagen ook moeten beginnen, Nina ziet er altijd onberispelijk uit. Ze draagt strikt designkleding, eerder haute couture, per stuk duurder dan de dagwaarde van een gemiddelde auto.

Sofie is totaal het tegenovergestelde, ze gebruikt geen make-up, heeft haar haar altijd samengeperst in een staart en een versleten spijkerbroek lijkt haar bekendste trademark te zijn. Haar opkomende negatieve zelfbeeld drijft ze snel uit haar gedachten en ze begroet haar collega hartelijk.

'Jij ook goedemorgen Sofie, heb je nieuwe schoenen?'

Door de spottende toon van Nina kijkt Sofie kort naar beneden. Dit paar zeer degelijke stappers heeft ze al maanden, ze vertonen al kale plekken aan de voorzijde. Waarom is Nina altijd zo denigrerend over anderen? Niet iedereen spendeert al zijn geld aan de buitenkant. Ze besluit het commentaar te negeren en opent de zijdeur. Als ze de alarminstallatie uitschakelt, ontbrandt direct alle verlichting in het pand en zet ze koers, rechtstreeks naar het kantoorgedeelte. Ze begint met de belangrijkste taak, het tellen van de omzet van de dag ervoor. Nina verdwijnt naar beneden, zij zal haar bontmantel echt niet tussen al die vormloze confectiemode hangen.

Als Sofie klaar is met het tellen van de kassalades, krijgt ze bijna een hartverzakking. Er is een kasverschil en groot ook. Ergens moet ze een fout gemaakt hebben, dat kan niet anders. 'Nina! Waar zit je?'

Beneden blaast de radio met meer dan de toegestane decibel een ochtendshow uit. Sofie dendert de trap af, in één rechte lijn dwars door het magazijn, naar de keuken. Dat Nina haar niet kan horen is wel duidelijk, maar waar blijft die tuthola dan.

'Wat ben jij in vredesnaam aan het doen?'

'Luister Sofie, er is niets beter voor een mens dan rust, reinheid en regelmaat en aan tweede ontbreekt het hier zichtbaar.'

'Over "regelmaat" gesproken, er is een kasverschil en voor het geval het je iets interesseert: het is 1000,30 euro. Dus week jezelf los van deze voorjaarsschoonmaak en kom mij helpen om alles opnieuw te tellen, dan zal ik je zeer dankbaar zijn.' Sofie heeft geen tijd om een reactie af te wachten, de boodschap is duidelijk en zij gaat alvast beginnen.

'Sofie, wacht! Ik heb wat voor je. Hier...' Nina steekt haar hand uit met daarin een stapeltje bankbiljetten.

'En wat moet dit voorstellen?' Sofie probeert het gebaar te kaderen, een typisch "onderbuikgevoel" borrelt op.

'Je kasverschil.' Nina is kalm, beheerst of een combinatie van beide. Behoedzaam pakt Sofie de biljetten over, maar wat ze ziet en hoopt te zien, komen niet overeen.

'Soof, hier is je verschil.' Ze vouwt Sofies hand dicht, zodat deze de biljetten omklemt. Sofie is sprakeloos.

'Wat is er? We hebben geen kasverschil, wees blij. Ja, ik had je het geld meteen moeten geven.'

Nina kijkt vol verbazing naar Sofies verschrikte gezicht, dan draait ze zich rustig om en gaat fluitend verder met de afwas.

'Hoe kom jij aan dit geld?'

'Ik had wat gedoe met de bank, we moesten gisteren eten en het probleem is nu toch opgelost?' Na die woorden trekt Nina de rubberen handschoenen vinger voor vinger uit en verlaat met opgeheven hoofd de keuken. Sofie blijft overdonderd achter, ze voelt de tijdsdruk. Gejaagd gaat ze terug naar het kantoor, stapelt alle bankbiljetten op en legt de bundel veilig in de kluis. Enigszins opgelucht ploft ze weer neer op haar bureaustoel en corrigeert haar eerdere telling, er ontstaat nu wel een acceptabel verschil. De klok geeft twee voor negen aan, al dringt de tijd niet tot haar door. De stapel papiergeld in de hand van Nina, is het enige wat ze voor zich ziet. De drang om Anne te bellen is groot. Ze moet dit met iemand delen. Ze kan Anne niet bellen, die mag zich niet onnodig opwinden. Of wel? Sofie weet het niet meer. Feitelijk gezien heeft Nina niets gestolen, het geld is terug. Toch voelt het zo verkeerd.

'Soof! gaan we vandaag nog open?'

'Eh...ik kom', stamelt ze.

'Wat is er toch met jou?' Sofie staat op, kijkt Nina recht in de ogen aan en ziet slechts pure onschuld.

Om even na twaalven komt Cathelijne de winkel binnenstormen.

'Hey Nina!' Cathelijne zwaait kort en loopt direct door naar achteren. Sofie is in het magazijn aan het opruimen, als Cathelijne verschijnt.

'Hey Cat, jij bent lekker op tijd.'

'Ja, voor de verandering', grinnikt ze en ze maakt zich snel klaar om te beginnen. Op de planning ziet ze dat zij de eerste helft van de middag de kassa bemand.

'Oké Sofie, ik ga Nina aflossen. Willen jullie samen lunchen of om de beurt?' Sofie is het voorval van die morgen echt nog niet vergeten, dus haar lunchpauze doorbrengen met Nina slaat ze liever af.

'Laat Nina maar eerst eten. Ik wil dit eerst even afmaken.' Ze wijst naar de overvolle planken achter haar.

'Prima, ik geef het door, chef!' Cathelijne lacht haar uitdagend toe.

'Uitkijken jij, hé.' Met een boogje gooit Sofie haar sleutels richting haar joviale collega. Cathelijne vangt ze met één hand op en kijkt er wat ongelovig naar.

'Thanks, ik mag dus retourneren zonder toestemming?'

'Yep, ik vertrouw je meis.' Sofie knipoogt en tikt op haar horloge. 'En nu aan het werk!'

Sofie besluit om haar lunchpauze niet in het muffige kantoor door te brengen, ze heeft dringend behoefte aan frisse lucht. Ze maakt een flinke beker thee en ze verheugt zich op een rustig half uurtje in het voorjaarszonnetje.

Op een beschut plekje sluit ze haar ogen en warmt haar handen aan de dampende vloeistof. Haar gedachtes dwalen ongewild weer af naar Nina en de geldkwestie van afgelopen morgen. Het blijft aan haar knagen. Ze probeert te bevatten waarom Nina zo ver zou gaan, zelfs haar geliefde baan op het spel zetten. Het lijkt wel of Nina's geld nooit op kan en Sofie voelt zich wat minderwaardig bij haar.

Zelf heeft ze echt geen slecht salaris, toch moet ze wel op haar centen letten. Haar besluit staat vast, ze zegt er niets over tegen Anne. Op een bepaalde manier adoreert ze Nina, misschien omdat zij stiekem ook wel zo'n luxe leven wil leiden en nooit meer geldzorgen wil hebben. Het voorval moet ze vergeten en ze besluit plannen te maken voor het weekend. Zal ze zichzelf thuis opsluiten om de boel eens grondig schoon te maken? Haar kledingkast moet ze nodig onderhanden nemen, dat ding barst uit zijn voegen met koopjes die ze uiteindelijk nooit draagt. Ze zou natuurlijk ook een dag naar haar zus kunnen gaan, de twee oudste kids mee kunnen nemen naar de kinderboerderij.

Uiteindelijk is het geen lastige keuze, haar laatste ingeving wint het. Ze besluit om nog diezelfde avond haar zus te bellen en krijgt nu al zin in haar vrije weekend. Vluchtig kijkt ze op haar horloge, haar lunchpauze is bijna voorbij. Snel pakt ze haar boek en is al verdiept in het verhaal als Michelle uit het naast gelegen pand naar buiten komt.

'Hey Sofie. Jij ook?' Ze houdt een pakje sigaretten omhoog.

'Lekker Michelle.'

In stilte genieten ze van hun bijna dagelijkse samenkomst. Sinds enkele maanden vertegenwoordigt Sofie de drogisterij in de winkeliersvereniging. Michelle is de voorzitter en degene die haar overtuigde om aan te schuiven bij een vergadering. Ze was niet gelijk enthousiast, maar omdat Anne haar plaats opgaf voor het moederschap, was Sofie een voor de hand liggende keuze.

'Zijn jullie al bezig met de moederdagverwenpakketjes?' Michelle wacht nieuwsgierig op een antwoord.

'Nee, ik ben er nog niet aan toegekomen. En jij? Wat zijn jullie plannen?'

'Wij hebben van een actie nog theedoeken over. Ik wil er écht iets leuks van maken, maar een losse theedoek is zo karig en saai. Budget voor iets extra's is er helaas niet.'

Sofie hoort dat Michelle de moederdagactie heel serieus neemt en ze wil zich van haar goede kant laten zien, zij is immers de nieuweling in de vereniging en zal haar skills nog moeten bewijzen. Overhaast oppert ze: 'Wellicht een handcrème? Misschien kunnen wij aan een vertegenwoordiger gratis samples vragen?'

Michelle is verrukt: 'Als je dat wil doen ben ik je eeuwig dankbaar. Trouwens ik moet nodig terug, de plicht roept!' Bij de deuropening kijkt ze nog even om. 'Ik hoor het wel of het gelukt is. Volgende week?'

'Tuurlijk Michelle. Ik laat het je weten.'

De volgende dag begint Sofies werkdag pas om 13.00 uur en ze heeft besloten om die morgen eens lekker lang uit te slapen. Rond 8.15 uur wordt ze abrupt wakker uit een diepe slaap, iemand drukt irritant lang op haar deurbel. Ze trekt haar kussen over haar hoofd om het geluid niet te laten doordringen. Al snel hoort ze haar buurvrouw van een paar huizen verderop over de galerij schreeuwen.

'Ruben, houd daar onmiddellijk mee op!'

De kleine jongen is dat zeker niet van plan en tegen de tijd dat zijn moeder hem in zijn nekvel grijpt en meesleurt naar huis, is ze klaarwakker. Ze blijft nog even liggen en staart naar het plafond. Vandaag wil ze in bed blijven, de hele situatie met Nina maakt haar onrustig. Al die lege sieradendoosjes in Nina's locker, om maar niet te spreken over de opeens opduikende 1000 euro. Jackie springt naast haar op bed en begint uit genot te spinnen. 'Hey meissie, heb je lekker geslapen?' Lieflijk aait ze haar twaalfjarige abessijn. Jackie was een aangename verrassing voor haar tiende verjaardag en sindsdien zijn ze onafscheidelijk.

Als ook de telefoon begint te rinkelen, is de maat vol. Uit nieuwsgierigheid verlaat ze haar bed. Als ze halverwege de gang is, slaat het antwoordapparaat al aan. Even wacht ze af of er een bericht wordt ingesproken, maar die moeite wordt niet genomen.

Als de koffie pruttelt en de verwarming aanslaat, begint het behaaglijk te worden in haar kleine appartementje. De krant is, net als elke morgen, onder de voordeur geschoven.

Ze installeert zich met een kop koffie en de krant op de bank. Jackie komt op de armleuning bij haar liggen en voor Sofie is dit het ultieme begin van de dag. Ze slaat de krant open op zoek naar het weerbericht voor de komende dagen. Dan wordt haar interesse gewekt bij een artikel over een moord.

Fietsenmaker doodgestoken om 'niet plakken' van een fietsband

AMSTERDAM- Dinsdagmiddag is omstreeks 17.00 uur een fietsenmaker doodgestoken op de stoep bij zijn winkel. De fietsenzaak bevindt zich aan Nieuwendammerdijk in Amsterdam. De verdachte kwam, volgens getuigen, even voor 17.00 uur de winkel in en eiste dat de band van zijn fiets werd geplakt. De eigenaar, Wilfred Fluit, stelde de jongen voor om woensdagmorgen terug te komen, aangezien het tegen sluitingstijd liep. Vervolgens schijnt de 17-jarige verdachte met een dubbele nationaliteit een mes te hebben gepakt om de fietsenmaker meerdere malen in de buik te steken. De politie verklaarde dat de verdachte, eveneens afkomstig uit Amsterdam, vond dat de fietsenmaker hem discrimineerde. De verdachte is hier zo boos over geworden dat dit hem tot zijn daad bracht. De verdachte is in hechtenis genomen en hij wordt vanmiddag voorgeleid aan de rechter-commissaris.

'Het moet niet gekker worden, hé Jackie? Als ze al doodsteken voor een lekke fietsband.'
Ze neemt nog een slok koffie en bladert de krant verder door, nog steeds op zoek naar het weerbericht.
Opnieuw klinkt het gerinkel van de telefoon. 'Met Sofie Ventura.'
'Soof, goddank dat je opneemt, waar zat je?' schreeuwt Nina aan de andere kant van de lijn. 'Ook goedmorgen Nina. Ik sliep, dat doen mensen, moet jij ook eens proberen.'
'Het is een gigantische puinzooi! De vracht is er al, wel vijftien pallets, en nu komt die chauffeur zo ook nog terug om de aanbiedingen van volgende week te brengen, nog eens twaalf pallets, twaalf pallets! Hoor je dat!' Nina hapt naar adem. 'Ik heb hem weggestuurd, hij komt straks maar terug, er is geen ruimte in het magazijn. Ik moet de kassa's nog tellen, we moeten al over een kwartier open en om tien uur staat de nieuwe stagiair voor de deur voor een gesprek…Hoor je mij wel?'
Sofie houdt wijselijk haar mond, ze wacht af tot Nina is uitgeraasd.

Als Nina een tel zwijgt, hoopt ze dat het juiste moment is gekomen om iets terug te zeggen.

'Oké, ik kom eraan.'

Nina kalmeert nu ze weet dat er versterking aankomt. 'Kom gauw', zegt ze er nog snel achteraan en dan gooit ze de hoorn erop.

'Daar gaat ons momentje, Jackie, het vrouwtje moet werken.' Jackie spitst haar oren, springt van de bank en loopt met haar korte pootjes naar de keuken.

'Ja meis, ik weet wat je wilt, maar je moet even wachten.' Sofie neemt een snelle douche en schiet in haar werkkleding. In de keuken reikt haar hand automatisch naar het pak met kattenbrokken. Om haar schuldgevoel te vereffenen, vult ze de voerbak met een dubbele portie vis in gelei. Tijd om een fatsoenlijke lunch voor zichzelf te maken, heeft ze niet, ze besluit om tussen de middag iets voedzaams bij de bakker te halen.

'Uitslover!'

'Ja, die zon onthult alles, hé. Trouwens, jij bent er vroeg bij vandaag.' Michelle wijst naar de klok op het midden van het plein.

'Ja, Nina in de stress, ze kan natuurlijk niet zonder mij', lacht Sofie triomfantelijk.

'Kijk je uit dat je niet naast je schoenen gaat lopen!'

'Het wordt toch tijd voor een nieuwe!' Na een korte stilte wil ze vertrekken, er wordt op haar komst gerekend. 'Nou, dan ga ik Nina maar verblijden met mijn aanwezigheid. Succes met het zemen van je ramen.'

'Dank je, dat gaat zeker lukken!'

Sofie zet een stap opzij en botst tegen een voorbijganger aan.

'Sorry, het was niet mijn bedoeling...' Ze kijkt de jongen in kwestie verontschuldigend aan.

'Geeft niet, gaat u mij voor.' Daarbij maakt hij een lichte buiging, ze is onder de indruk van zijn hoffelijkheid.

Deze onverwachte perceptie van beleefdheid brengt haar even van haar stuk, ze kijkt de jongen verbluft na terwijl hij zich richting de ingang van de drogisterij begeeft.

'Sofie! Soof! kom hier!' Michelle staat hysterisch te zwaaien met een natte spons in haar hand.

Hier zit Sofie niet op te wachten, Nina verwacht haar nu ieder moment. Met tegenzin loopt ze terug naar Michelle.

'Hou het kort. Ik moet nu écht aan het werk.'

'Ja, ja, maar dit moet je horen.' Michelles stem slaat over. 'Nou, die jongen, Amar, Amar…nog wat, die gozer die jou net omver liep. Hij kwam vorige week bij mij voor een stageplek. Ik was gelijk verkocht. Hij is een zeer competente energieke knul. Gelukkig werd ik op tijd gewaarschuwd door een vaste klant van mij. Zij woont in de Juwelenflat, er is daar een afschrikwekkende jeugdbende actief. Ze terroriseren alles en iedereen. De broer van Amar zit bij die roversbende, hijzelf hoogstwaarschijnlijk ook. Die onderkruipsels scheuren heen en weer op de nieuwste scooters en jij weet vast wel waar ze dat geld vandaan halen, in ieder geval niet van een fatsoenlijke baan. Ik heb mij laten vertellen dat ze zich schuilhouden op het oude fabrieksterrein, ze hebben daar zelfs een compleet drugslab. De politie weet het allemaal wel, maar gedoogt het, maar ik niet. Ik heb gezegd dat hij op kon rotten, terug naar zijn soortgenoten.'

'Michelle, ben jij wel helemaal goed in je bovenkamer, zo kun je toch niet praten tegen mensen?'

'Mensen, mensen, die gasten zijn een bedreiging voor ieders veiligheid! Je wil niet weten wat die klootzakken nog meer uitspoken!' Michelle voelt zich zichtbaar gekwetst omdat Sofie haar niet serieus wil nemen.

'Jij komt uit zo'n boerendorp, waar jullie net zijn overgestapt van paard en wagen naar een gemotoriseerde bakfiets! Je bent te goed van vertrouwen, Sofie!'

Op deze aantijgingen gaat Sofie niet in, omdat ze Michelle niet verder overstuur wil maken.

'Ik ga zo met Nina praten en dan komt alles goed. Oké?'

'Kom niet klagen bij mij als jullie winkel is leeggeroofd door die gozer en zijn kornuiten!' Michelle is furieus, ze gooit haar spons snoeihard in de emmer en loopt stampend weg.

Sofie kijkt naar haar schoenen, zeiknat. Toch dreunen de harde woorden van Michelle door in haar hoofd. Zou ze gelijk hebben? Is deze "Amar" een keiharde crimineel, een wolf in schaapskleren. Nee, ze wil geloven in de goedheid van mensen. Daarentegen is Michelle altijd goed op de hoogte van de nieuwste roddels en ze heeft haar nog nooit op één leugen betrapt. Misschien is het verstandiger om die jongen te lozen. Ze moet Nina spreken, nú, voor het te laat is. Vastberaden en met soppende schoenen loopt ze de drogisterij binnen.

Met een vloeiende beweging zwaait Sofie de magazijndeur open. Daar zit Nina, zoals ze al vermoedde, samen met Amar in het kantoor. Een moment staart ze naar het onschuldige tafereel. Die jongen moet terug naar zijn "hangplek" en dat moet nú gebeuren.

'Pardon, maar mag ik even storen?'

'Nu niet Soof. Ik zit in gesprek, zie je dat dan niet?' snauwt Nina haar toe.

Het kantoor is klein en smal, toch probeert Sofie zich tussen Amar en de muur door te wurmen.

'Welke opleiding volg je precies?' Wanhopig probeert Nina haar collega te negeren.

'Ik volg momenteel, eh.. Zal ik even..?'

'Ja, als je aan de kant wilt gaan, graag.' Sofie wil er langs, ze heeft maling aan beleefdheden, tenminste vandaag wel. Ze moet werken, dus haar spullen kwijt.

'Moet dit nu?'

'Ah Nina, nou, ik ben er hoor.'

'Ja, dat was wel duidelijk. Als je nu zo vriendelijk wilt zijn om ons even alleen te laten.' Nina klinkt dwingend, maar Sofie stopt niet en propt haar tas in haar locker.

'Je jas hang je beneden op!'

'Maar natuurlijk. Laten jullie je door mij vooral niet afleiden', zegt ze waarbij ze verontschuldigend haar beide handen in de lucht steekt.

'Ik ben trouwens Sofie en dat is Nina, maar dat wist je waarschijnlijk al.' Ze wil Amar een hand geven.

De jongen staat snel op en accepteert haar uitgestoken hand.

'Amar Tahiri, aangenaam kennis te maken.' Hij buigt zijn hoofd licht en kijkt naar de grond. Er volgt een ongemakkelijke stilte.

'Ik ben beneden, mocht iemand mij nodig hebben.' Snel trekt ze haar hand terug, loopt met ferme passen het kantoor uit en verdwijnt via de trap.

In het magazijn slaat ze zichzelf voor haar kop, dit ben jij niet, wat mankeert mij, ik schaam mij dood. Verdomme Michelle!

De deurbel gaat. 'Shit, daar is die chauffeur natuurlijk weer.' Ze zucht diep om bij zinnen te komen en opent de buitendeur.

'Zet die laatste pallet hier maar neer.'

'Hier?'

'Ja, prima. Dank u wel.' Sofie is bijna klaar met de logistieke operatie. Met haar mouw veegt ze letterlijk het zweet van haar voorhoofd.

De vrachtwagenchauffeur betreedt opnieuw het magazijn. De achterdeur slingert hij dicht en hij wappert irritant lang met een stuk papier.

'Ik kom eraan!' roept Sofie achter een stapel dozen vandaan.

'Kun je deze even tekenen?' Hij wijst naar de vrachtbrief in zijn hand.

'Uiteraard.' In haar broekzak zoekt ze naar een pen. 'Hebt u een pen?'

'Mevrouwtje, zie ik eruit alsof ik zo'n rijkdom bezit?'

Wat een lul, deze kerel moet snel weg. Onder aan de trap luistert ze of Nina nog in gesprek is. Het is stil in het kantoor. Boven grist ze een pen van het bureau. Op de vrachtbrief krabbelt ze iets dat voor een handtekening moet doorgaan.

'Fijne reis.' Ze opent de achterdeur. De chauffeur begrijpt de boodschap, van haar krijgt hij géén koffie. 'Dat doet hij geen tweede keer meer', mompelt ze, 'wat nou "mevrouwtje".'

'Sofie Ventura, ben jij helemaal gek geworden?' Nina komt briesend de trap af rennen en Sofie ziet de bui al hangen.

'Oké, ik begrijp dat je boos bent. Het spijt me.'

'Je hebt me compleet voor lul gezet!'
'Ik heb toch gezegd dat het me spijt!' Ze wil om Nina heen lopen, dan grijpt Nina haar mouw stevig beet.
'Dit flik je mij nooit meer, begrepen?' Haar stem klinkt ijzig.
Sofie rukt zich los en kijkt haar indringend aan. Die blik van Nina, zo koud en kil. Dit is niet de Nina die zij kent. Het lijkt of ze nog wat wil zeggen, maar dan draait Nina zich om en ze loopt met grote passen de trap weer op. Verbijsterd blijft Sofie achter.

2

Sofie zit op het puntje van de bank, minuten lang staart ze roerloos naar de telefoon.

'Nee, ik doe het niet!' In de slaapkamer pakt ze snel haar werkoutfit. Ze gaat op het bed zitten en kijkt ernaar. Ontmoedigd laat zich achterover vallen in de donzige kussens. Nina.

Ze heeft gisteren geen woord meer tegen Sofie gezegd. Volkomen genegeerd komt meer in de richting.

Er komt een hoop kabaal uit de keuken. 'Jackie! Waarom nu?' Ze raapt de scherven van een wijnglas bij elkaar en gooit ze in de pedaalemmer, een lucht van rotte eieren komt vrij. Met enige moeite trekt ze de vuilniszak eruit, bindt hem stevig dicht en zet hem op de galerij. Ruben komt al zingend en dansend voorbij, zijn veel te grote backpack bungelt op zijn rug. 'Ruben! Wachten bij de deur!' Abrupt gooit Sofie de voordeur dicht en wacht. Als de buurvrouw voorbij is, ademt ze weer uit. Weer gelukt, hier had ze geen zin in. Ze heeft haar besluit genomen en ze pakt vastberaden de telefoon. Snel propt ze een tissue in elk neusgat. De telefoon gaat over. De zenuwen gieren in haar maagstreek.

'Goedemorgen Sofie, je hebt je verslapen.' Het is Cathelijne. Wat een geluk, het is Cathelijne!

'Ik ben ziek.'

'Jij ook al?'

'Ja. Ik ben héél ziek.'

'Nina is ook "héél" ziek.'

'Ik ben er maandag weer.' Snel drukt ze de telefoon uit. Wat heb ik gedaan? Ze trekt de tissues uit haar neus en gooit ze op tafel. Zou Cathelijne haar geloven, háár beste vriendin? Ziek. Sofie is in drie jaar niet ziek geweest.

Nina ziek? Koopziek dat wel. Nina is eerder boos, furieus.

Troostvoer. Onderin de koelkast vindt ze een stuk kaas, beschimmeld. Dat wordt dus geen tosti, dan alleen maar koffie.

Ze zet de televisie aan, Jan de Hoop vult het beeld. Hij heeft weer één van zijn creaties aan, een zelfgebreide trui met een altijd bijpassende mok. Ze is dol op Jan de Hoop, zelfs een ramp lijkt minder erg te zijn als hij het brengt. Vandaag wordt zijn vrolijkheid haar te veel. Dan de NOS maar proberen, dat is beter. Een broekie in een driedelig pak, zo vanuit de schoolbanken. Krampen in haar onderbuik. O nee, is het weer zover? Ze pakt haar agenda en telt de weken terug. Tuurlijk, het is weer de tijd van de maand. Ze zoekt in het medicijnkastje, allemaal lege doosjes. Dat kan er ook nog wel bij. Op dit soort momenten zou ze willen dat ze wat meer structuur in haar leven aanbracht en dan vooral op het gebied van boodschappen doen. Er zit niets anders op dan op pad te gaan voor maandverband en tampons en aan de krampen te voelen worden het kingsize verpakkingen.

Ze draait de sleutel om in het contact, de startmotor hapert. Ze probeert het nog een keer met een flinke trap op het gaspedaal. Dat trucje werkt altijd. Hardhandig wrikt ze de pook in zijn achteruit en behendig stuurt ze haar oude Ford Ka in de juiste rijrichting.

Een andere auto zou geen overbodige luxe zijn, maar ze is zo gehecht geraakt aan haar heilige koe van bijna achttien jaar oud. Ze neemt een andere weg dan normaal, want ze wil niet herkend worden. Eigenlijk hoort ze doodziek in bed te liggen, maar dit is een noodgeval. Ze dendert over allerlei plattelandsweggetjes naar een dorp in de buurt. Hier kent niemand haar. Als ze uitstapt, trekt ze haar capuchon ver over haar hoofd, gewoon voor de zekerheid. Met een tas vol met noodzakelijk goed stapt ze weer in haar bolide. Nu de weg terugvinden, nog zo'n eigenschap in ontwikkeling. Even heeft ze geen idee waar ze zich bevindt en rijdt ze wat in de rondte. Opeens doemt er aan de linkerkant een tuincentrum op, hier komt ze weleens met Astrid. Dat is waar ook, overmorgen heeft ze met Astrid afgesproken. Ze zou met de twee oudste kids naar de kinderboerderij gaan. Het gaspedaal laat ze los en de auto komt langzaam tot stilstand.

Ondertussen staart ze naar het tuincentrum, uiteindelijk kan ze de verleiding toch niet weerstaan en stapt uit.

In haar jaszak zoekt ze naarstig naar een muntje voor een winkelwagen, ook hierin heeft ze geen geluk. Een mandje moet voldoen en ze betreedt het eerste gedeelte van het tuincentrum, waar het koud is en dat is nog zacht uitgedrukt.

In de grote hal staan voorjaarsplanten in alle soorten en kleuren. Ze laat ze achter zich, ze kan nog geen cactus in leven houden, laat staan deze prachtige fluweelzachte juweeltjes. Overal hangen bordjes met "winkelroute" erop, waarom geen bordjes met "de kortste route", vraagt ze zich af.

Ze wil kinderlaarsjes en de rest van haar centen houdt ze in haar zak. Om haar gedachte kracht bij te zetten, knijpt ze hard in haar portemonnee. Als ze uiteindelijk voor de stelling met kinderlaarzen staat, zakt de moed haar in de schoenen. Wat een keus en wat een verschillende maten. Ze heeft werkelijk geen idee welke schoenmaten ze moet hebben. Ze belt Astrid.

'Moet jij niet werken?'

'Eh…vrije dag.' Astrid vraagt gelukkig niet verder, ze heeft er een hekel aan om te liegen tegen haar zus. Er klinkt een hoop herrie op de lijn, dan is Astrid weer hoorbaar.

'Even kijken Soof…James heeft maat 24 en Cato, even wachten. Ja, ik heb het, die heeft maat 22. Geloof ik. Soof? Heb je dat? Soof!'

'Ja, ik heb het.'

'Waarom praat je zo zachtjes?'

'Verkouden. Ik zie je snel', fluistert Sofie en ze hangt snel op. Ze kijkt nogmaals tussen de planken van de stelling door, ja hoor, ze heeft het goed gezien. Aan een tafeltje zit Frederique en naast haar zit Nina. Betrapt. Direct beseft ze dat zij geen haar beter is, ook zij ligt niet "ziek" in bed. Ze besluit om zo snel mogelijk het tuincentrum te verlaten. Een paar blauwe en roze laarsjes, ze moet naar de kassa. Toch kan ze het niet laten en opnieuw begluurt ze haar collega's. Wat een gezelligheid. Sofie weet dat Nina en Frederique elkaar al een

tijdje kennen van de tennis en het was Nina die Frederique heeft
aangenomen. Frederique komt uit Denemarken. Ze werkte in een
campingwinkel en daar ontmoette ze haar huidige man: Dennis de
Vries. Na hun bruiloft zijn ze in Nederland gaan wonen. Eerst in
Groningen, waar Dennis vandaan komt, maar Frederique kon daar
niet aarden. Nu wonen ze in een wijk niet ver bij Sofie vandaan.
Ze wrijft even in haar ogen, ziet ze dit nu goed? Nina heeft zich omgedraaid en naast haar staat Amar! Dat kan toch geen toeval meer
zijn? Of wel? Dit is het enige tuincentrum in de omgeving, dus het
is natuurlijk mogelijk. Sofie begrijpt alleen niet wat een jonge gozer
in een tuincentrum doet. Ze wil ook niet weten hoe het verder gaat.
Ze wil alleen nog maar verdwijnen van deze plek, ze moet ongezien
weg komen.
Schichtig kijkt ze om zich heen, ze kan niet langs het restaurant
lopen, dan zien ze haar gelijk. Er komt een medewerkster aan met
een volle kar met planten erop. Snel verschuilt ze zich naast de kar en
loopt ze mee in hetzelfde tempo als het meisje dat de kar voortduwt,
zo komt ze ongezien voorbij het restaurant. En nu richting de uitgang.

Sofie is compleet buiten adem als ze bij haar auto aankomt. De
plastictas met de kleurige laarsjes gooit ze achterin. Dat ging allemaal
maar net goed, opgelucht neemt ze plaats achter het stuur. Nu wil ze
alleen nog maar naar huis.
Ze start de auto, opnieuw weigert die dienst. Nog een keer proberen,
weer alleen gesputter. Haar broekzak begint te trillen. Ze probeert
haar telefoon eruit te wurmen, maar hij zit vast. Ze opent het
portier en springt uit de auto. Er komt een groepje mensen aan,
luid aangekondigd door een hoop gelach en geschater. Snel duikt
ze weg, bang om alsnog door iemand betrapt te worden. Ze komen
dichterbij, ze maakt zich nog kleiner. Haar voet glijdt weg in de
drassige graskant, met haar hand zoekt ze naarstig steun. Ze kan een
pijnkreet niet onderdrukken: brandnetels. Het groepje is voorbij en
uit het zicht. Ze krabbelt overeind en gehavend gaat ze weer in de
auto zitten. Even tuurt ze om zich heen, ze is veilig. Opnieuw trilt de

telefoon, het is Astrid.

'Soof, ik heb even nagedacht over wat je net zei. De tweeling is niet lekker en nu jij zo verkouden bent, lijkt het mij beter om een andere keer af te spreken.'

Het is zondagmiddag, een zeldzaam zonovergoten dag, en Sofie ligt op de bank. Ze start de zoveelste film, de tel is ze kwijt. Netflix, de beste uitvinding van de 21ste eeuw. Weer een "feel good movie", nu over een hond die de hele wereld over reist om zijn baasje te vinden. Een echte tranentrekker.

Haar maag begint te protesteren, misschien wordt het tijd om iets te eten. Ze sleurt zichzelf van de bank en ruikt aan haar shirt. De indringende zweetlucht alarmeert haar om eens tijd maken voor een grondige douchebeurt.

Vrijgezel zijn heeft één groot voordeel en dat is dat je ongegeneerd naakt door je huis kan lopen. Ze waggelt van de douche naar de slaapkamer met een maxi maandverband, inclusief vleugels, tussen haar bovenbenen geklemd. Op dit soort momenten weet ze zeker dat ze altijd single wil blijven. Tussen al het kanten ondergoed zoekt ze naar een maxislip, een echte "must have" voor iedere vrouw. Ze schiet in een jumpsuit, uiteraard twee maten groter dan nodig en begint dan aan de volgende missie, iets voedzaams. Wat heeft ze een trek in een gezonde maaltijdsalade met verse tonijn, maar die ligt niet bij haar in de koeling, wel bij de supermarkt. In de koelkast is ze snel klaar, dan maar iets laten bezorgen.

Ze nestelt zich op de bank met haar laptop. Pizzabezorgservice, gewoon de bovenste aanklikken, dat is altijd goed. Met enige moeite ploegt ze zich door het bestelmenu en aan het einde is ze er van overtuigd dat er in ieder geval groentes op zullen liggen. De tonijn is speciaal voor Jackie, zelf haat ze vis.

Nu ze toch online is, checkt ze gelijk haar mail, er is er eentje van Anne. Nieuwsgierig begint ze te lezen:

Hey Sofie,

Er lag een briefje van Cathelijne dat je ziek bent.

Ik heb je al meerdere malen geprobeerd te bellen, maar ik kreeg geen gehoor. Dus heb ik voor morgen vervanging voor je geregeld. Als je mij morgenmiddag even wilt bellen over hoe het dan met je gaat, graag.

Ik vind het vervelend om dit via de mail te melden, maar vrijdag constateerde Cathelijne een kasverschil van 200 euro en we kunnen het niet verklaren. Jij hebt donderdag samen met Nina gewerkt, wellicht is er een logische verklaring voor.
Dinsdagmorgen moet ik de bankstorting in orde maken voor het waardetransport. Hopelijk komt de 200 euro nog boven water, anders moet ik dinsdag Isabella (onze nieuwe rayonmanager) op de hoogte brengen.

Nou, maak je vooral geen zorgen, dat geld komt wel weer boven tafel en laat iemand goed voor je zorgen!

Groeten, Anne.

Ze leest de mail nogmaals aandachtig door om de inhoud goed tot zich door te laten dringen. Dat ze door haar leugens verplicht nog een dag langer thuis moet blijven, zal haar een rotzorg zijn.
Er is wéér geld weg, niet zoveel als de vorige keer, maar toch 200 euro!
Ze probeert zich afgelopen donderdag voor de geest te halen. Heeft zij een fout gemaakt? Er komt niets van enige betekenis in haar op.
Nina dan, zij zal toch niet weer…Nee, zo mag ze niet denken, dat zou ze écht nooit meer doen.
De deurbel gaat, daar zal je de pizza hebben. Met een onheilspellend gevoel klapt ze haar laptop dicht. Vlug kijkt ze de woonkamer rond, waar zijn nou toch haar sleutels gebleven? Ze is al twee dagen het huis niet meer uit geweest en alles zit nog op slot. Dan krijgt ze een

heldere ingeving: er hangt een reservesleutel aan de kapstok, juist voor dit soort gevallen. Soms heeft ze weleens van die geniale ideeën, had ze die maar vaker.

Maandagmiddag, stipt om 15.00 uur, belt Sofie haar werk. Zoals verwacht neemt Anne de telefoon op.

'Hoe is het met je Sofie?'

'Een stuk beter, dank je.'

'Denk je dat je morgen weer kan komen?'

'Absoluut zeker!' Ze meent het uit de grond van haar hart. Ze is het "verplichte" thuis zitten meer dan zat.

'Ik wil het wel een beetje rustig aan doen met jou. Morgenochtend werkt Kiara voor jou. Ik had Cathelijne gevraagd, maar die heeft andere verplichtingen. Een halve dag. Hoe klinkt dat?'

Sofie is het er helemaal niet mee eens. 'Dat klinkt goed. Lief van je.' Weer een leugen, het lijkt haar steeds gemakkelijker af te gaan.

'Sofie, zou Nina wat van de 200 euro weten?'

'Nee, dat denk ik niet.'

'Jammer. Ik had mijn hoop op jullie gevestigd. Nina ligt met een ernstige longontsteking op bed, ik ben vergeten om het aan haar te vragen.' Sofie zwijgt, wat een leugens allemaal. 'Nog één vervelende vraag, maar was jij vrijdag in een tuincentrum?'

'Nee, tuurlijk niet. Ik lag op bed. Wie zei dat?'

'Doet er niet toe, vast een misverstand.'

Wat zou ze Anne het liefst alles wat ze weet opbiechten, maar ze durft niet meer, ze heeft al te veel gelogen.

'Nou, tot morgen dan.'

'Ja, Anne ik zie je morgen.' Op de televisie hoort ze een haan kraaien, ze draait zich om en tranen wellen op. Het Paasverhaal. Door haar tranen heen kijkt ze ernaar. Petrus! Hij loog driemaal op een rij, iets wat zij nooit zou doen, tot nu.

Sofie wordt wakker doordat zonnestralen haar slaapkamer fel verlichten. Ze dekt haar ogen half af en kijkt richting de raampartij.

De gordijnen zijn deels openschoven, Jackie heeft zich genesteld op de vensterbank. Ze kijkt op haar wekker, het is even over zevenen en ze is al klaarwakker. Als de benedenbuurman de krant onder de voordeur schuift, staat ze op. Als eerste raapt ze het dagblad op. Ze vraagt zich af hoe het toch mogelijk is dat die man de hele krant binnen één uur uit leest. Zij is halverwege de dag niet verder dan pagina 8 en uiteraard het weerbericht, de weekendeditie heeft ze nog nooit volledig uitgelezen. Haar geliefde leesvoer gooit ze op tafel, eerst koffie. Het blik met de koffiepoeder is leeg. Hoopvol houdt ze hem op zijn kop boven het aanrecht, het laatste restje bruin goud veegt ze bij elkaar, maar het is niet eens genoeg voor één kopje. Instant. Ergens moet een doosje oploskoffie staan. December 2009. Zover over de datum, dat gaat zelfs haar te ver. Er rest zich maar één oplossing, ze gaat naar Charlies.

Na een hoop ergernis vanwege wegwerkzaamheden op bijna iedere belangrijke verkeersader in de stad draait ze haar auto de parkeer- plaats voor Charlies Coffeeshop op. De luiken van het pittoreske café zijn nog dicht.
Een kerkklok in de buurt slaat acht keer, ze is een half uur te vroeg. Ontspannen leunt ze achterover in haar autostoel en neemt de omgeving in zich op als een spons. Alles om haar heen is volgepropt met eigentijdse architectuur. Flatgebouwen torenen hoog boven het ultramoderne winkelcentrum uit.
Te midden van al dat geweld staat het koffiecafé, de laatste her- innering aan vroegere tijden. Charles, de huidige eigenaar, heeft de jarenlange strijd met de gemeente gewonnen. Uiteindelijk heeft hij zijn prachtige tuin met verschillende plateaus met veel zitplaatsen aan de achterzijde opgegeven, er rest slechts een klein terras aan de straatkant.
Ze staart naar de grote olijfboom voor het café die de noodgedwongen verhuizing vanuit de achtertuin heeft overleefd.
Zolang ze zich kan herinneren, komt ze hier iedere zaterdagmor- gen en Charles is als een vader voor haar geworden. Vooral in de

wintermaanden, als het 's morgens vroeg nog uitgestorven is in het café, komt Charles vaak bij haar zitten. Ze hebben hun vaste tafeltje bij het raam met uitzicht op de fontein even verderop. Sofie is meestal de stille van de twee, maar Charles, wat kan hij een verhalen vertellen en hoe.

Zijn familie komt oorspronkelijk uit Italië, zijn opa bezat daar vele hectares met olijfbomen. Na de Tweede Wereldoorlog is bijna de hele familie geëmigreerd naar Nederland. Charles vertelde haar maanden geleden het verhaal over de olijfboom. Zijn opa had op de dag dat ze naar Holland kwamen, een stuk van de wortel van één van zijn olijfbomen afgehakt en die wortel is de fundering van de olijfboom die nu voor het café staat. Soms weet ze niet of ze al deze romantische verhalen over glooiende heuvels en de stek van de olijfboom moet geloven. Maar ze wil het gewoon geloven. Als Charles begint te vertellen, hangt ze aan zijn lippen en wil ze nooit meer weg van deze plek.

Ze schrikt op als iemand tegen de autoruit tikt, het is Charles. Ze draait het raampje piepend naar beneden.

'Ik dacht al dat jij het was. Wil je koffie?'

'Graag.' Ze pakt haar telefoon en de krant van de bijrijdersstoel en verlaat de auto.

'We zijn eigenlijk nog dicht', begint Charles, die voorop loopt over de parkeerplaats. 'Maar ik herkende je auto gelijk.' Sofie zwijgt, de geur van Charles zijn vertrouwde aftershave geeft haar altijd een geborgen gevoel.

'Zullen we buiten zitten?' Ze knikt en neemt plaats op het bankje aan de zijkant van het café. 'Hetzelfde als normaal neem ik aan?' Ze knikt opnieuw en Charles gaat het café binnen. Sofie slaat de krant open. Op de voorkant staat een paginabrede foto van de burgermeester, hij staat geposeerd bij een bord. Vluchtig leest ze het onderliggende artikel. Er is een noodverordening uitgegeven rondom winkelcentrum de Ridderhof. Haar aandacht is meteen getrokken en ze begint het artikel opnieuw, maar nu aandachtig, te lezen. Er is een samenscholingsverbod ingesteld rondom de Ridderhof en de aangrenzende wijken. Hangjongeren, voornamelijk met een migratieachtergrond, veroorzaken veel overlast en de buurtbewoners hebben een petitie aangeboden aan het gemeentebestuur.

Ze moet gelijk aan Michelle denken, zij zal dit artikel zeker lezen en deze kans niet voorbij laten gaan om het haar flink in te peperen. Het woord jeugdbende leest ze nergens terug. Snel legt ze de krant naast zich op het bankje, ze wil aan leuke dingen denken, zoals dit moment met Charles. Daar zal je hem hebben met in iedere hand een grote mok koffie. 'Eenmaal zwart voor Sofie en ook een zwart voor mij. Eenvoudige mensen hebben geen opsmuk nodig.' Hij neemt plaats op het bankje naast haar. Minutenlang genieten ze in stilte van hun koffie.

'Is het lekker?' Typisch Charles, altijd op zoek naar bevestiging of zijn producten op smaak zijn.

'Ja, heerlijk. Dank je.'

'Mooi. En wat brengt jou zo op deze prachtige dinsdagmorgen aan de andere kant van de stad.' Ze kan niet liegen tegen Charles, daar is hij haar te dierbaar voor.

'Ik hoef vanmiddag pas te beginnen en mijn eigen koffie was op.'

'Nou, dan is het maar goed dat Leila je auto aan hoorde komen. Sofie, hij is echt aan vervanging toe!' De bezorgdheid in zijn stem is roerend.

'Ja...zeker. Ik neem het in overweging, dat beloof ik.'

'Hoe is het eigenlijk op je werk? Gisteren zag ik trouwens die dame, even denken. Ja, het was die griet met die zwarte haren.'

'Nina?'

'Geen idee, maar het was die zwarte. Je weet wel, diegene van hier verderop.'

'Nina woont op de Singel, bedoel je dat huis?'

'Ja, inderdaad op de Singel. Dat grote witte huis, naast dat van de dokter.'

'Hoe kom je vanuit hier bij de Singel?' Ze moet weten wat Nina allemaal in haar schild voert, want ziek is ze overduidelijk niet.

'Wacht hier!' Charles verdwijnt opnieuw het café in en komt even later terug met iets slaps in zijn hand. 'Mijn excuses voor de ondergrond, hier heb ik de route naar het huis op getekend' Hij overhandigt Sofie een crèmekleurig servetje.

Ze kijkt ernaar en probeert zichzelf te oriënteren op basis van de gebrekkige tekening voor haar. Charles merkt het en licht de route mondeling toe.

'Wil je nog een kop koffie?'

Ze kijkt in haar bijna lege mok. 'Nee, dank je. Ik moet boodschappen doen.' Na de laatste slok overhandigt ze Charles de lege mok. 'Mag ik hem zaterdag betalen? Ik ben mijn portemonnee vergeten...' Terwijl het laatste woord haar mond verlaat, voelt ze de koffie omhoog komen. Ja, ze is haar portemonnee vergeten.

Waarom staat ze kogelhard te liegen tegen de man die zijn eigen leven voor haar zou geven? Het bedrog lijkt Charles te ontgaan: 'Lieverd, deze is van het huis. Zie ik je zaterdag?'

'Ja, je ziet mij zaterdag.' Met het schaamrood op haar kaken loopt ze weg.

Sofie heeft zich verscholen achter een geparkeerde auto, met een perfect zicht op de voorzijde van het huis, na een half uur is er nog steeds geen enkele beweging te zien.

Nina ligt inderdaad met een longontsteking op bed, constateert ze en voorzichtig staat ze op. Nina mag haar niet zien, wat zal ze wel niet denken als ze haar hier aantrof. Vanuit haar schuilplaats inspecteert ze de resterende parkeerplaatsen. Nina's auto staat er niet, dat Gerard er momenteel in paradeert, lijkt een plausibele verklaring.

Ze besluit haar detectivecarrière hier te eindigen en komt achter de auto vandaan.

Plots gaat de voordeur open. Snel duikt ze terug in haar tijdelijke schuilhoek, met een hartslag van ruim boven de honderd. Langs de zijkant van de auto tuurt ze richting de voordeur. Gerard stapt naar buiten en rekt zich op zijn gemak uit. Hij bukt, trekt wat onkruid uit de voortuin en gooit het weg in een hoekje. De perfecte man.

Opeens draait hij zich om, zijn armen steekt hij weids uit, alsof hij de immense conifeer in de voortuin wil omarmen. Op dat moment verlaat nog iemand het huis en als Sofie ziet wie dat is, valt haar mond open van verbazing.

Sofie is nog steeds ontdaan, ze veegt de laatste tranen van haar gezicht en draait de douchekraan daadkrachtig open. Het warme water stort als een koker naar beneden. In de spiegel kijkt ze naar zichzelf, wat ze ziet herkent ze niet.
Ze moet stoppen met zich te bemoeien met andermans leven, daar komt alleen maar ellende van. Een gevoel van eenzaamheid valt als een zware deken over haar heen.
Had ze maar een échte hartsvriendin, iemand om álles mee te delen, een fiscale partner zou nog meer zekerheid bieden.
Haar eeuwige staart verlost ze van het elastiekje en haar bruine lokken vallen sierlijk rond haar gezicht. Ze tuit haar lippen en bekijkt zichzelf vanuit elke hoek, eigenlijk ziet ze er helemaal nog niet zo slecht uit.
Stoom vult geleidelijk de badkamer, de spiegel beslaat en langzaam verdwijnt haar gezicht in de mist.
Het warme douchewater spoelt haar hoofd leeg en ze besluit om zich nog maar op één ding te concentreren: haar werk.

Als Sofie rond het middaguur het kantoorgedeelte komt binnenlopen, omhelst Anne haar stevig. Net iets te stevig, want ze krijgt bijna geen lucht meer.
Lichtjes klopt ze op Annes rug in de hoop dat ze snel los zal laten.
'Hoe is het met je? Je ziet inderdaad nog wel een beetje pips. Heb je al gegeten?'
Sofie houdt als antwoord op de vraag een papieren zak van de bakker omhoog. Ze bestudeert het kleurloze gezicht van Anne, die hormoonkuur kan nooit goed voor haar zijn. Er klinkt gestommel op de trap. Nieuwsgierig kijkt ze achterom, het is Amar. Dat is waar ook, zijn stage is inmiddels begonnen. Hij staat er een beetje

ongemakkelijk bij.

'Anne, ik heb de eerste drie hoofdstukken afgemaakt.' Anne neemt de ordner van hem over en belooft om naar de inhoud van zijn stage-verslag te kijken. Hij excuseert zich en verdwijnt de winkel in. Niet veel later volgen Sofie en Anne zijn voorbeeld.

Het is die middag ongelooflijk druk in de winkel. Sofie komt alleen aan haar werk achter de kassa toe. Tussendoor gluurt ze stiekem naar Amar. Hij doet zichtbaar zijn best en werkt hard door.

Anne heeft hem onder haar hoede genomen en leidt hem door lastige situaties heen als een echte moeder, het is bijna aandoenlijk om te zien.

Pas tegen vier uur krijgt Sofie de gelegenheid om pauze te nemen. Beneden in de keuken maakt ze een kop verse koffie.

'Rook je?' Verschrikt kijkt ze om, het is Amar. Hij staat in de deur-opening met zijn jas aan. 'Nu wel!' Ze pakt haar koffie en gaat op de uitnodiging in.

Amar ontgrendelt de achterdeur en een warme windvlaag komt hen tegemoet.

'Heb jij een vuurtje?' vraagt hij terwijl hij in zijn jaszak rommelt.

'Nee, ik ben gestopt met roken. Roken, het blijft een teer onderwerp, hé.'

Lachend kijkt hij haar aan, hij zoekt in zijn binnenzak, de aansteker blijft zoek.

'Wácht maar, ik haal wel lucifers.' Door de stevige wind kost het een paar extra zwavelstokjes, maar dan krijgen ze hun ultieme ge-notsmiddel op stoom. Zwijgend staan ze met zijn tweeën naast elkaar. Met een hoop gekraak gaat de buitendeur van het naastgelegen pand open. Ze hoort aan het kuchje dat het Michelle is. Sofie doet net alsof ze haar niet hoort. De priemende ogen voelt ze haar rug inboren, ongemakkelijk begint ze met haar benen te wiebelen. Haar hersenen maken overuren, ze moet een excuus verzinnen om te verklaren waarom ze hier "gezellig" met Amar staat te roken. Gelukkig, het is niet nodig want even snel als dat de deur openging, gaat die ook weer dicht.

'Dat was gek.' Amar kijkt Sofie ontgoocheld aan.

'Tja, dat is Michelle. Ze heeft een "dingetje" met buitenlanders, dat moet je gewoon negeren. Ik heb zelf Italiaans bloed, eigenlijk ben ik een halfbloed…' De kassabel galmt door het magazijn, nog nooit is ze zo blij geweest om dat geluid te horen. Anne heeft assistentie nodig en ze maakt aanstalten om te gaan.

Geheel onverwachts zegt Amar: 'Laat mij gaan, ik kan er alleen maar van leren.'

Sofie weet het nu zeker, Michelle zat fout.

Stipt om 18.00 uur sluit Sofie de toegangsdeuren van de winkel. Amar is al eerder vertrokken, de busverbinding in de avondspits is een ramp.

In stilte werken de meiden snel door, binnen een recordtijd van elf minuten zijn ze klaar om te vertrekken.

'Sofie, kan ik jou nog even spreken?'

Anne klinkt serieus, ze is ook doorgaans serieus, maar ze praat nooit zó serieus.

Zij wil niet praten, nergens over, niet over Nina en zeker niet over Cathelijne!

'Sofie, kom je even?'

De telefoon gaat over, Anne laat hem rinkelen, er wordt toch weer opgehangen. Zo gaat het al een week.

'Ik heb vanmiddag Isabella gebeld om zelf de verdwenen 750 euro te melden.'

Sofie is gechoqueerd: '750 euro! Het was toch 200 euro?'

Anne probeert zich zichtbaar groot te houden, op zakelijke toon gaat ze verder. 'Vanmorgen bij het klaarmaken van de bankstorting was het echt 750 euro!' Hier komt gezeik van, dat weet Sofie zeker.

'Ik beschuldig niemand. Isabella komt morgen als eerste hierheen.'

Bij die woorden staat Sofie gelijk op en bestudeert het rooster, ze hoeft morgen toch niet te werken? Shit, wel dus. Wie nog meer? Met haar vinger gaat ze het rijtje namen langs: Nina en natuurlijk

Cathelijne.

'Nou, dan is Nina de lul.' Meteen hoopt ze dat ze dit niet hardop zei.

'Nina is nog ziek, Sofie. Jij zal Isabella te woord moeten staan.'

Ze gaat Anne nú de waarheid vertellen! Nee, ze houdt zich aan haar plan, geen bemoeienissen meer.

'Ja, en wat ga ik vertellen dan? Dat de kaboutertjes zijn geweest en in plaats van goud te brengen, hebben ze de kluis leeggehaald?' Sofie is woest, waarom moet zij de teringzooi van anderen opruimen?

'Rustig nou maar.' Bij deze woorden wordt Sofie alleen maar kwader. Dan hoort ze dat Anne huilt, eerst zachtjes dan hard.

'Stil maar, het komt goed.' Liefdevol legt Sofie haar arm om Anne heen en ze verbaast zich over dit tedere gebaar. Ze heeft toch een hart. Zo blijven ze even zitten en wanneer Sofie denkt dat de waterval eindigt, trekt ze haar arm terug en direct stort het water weer neer. 'Anne, kom op. Wat is er aan de hand? Zo ken ik jou niet.' Dit werkt, want Anne stopt acuut met huilen. Na wat gerommel in haar tas en legt ze een blauw zakje van de plaatselijke apotheek voor zich neer.

'En wat zit daarin, toch niet 750 euro?' Sofie slaat haar ogen beschaamd neer. Anne is wel de laatste persoon die geld zou wegnemen uit de kluis. Ze geeft Anne even de tijd om haar verhaal te vertellen. Het is inmiddels toch al laat, dus een magnetronmaaltijd wordt het sowieso.

'Dat geld kan mij eigenlijk niets schelen. Nou ja, ik bedoel, dat wordt wel weer opgelost. Het is die klote hormoonkuur. Ik wil ermee stoppen. Het valt mij zwaar, Sofie, maar Ricardo wil er niets van weten. Hij wil kinderen van zichzelf. Ik wil best adopteren, ik kan ook houden van een kind dat ik niet zelf heb gedragen. Er zijn zoveel kinderen die wachten op een warm gezin. Ricardo is woest daarover, hij ziet alleen maar de negatieve kant van adopteren.'

'Luister Anne, ga naar huis en praat met Ricardo. Hij lijkt mij best redelijk. Ik zie ook wel dat je eraan onderdoor gaat, jullie zullen hier echt samen uit moeten komen.'

Anne kijkt haar dankbaar aan, ze lacht door haar tranen heen. Sofie haalt opgelucht adem, weer een crisis bezworen. 'Ik regel het geld met Isabella en jij gaat naar huis en een gezin stichten.'

De volgende morgen gaat Sofie met lood in haar schoenen op weg naar haar werk. Als ze het kruispunt tegenover het winkelcentrum wil oversteken, passeert er een stadsbus. Onbedoeld volgt ze hem met haar ogen, hij stopt even verderop bij de halte. Als het voetgangerslicht op groen springt, vervolgt ze haar weg.
'Goedemorgen, Sofie.' Het is Amar.
'Hey, jij daar, ook goedemorgen. Dat is ook zo, jij neemt de bus.'
'Inderdaad, een prima vervoersmiddel met een goede verbinding. Ik kan hier elke dag om stipt half negen zijn.' Samen bestijgen ze de grote trap van het winkelcentrum en de altijd uitbundige Cathelijne komt hen tegemoet.
'Hallo luitjes!' Sofie wordt ineens onpasselijk bij zoveel misplaatste vrolijkheid. Ze kijkt naar Cathelijne, haar Cathelijne. Ze deelde alles met Cathelijne, ze waren twee handen op één buik, zij tweeën tegen de rest van de wereld. Maar die zeepbel is uit elkaar gespat toen ze haar afgelopen maandag uitgebreid tongend voor Nina's huis aantrof met Gerard. Nina's man. Ja, het was Cathelijne. De lieve onschuldige Cathelijne en de verloofde Cathelijne.
Sofie ziet het nog voor zich, een paar maanden geleden. Leonard kwam de winkel in, met een grote bos rode rozen en een compleet dweilorkest achter hem aan. Ter plekke zakte hij op zijn knieën.
Sofie verwachtte dat Robert ten Brink er achteraan zou komen, dat ze ongewild in de nieuwste aflevering van "All you need is love" terecht zou komen. Ron Brandsteder en Linda de Mol kwamen ook niet, het huwelijksaanzoek wel. Sofie schreeuwde dat ze het niet moest doen, trouwen met die klootzak, die altijd zuipende rokkenjager. Dat kleine ronde brilletje had ze wel van zijn rotkop willen slaan. Ze zou hem een veilig uitgeleide bieden als hij Cathelijne vrij zou laten, vrij om haar vleugels uit te slaan, op zoek naar een geschikte man. Ze schreeuwde wel, maar niet hardop, dus zei Cathelijne: "JA". En nu, tijdens het trouwjurken passen door, neukt ze met Gerard, wellicht

ook met Leonard. Het kan Sofie geen reet meer schelen.

Cathelijne merkt op dat Sofie haar negeert. 'Hey Sofie, slechte nacht gehad? Of had je wellicht bezoek?' Cathelijne geeft Amar een knipoog, hij houdt wijselijk zijn mond en Cathelijne schijnt de boodschap te begrijpen. In doodse stilte maken de drie alles gereed om de winkel op tijd te openen. Daarna gaat iedereen aan zijn eigen taken beginnen, zelfs Amar, hij heeft de smaak goed te pakken.

'Sofie? Heb jij straks nog even tijd om aan mijn stageverslag te werken?'

'Tuurlijk, zullen we er rond elf uur even voor gaan zitten?' Hij knikt tevreden. Wat is ze blij om te zien dat hij deze stage zo serieus neemt, nu nog een manier vinden om weer op goede voet met Michelle te komen.

Geïrriteerd loopt Sofie naar het kantoor. De vrolijke melodie van de telefoon schalt voor de zoveelste keer door de winkel. Ze pakt de hoorn op en zwijgt. De verbinding wordt ditmaal niet direct verbroken.

Ze wacht af, het blijft stil. Ze voelt de druk om iets te zeggen, het kan belangrijk zijn. Isabella, een klant. Roerloos blijft ze staan, bang dat door iedere beweging de verbinding alsnog wegvalt. Nieuwsgierigheid, ja is ze nieuwgierig. Wie houdt zich in stilte gehuld aan de ander kant van de lijn? In het kantoor heerst pure sereniteit. Secondes tikken weg.

Ze sluit haar ogen, concentratie, op de lijn slechts een lichte ruis. Ze móét weten wie het is. Nu. Niet later. Inmiddels een minuut. Niets anders dan louter stilzwijgen.

Haar hartslag loopt op. Zal ze iets zeggen, één woord? Nee. Fascinatie overheerst. Een mysterieus persoon. Waarom? Stil zijn. Luisteren. Een ademhaling. Zwaar. Ze drukt de hoorn harder tegen zich aan. De onthulling. Bijna...Met een gigantische klap is alles voorbij. Haar hart slaat over.

'Goedemorgen jongedame.' De versnelde pieptoon pijnigt haar gehoorgang. Er komt iemand het kantoor binnen gedenderd, on-

zichtbaar verscholen achter een bruinachtige kartonnen doos.
De verbinding is verbroken, langzaam laat ze de hoorn zakken en frustratie overheerst.

'Als u daar een krabbeltje zet.'
'Hier?'
'Ja, daar. Prima. Fijne dag.'
Sofie staart gebiologeerd naar de telefoon, het apparaat staat er levenloos bij. Ze wacht op de bekende melodie, maar die komt niet meer. Ze wil zich losmaken van het toestel, alsof het haar gevangen houdt. Het pakket! Met haar ogen scant ze de buitenkant van de doos, niets van herkenning. Alsof het antwoord op haar vraag zich hierin bevindt, opent ze behoedzaam de doos. Voorzichtig verwijdert ze het bovenste verpakkingsmateriaal. Handcrème! Ja, haar uitweg. Ze pakt opnieuw de hoorn en belt Michelle.

Ongeduldig draalt Sofie bij de ingang van de drogisterij. Cathelijne kijkt bij gelegenheid wel, ze is verstandig, dus ze zwijgt. Ontelbare keren checkt Sofie haar horloge. Waar blijft Michelle? Ze zal toch wel komen? Ja, die komt wel, ze klonk zo enthousiast aan de telefoon. Nogmaals kijkt Sofie om een hoekje richting de ingang van de kledingwinkel, geen beweging. Wel klanten, geen Michelle. De klok boven de deur geeft tien uur aan. Koffiepauze. Nog één keer tuurt ze om het hoekje, weer niemand. Gefrustreerd verlaat Sofie haar plek, op weg naar de koffie. Beneden in de keuken staat Amar.
'Hey Sofie, wil je koffie?' Hij houdt de glazen pot omhoog.
'Lekker.'
'Suiker, melk?'
'Zwart.'
'Eenmaal zwart voor Sofie.' Hij overhandigt haar een mok. Ze staart hem aan, dat zegt Charles ook altijd, precies dezelfde woorden. Uit Amars mond klinkt het anders, minder liefdevol, wel prettig. Ze lijken inmiddels hun eigen routine te hebben, Amar de sigaretten, zij een aansteker. De voorgaande gekoesterde rookpauzes stonden ze

zwijgend naast elkaar, deze keer verbreekt Amar die trend.

'Ik zag je laatst bij het tuincentrum.' Haar maag explodeert en de koffie klettert op de straat, er komt zelfs koffie in haar longen. Ze duikt op haar handen en knieën om de warme drank eruit te hoesten. Amar komt aangesneld met een emmer, ze wijst hem af. De keukenrol accepteert ze wel.

'Gaat het?'

Ze knikt, een laatste golf bruinachtig vocht verlaat haar luchtwegen en ze hapt naar adem.

'Sorry.'

'Geeft niks. Ik verslik me wel vaker.' Wat een onzin, nog nooit gebeurd.

Betrapt! Na al die moeite. Zouden Frederique en Nina haar ook hebben gezien? Ze probeert een normale toonhoogte te vinden, iets wat haar niet verder kan verraden. 'O, ja?'

'Je lag buiten in de graskant.'

Dit is te erg voor woorden.

'Ik dacht dat je iets zocht?'

Nee, niemand mocht mij vinden! 'Ik zocht mijn telefoon.'

'In de graskant?'

'Ja, laten vallen. Ik ben ook zo'n kluns.' Zeg je nou kluns, van alle woorden in de Van Dale zeg je: kluns!

Amar lacht vermaakt. 'Ik was daar met mijn tante. De viooltjes waren in de aanbieding, vandaar.'

Zie je nou wel, hij was heel gewoon met zijn tante op pad. Viooltjes kopen.

'En jij? Wat heb jij gekocht?'

'Amar! Bezoek!' Cathelijnes stem echoot door het trappenhuis.

Sofie zucht van opluchting, haar redding.

'Kan ik je alleen laten?' Bezorgd kijkt hij haar aan.

'Ja, ja. Ga!' Ze is allang blij dat hij vertrekt. Wat een vertoning.

Sofie strompelt naar binnen. Het hoesten is niet meer ritmisch, wel vermoeiend. Ze moet weten hoe ze er uit ziet. In het toilet hangt een gebroken spiegel, bestaande uit duizend stukjes. De omlijsting bleek onverwoestbaar te zijn. Links onderaan bevindt zich het grootste stuk, haar bloeddoorlopen ogen zijn niet te missen.

Ongelooflijk. Zo kan ze de winkel niet in, ze moet toonbaar zijn. Een vergeeld gastendoekje is alles wat voorhanden is. Hoelang het daar al onaangeraakt hangt, wil ze echt niet weten. Ze houdt een punt van de smerige lap onder de koude kraan. Als ze zich opricht, ziet ze Michelle achter zich staan. Haar gezicht versneden in een angstaanjagende reflectie, verdeeld over de vele fragmenten van de spiegel.

'Ik kom de handcrème halen.' Haar toon is strikt zakelijk.

Sofie draait zich om en bestudeert de strakke uitdrukking op Michelles gezicht.

'Wat is er opeens met jou?' Ze wil weten waarom Michelle van intens gelukkig ineens is omgeslagen naar ijskoud.

'Machtig, wat zie jij eruit!'

'Dank je.' Onafgebroken dept Sofie met de koude doek op haar oogleden.

'Gaat het wel?' De gematigde toon van Michelle maakt Sofie minder aanvallend.

'Ja, ik heb mij gewoon verslikt, dat is alles.'

'Ik kom voor de handcrème.' Weer dié toon.

Sofie vindt het wel goed, zij heeft meer dan haar best gedaan. Dat de winkeliersvereniging niets voor haar was, wist ze gelijk al, maar ze wilde Anne niet teleurstellen. Sofie loopt zwijgend naar boven, Michelle volgt in haar kielzog. In het kantoor overhandigt ze Michelle de grote doos, die gunt de inhoud geen blik waardig en vertrekt via de openstaande deur de winkel in. Woede komt als lava opzetten, dit pikt Sofie niet, die ondankbare hond! Ze zet de achtervolging in, die handcrème blijft hier! Al doet ze er veertig jaar over, ze smeert dat weldadige goedje zelf wel op haar handen. Michelle blijkt niet ver weg te zijn, halverwege de winkel staat ze stil. Sofie kijkt dezelfde richting op als Michelle, ze ziet Amar in gezelschap van twee jongemannen. Ze voeren zichtbaar een verhit gesprek. Daarbij stelt ze zichzelf gerust met het idee dat niet iedereen over Oer-Hollandse nuchterheid beschikt. Ze kan het niet helpen, ze blijft kijken. Die ene, met een zwart leren jasje, lijkt de leider te zijn. Zijn korte zwarte krulletjes glimmen in het licht van de stellages met peperdure geuren. De ander, een kort dikachtig mannetje met kroeshaar, zal wel de volger zijn. Ze voeren het volume van de conversatie steeds verder op. Ze spitst haar oren, misschien kan ze horen waar het over gaat. Als fragmenten van een onbekende taal haar bereiken, is die hoop vervlogen. Ze voelt zich ongemakkelijk, geen bemoeienissen meer, opnieuw begaat ze die fout.

Ook Michelle bemoeit zich met andermans zaken. Sofie loopt op haar af. 'Heb jij niets zinnigs met je tijd te doen, bijvoorbeeld theedoeken vouwen!' Dat is hard en ver onder de gordel, zelfs voor haar.

'Ik had je gewaarschuwd voor dat tuig, maar jij wilde niet luisteren en kijk wat er van komt!'

'En wat doen ze dan volgens jou?'

'Wacht maar af. Straks is die hele geurencollectie verdwenen. Ik geef je mijn erewoord.'

Sofie voelt een ongekende woedeuitbarsting opkomen. Wat een discriminatie, puur racisme! 'Weet je Michelle, je zou een voorbeeld aan ons kunnen nemen. Wist jij dat een overgroot deel van de allochtonen in ons land gewoon wil werken, net zoals jij en ik. En juist door mensen zoals jij, krijgen ze die kans niet. Bevooroordeeld, dat is wat je bent. Een deel wordt bestempeld als lui, anderen als crimineel, weer anderen spreken de Nederlandse taal niet vloeiend genoeg. Nee, als wij deze mensen geen kans geven, belanden ze in de goot. Als we dat proces willen stoppen, moeten we beginnen bij onszelf, door het goede voorbeeld te geven. Dat hard werken loont!' Ze is op dreef, ze zal Michelle, die hypocriet, wel vertellen wat de waarheid is.

Een oorverdovend kabaal doet de twee op de grond duiken, glasscherven vliegen als speerpunten in de rondte. Met haar handen beschermend over haar hoofd wacht ze gespannen af op wat er komen gaat. Sommige klanten gillen, andere huilen, ze hoort Amar huilen. Voorzichtig ontvouwt ze zichzelf, alert op een nieuwe aanval. Michelle? Ze moet weten of Michelle gewond is en voorzichtig komt ze overeind. Slechts een laatste glimp vangt ze op, terwijl Michelle de winkel verlaat.

De twee gasten scheren Sofie voorbij, ze laten een bloederig spoor achter. Amar! Ze snelt naar de parfumafdeling. Overal liggen scherven, gebroken glas en bloed. Ze slaat haar handen voor haar ogen, ze wil de ravage niet tot zich laten doordringen.

'De politie is onderweg!' Het is Cathelijne. Een moment wil ze dat Cathelijne haar vasthoudt, stevig vasthoudt, haar verzekert dat alles goed komt. Ja, nu is zo'n moment dat ze klein wil zijn. Ze kijkt Cathelijne aan, de tranen rollen over haar gezicht, ze ziet er klein uit. En Sofie, Sofie moet groot zijn. Amar komt voorzichtig overeind, hij kreunt.

'Gaat het? Ben je gewond?' Sofie tast zijn lichaam af, er is geen zichtbaar ernstige verwonding, maar dat zegt niets. Misschien heeft hij wel inwendige bloedingen, zij kijkt ook van die traumaseries.

'Nee, nee het gaat prima', zegt hij, terwijl hij probeert om op de staan. Sofie ondersteunt en begeleidt hem, weg van het gevaar naar een scherfvrije plek.

'Hier, ga maar zitten.' Amar laat zich leiden en zakt op de grond, hij zucht. Hij zoekt haar ogen en Sofie laat zich vinden, alles om hen heen lijkt niet meer belangrijk.

'Politie Midden Holland, wij komen af op een melding.' Verschrikt kijkt ze om zich heen, achter haar staan twee politieagenten. Opnieuw kijkt ze naar Amar, maar de man van net is weg, hij is terug in zijn cocon en zwijgt.

Sofie zit op een stoel in het kantoor en ze is niet alleen. Het gezelschap om haar heen wordt steeds groter.

Als eerste zijn er de agenten, gevolgd door niemand minder dan Isabella. Zij blijkt een zesde zintuig te hebben voor perfecte timing.

Ook Anne is ondertussen aangeschoven. Sofie bekijkt haar van top tot teen. Zou Anne door hebben dat ze in een pyjamabroek is verschenen? Blijkbaar niet, straks wel.

Sofies gedachten dwalen af naar Amar. Hij is naar huis gestuurd. Misschien wel voorgoed, ze weet het niet. Wat zou er gebeurd zijn, als de politie iets later was komen binnenvallen? Had ze hem gekust? Waarschijnlijk wel, maar waarom? Ze voelt niets voor hem, tenminste niet op die manier. Is het omdat ze iets te bewijzen heeft tegenover Michelle? Tegenover de wereld? Dat je niet iedereen over één kam moet scheren omdat een klein groepje altijd slecht in het nieuws is. Ze probeert te luisteren naar Isabella, die ratelt zo snel dat haar hoofd ervan tolt. Haar spieren worden stijf van al dat zitten, ze moet haar benen strekken.

'We willen u straks ook nog wat vragen stellen.' Ze kijkt de agente aan en knikt, die gaat op haar beurt aan de kant zodat Sofie er langs kan.

Rust in de keuken, weg van al dat gekakel van boven. Sofie gaat aan de tafel zitten en legt haar hoofd neer, ze is compleet leeggezogen door alle consternatie.

'Hey, Soof.'

Geërgerd kijkt ze op, ze wil geen gezeik meer aan haar hoofd. Het is Nina. Wat doet zij nou hier?

'Zo, bijgekomen van je "ernstige" longontsteking?' Nina wordt vuurrood en perst haar lippen stijf op elkaar. Sofie had niet anders verwacht, puur medelijden komt bovendrijven. Weet Nina het van Cathelijne en "haar" Gerard. Nee Sofie Ventura, als je het maar uit je hoofd laat. Jij bemoeit niet meer met andermans zaken en Nina valt ook onder die categorie.

'Je bent nogal wat van plan.' Ze wijst naar de zwarte duffelback die Nina in haar hand houdt. 'Bemoei je met je eigen zaken.' Tuurlijk, dat is Nina.

'Prima meid', zegt ze en ze legt haar hoofd weer terug. Nina gooit de tas onder de kapstok en vertrekt. Sofie kijkt naar de tas, niet echt een typisch design item uit Nina's collectie, meer eentje uit die van Gerard. Ja, Nina heeft Gerard eruit gegooid en zijn kleren zitten in die tas. Nieuwsgierig staat ze op, ze wil weten of ze gelijk heeft, maar ze bedenkt zich snel. Ze mag niet in die tas kijken, dat is privé, of wel. Nee, ze doet het niet en gaat weer zitten. Ze probeert aan andere dingen te denken, de tas blijft lonken. Er zit een opvallend embleem op de zijkant, vuurrode grote propellers en een stuk romp van een vliegtuig, nog nooit gezien, zonder twijfel een mannentas.

De agente komt de keuken binnen. 'Mevrouw Ventura, we kunnen u nu te woord staan. Komt u mee?' Sofie staat op en volgt de agente.

Anne slaakt een diepe zucht: 'Wat een dag.'

Sofie rolt met haar ogen, wat een heldere observatie van haar collega.

'Soof, luister, jij gaat zo naar huis. Ik handel hier alles wel af.'

'In je pyjama?' Verschrikt wrijft Anne over de pyjamabroek, alsof het een toverbal is die van kleur kan veranderen. De melodie van de telefoon verstomt haar schaamtegevoel. Vrijwel direct wordt de verbinding verbroken.

'Oké, dit is het plan. Nina zou morgenochtend werken, jij de middag. Deze diensten heb ik, op haar verzoek, omgewisseld. Ze voelt zich nog zwak, zo kan ze morgenochtend rustig opstarten.'

'Nou hé, ze zag er nog slecht uit.' Sofie hoopt dat het sarcasme wordt opgemerkt.

'Anne, hoe zit het met Amar?'

'Wat bedoel je? Die komt morgenochtend gewoon weer.'

Sofie begrijpt het niet. Zij heeft niets belastend tegen de politie gezegd. Ja, Amar had overduidelijk ruzie met die gasten. Waarom zou dat zijn kans op een goede toekomst moeten kosten? Er waren meer getuigen. Anderen zullen toch wel verteld hebben wat er écht gebeurd is? Cathelijne zeker, of heeft zij haar eigen agenda, nog meer geheimen die het daglicht niet kunnen verdragen.

Anne bestudeert het rooster 'Even kijken…Ik ben er morgenmiddag en…Voor ik het vergeet te zeggen, morgenochtend komt er iemand vanuit een ander filiaal. Ik kreeg het rooster niet rond, vandaar deze noodgreep.'

'Het wordt steeds beter.' Sofie is er helemaal klaar mee.

Anne negeert de klaagzang en vervolgt: 'Nou, dat was het wel. Heb jij nog iets te melden?

'Ja, twee dingen. De vuilnisbak heeft Amar vanmorgen al buitengezet.'

'Toch wel naast het pand? Het waardetransport komt morgenochtend.'

'Ja, daar ga ik wel vanuit. Ik heb hem duidelijke instructies gegeven. En hier staat de doos met de gouden sieraden, de klantbestellingen. De speciale moederdagcollectie had ik ook alvast besteld, maar die mag nog niet verkocht worden. De exacte datum weet ik niet zo uit mijn hoofd, maar dat zal over ongeveer twee maanden zijn.'

Anne kijkt een beetje verontwaardigd.

'Je wist toch dat de leveringsdag is veranderd?' Sofie wacht het antwoord niet eens af. 'Dat was het van mijn kant en nu ga ik naar huis.'

'Sofie...?'

'Ja.'

'Doe voorzichtig.'

'Waarom?'

'Er gebeuren rare dingen.'

3

'Tot vanmiddag.' Ze kust Jackie symmetrisch tussen haar oortjes. Weemoedig kijkt ze in de heldere kattenogen. Wat is het toch een fascinerend dier. Zo tevreden en haar hele leven al moederziel alleen. Zou ze haar eigen leven projecteren op dat van Jackie?
Bewust iedereen op afstand houden. Niet samen, maar alleen door het leven gaan. Dit is niet het moment voor zelfreflectie, ze heeft haast.
Vluchtig controleert Sofie de inhoud van haar tas: telefoon, sleutels, lunch. Alles is aanwezig, ze kan vertrekken en opent de voordeur.
Ruben, hij gaat haar voorbij. Zingend en dansend, zoals iedere dag. Gelukkig, hij heeft een kleinere rugzak. Die jongen leek te bezwijken onder die enorme backpack.
'Goedemorgen Sofie. Lang niet gezien.' Het is Bernadette, de moeder van Ruben.
'Ja, drukke baan hé.'
'Wanneer kom je weer eens pannenkoeken eten. We missen je?'
'Ik kom snel een keer langs, dat beloof ik.'

Sofie kijkt het tweetal na. Ze nemen de lift, dan neemt zij de trap. Waarom? Uit gewoonte? Of door alle bemoeienissen van Bernadette. Wanneer begon dat proces van afhouden? Haar niet meer binnen laten komen. Sofie weet het dondersgoed. Toen Bernadette zich als "moeder" ging opstellen. Dingen ging zeggen als: "Je moet een betere baan zoeken", "Neem een geschikte man", "Je moet je kleden naar je leeftijd".
Sofie wilde geen moeder. Ze had een moeder, en een vader. Ze zijn dood, morsdood. Een stom ongeluk op weg naar wat een geweldige dag zou worden.
Opa en oma vierden een jubileum, ze waren een ongekend aantal jaren getrouwd. Gelukkig? Geen idee, vroeger maakte dat niet uit. Het feestje maakte wel uit. Maandenlang had ze er naar uitgekeken.

Mama had zelf de kleding gemaakt. Ja, wat zagen Astrid en zij er mooi uit. Papa en mama ook. Met zijn vieren zaten ze in de auto. Ze zongen de sterren van de hemel, papa stuurde. Haar vader, de man was de wereld voor haar.

Op warme zomeravonden mochten ze stiekem uit bed. Mama was dan weg. Waarheen? Ze wist het niet. Dan zaten ze samen op de schommel, zij en Astrid, achter het huis met een waterijsje. Papa, die schoffelde de tuin. Hij was haar held.

Die ene dag was alles ineens weg. Het was glad, te gevaarlijk, maar iedereen ging, zij ook. Had die boom er maar niet gestaan, die ene boom. Hij omarmde de auto, ook papa en mama. De boom kon de impact niet aan en brak af, hij nam haar ouders mee.

Op de begrafenis vertelde haar tante dat ze naar de hemel waren, een sterretje geworden. Ze geloofde wel in sprookjes, in boze heksen en snoephuisjes, maar niet in dit fabeltje. Toch zocht ze lang de hemel af, 's avonds, vanuit bed. Geen enkele ster kon zich ooit meten aan haar geweldige vader.

Waar is ze mee bezig? Ze moet haar kop erbij houden, de personeels-bezetting is een ramp vanmorgen. Onderbemand, alleen zij kent de routine. Wie zullen ze sturen vanuit dat andere filiaal? Meestal zijn dat niet de beste. Ja, ze heeft Amar, maar hij moet nog te veel leren. Hij is gretig, voor vandaag schiet hij tekort. Zij zal alles moeten lijmen, een team vormen, niet uit elkaar vallen. Eén ochtend, schouders eronder. Het komt goed.

De stadsbus raast weer voorbij en stopt bij de bushalte, geen teken van leven van Amar. Het bevreemdt haar. Ze blijft kijken, ook al is de bus alweer vertrokken, hopend dat hij alsnog uitstapt. Amar komt dus niet, zou Isabella hem toch definitief hebben weggestuurd? Waarom? Hij zei dat hij die jongens nog nooit eerder had gezien. Ze gelooft niet wat Amar beweert. Zij zag iets anders, volledige her-kenning, maar ze heeft niets gezegd.

Hoe ga je het aanpakken vandaag, focus je. Veel geld om te tellen is er niet, slechts één dagomzet. Na de vermiste 750 euro heeft Isabella al het aanwezige geld resoluut ingepakt en meegenomen. Waarheen? Misschien wel naar de bank. Klinkt onlogisch, wat is nog wel logisch. Nog nooit verdween er zoveel geld.

Ineens kijkt ze om zich heen, ze ruikt… sigarettenrook. Ze knijpt haar ogen tot spleetjes om de schaduw verderop te identificeren. Het is Amar! Niet alleen de sigarettenlucht, ook zijn lichaamsgeur vliegt mee op de wind langs al haar zintuigen. 'Amar! Ik ben het Sofie!' Hij kijkt, niet naar haar, maar schichtig om zich heen. Ook zij speurt de omgeving af, alsof ze hem wil helpen, om te vinden wat hij kennelijk zo naarstig zoekt. Zijn loopje is ook anders, niet meer vlotjes, eerder tergend. Zou hij pijn hebben? Dat is wel zeker. Hij viel achterover in de glazenstellingen vol prachtige ingepakte geuren, Nina's werk. Alvast voor Moederdag. Moederdag. Ze heeft een schijthekel aan weer een moederloze dag.
Waarom is hij eigenlijk geduwd? Was het de leider? Of de volger? Wie uiteindelijk de genadeklap uitdeelde, maakt niet uit, ze kan het niet weten, zij was verwikkeld in een verhitte confrontatie met Michelle.

Langzaam komt Amar dichterbij.
'Wat doe jij hier?' Zijn hele houding is opgefokt, alsof iemand hem achterna zit. Wel verklaarbaar na wat er gisteren is gebeurd.
'Wat denk je? Ik moet werken en jij ook. Kom op, we gaan.'
'Ga naar huis, Sofie.'
'Wat is er aan de hand, Amar?'
'Niets!'
'Ik ga. Ga je mee of niet?'
Hij lijkt te twijfelen, kijkt nogmaals om zich heen en volgt dan gehoorzaam.
Bij de zijdeur staat de onbekende collega. Sofie probeert haar ervaring in te schatten, misschien een mager zesje. Dat zwarte brilletje staat best intelligent, ze krijgt een zeven.
'Goedemorgen. Ik ben Karin, Karin van Diest.'
Het enthousiasme van Karin lijkt Sofie wat overdreven, toch besluit

ze haar een kans te geven.

'Hoi, ik ben Sofie en dit is Amar. Zullen we?' Sofie opent de deur, deactiveert het alarm en laat Karin en Amar voorgaan.

'Amar, zou jij koffie willen zetten? Wil jij ook een bakkie?' vraagt Sofie, terwijl ze Karin nog steeds op het juiste niveau probeert te peilen.

'Lekker! Ik leef erop.'

Amar verdwijnt richting de keuken en terwijl Karin de kapstok zoekt, vindt Sofie een briefje op het bureau.

Sofie,

Dennis, de man van Frederique, komt straks wat verhuisdozen brengen. Ze hebben de knoop doorgehakt, ze gaan terug naar Denemarken. Of wij wat magazijnruimte kunnen missen om alvast wat spullen op te slaan. Hij komt na 9.00 uur!

Tot vanmiddag, Anne

Ze verkreukelt het papiertje en gooit het in de prullenbak. Dan wendt ze zich tot de vreemdeling in hun midden.

'Heb je weleens kassa's geteld?' Karin schatert het uit. 'Ik ben assistent-filiaalmanager, dus wat denk jij?'

'Sorry, dat wist ik niet.' Sofie schaamt zich diep, daarentegen is ze ook aangenaam verrast door deze positieve wending. Door deze kolos aan ervaring wordt het deze morgen een eitje.

Samen beginnen ze met het tellen van de kassalades, even later verschijnt Amar met de koffie.

'Sofie, mag ik nog effe roken?' Zijn handen trillen.

'Nee, Amar natuurlijk niet nu. We zijn met geld bezig.' Ze verbaast zich over dit onverantwoordelijke voorstel. 'Ga de nieuwe voorraad sieraden maar controleren, de doos staat hier.' Ze wijst naar de verpakking onder het bureau. 'En houd de moederdagcollectie apart, die gaat pas later in de verkoop.'

Tijdens het tellen van de omzet kijkt Sofie even opzij naar haar "nieuwe collega". Ze werkt hard door, het is een verademing om te zien. Dankbaarheid overheerst voor de ervaren sidekick naast haar.

Opeens wordt de intense stilte ontwricht door de indringende klanken van de deurbel beneden. Alle drie schrikken ze op en kijken elkaar vragend aan.

Sofie werpt een blik op de klok, het is exact 8.44 uur.

Als ook de telefoon zijn vrolijke melodie begint te spelen, loopt de spanning in het kleine kantoor alleen maar meer op. Iedereen zit roerloos op zijn stoel en niemand durft een kik te geven.

Karin neemt als eerste het initiatief, ze strekt haar hand langzaam uit richting de telefoon. Sofie schudt bestraffend haar hoofd. Verspilde moeite, er wordt toch weer opgehangen en op dat moment zwijgt ook de telefoon. De sfeer is om te snijden.

De deurbel, hij gaat opnieuw. Zij zal de beslissing moeten nemen.

Secondes tikken verder weg. Wat zal ze doen? Ze weet wat ze moet doen, tot negen uur alle deuren gesloten houden. Het briefje van Anne.

'Natuurlijk! Het is Dennis, de man van Frederique, een collega. Hij komt alvast een paar verhuisdozen brengen.' Ze slaakt een zucht van opluchting.

'Amar, ga naar beneden en open de magazijndeur. Het is iemand van onszelf.' Amar blijft, ondanks het verzoek, bewegingsloos op zijn stoel zitten.

'Amar? Open die deur!'

Langzaam komt de jongen in beweging en bijna geruisloos daalt hij de trap af.

Er volgt een lange stilte, Sofie houdt haar adem in. Het bekende kraken van de buitendeur, hoorbaar wat geschuifel. Dennis is gearriveerd met de huisraad. Gerust ademt ze weer door, ze moet opschieten want het is bijna tijd om de winkel te openen.

Vanuit het trappenhuis klinken snelle, zware voetstappen. Nieuwsgierig kijkt ze op, ze heeft Dennis nog nooit ontmoet. Zou hij echt zo knap zijn als Frederique beweert?

Karin zit net te veel naar rechts en blokkeert daardoor het zicht. Het plotselinge oorverdovende gekrijs van Karin gaat door merg en been. Waarom in hemelsnaam krijst…?

'Op de grond! Op de grond!' Sofie vangt een schim op van een man, hij draagt een baseballcap en trekt Karin met grof geweld van haar stoel.

Het aanhoudende gekrijs van Karin baant zich een weg door Sofies zenuwstelsel en als verlamd blijft ze zitten, roerloos.

'Jij ook! Op de grond!' Een glimmend lemmet zwiert dreigend voor haar ogen heen en weer. Als een wassen beeld laat ze zich opzij vallen. De vloer kraakt onder haar gewicht en het muntgeld in haar hand rolt alle kanten op.

'Handen op je rug! Doe die verrekte handen op je rug!' Zich amper beseffend wat er allemaal gaande is, rolt ze zich op haar buik en steekt ze haar armen naar achteren. Opnieuw krijst Karin de longen uit haar lijf.

'Ik maak je af als je niet meewerkt. Kutwijf!' Sofie trilt over haar hele lichaam. Waarom werkt Karin niet mee? Ze móét meewerken.

'Klerewijf!' Nogmaals produceert Karin geluid, minder fel, alsof haar stembanden zijn gespleten onder de druk. Sofie perst haar oogleden op elkaar van angst. Ze probeert zich te focussen op de geluiden om haar heen. Ineens is Karin stil. Doodstil. Sofie schudt haar hoofd. Is Karin dood? Zal zij de volgende zijn? Nee, ze ademt. Ze ligt vak naast haar, ze hoort de pruttelende ademhaling in haar oor. Sofie concentreert zich op het ritme, de ademtocht klinkt onregelmatig. Zou Karin rustig of strijdend ten onder gaan. Het zweet breekt haar uit en paniek neemt de overhand. Ze kent de vrouw naast haar helemaal niet, ze zijn volkomen vreemden van elkaar.

Dan worden Sofies handen ruw vastgegrepen, de adrenaline pompt op vol vermogen door haar lijf.

'Doe je handen goed!' De onbekende man rukt aan haar armen. Ze wil het uitschreeuwen van de pijn, maar vermaant zichzelf. Ze moeten hier levend uitkomen. Rustig, kalm blijven. Luisteren. Doen wat hij zegt, dan hebben ze een kans.

'Kutwijf! Werk mee!' Ze weet niet wat ze verkeerd doet. Wat móét ik doen! Ze draait met haar polsen en duwt ze stevig tegen elkaar aan. Hij stopt met schreeuwen, zal het nu goed zijn? Ze voelt iets kouds, smals om haar pols.

'Néé, bindt me niet vast!'

'Het is een taaie.' Ze opent haar ogen. Die stem, hij klinkt milder. Heeft hij het tegen haar? Of is er nog iemand. Allemachtig, ze zijn met meer.

'Niet kijken!' Een vuistslag doet haar oogkassen trillen. Godallemachtig wat een martelgang. Klootzak! Wat gebeurt er toch allemaal? De onbekende gaat als een razende tekeer, alles op zijn weg moet het ontgelden. Een bureaustoel en de prullenbak vallen om. Hij grist hoorbaar het muntgeld uit de kassalades. Een mok koffie valt op de grond, de hete vloeistof schroeit haar onderbeen. Automatisch trekt haar gezicht zich samen als ze de pijnscheuten zo geruisloos mogelijk probeert te incasseren.

Opeens is het stil. Akelige stilte. Als de vloer opnieuw kraakt, draait haar maag zich om. Hij staat vlak achter haar. Wat is hij aan het doen? Karin kreunt. Nee, ze moet stil zijn, zwijgen. Het kreunen gaat over naar een diepe zucht. Karin is dood. Zij gaat dood. Nu. Hier. Ze wil niet dood.

Uit het niets wordt ze aan haar staart omhoog getrokken, haar hoofdhuid scheurt onder deze onverwachtse doodsgreep. Ze krijst het uit, totdat alle lucht uit haar is. Haar longen voelen doorboord door honderden naalden, ademhalen is haast onmogelijk. Warme vloeistof stroomt langs haar nek naar beneden. Hij verlost haar uit zijn greep en ze klapt met haar gezicht terug op de grond. Tranen vloeien, door de spanning schokt haar hele lijf. Haar hartslag stijgt naar een ongekende hoogte, terwijl haar borstkas het hart bijna niet meer in bedwang kan houden. Een zachte stof aait haar huid.

De vreemdeling klauwt zijn handpalm in haar gezicht, vingers priemen in haar ogen. Als haar hoofd opnieuw wordt opgetild, komt het oerinstinct van een roofdier boven. Met opengesperde kaken grijpt ze haar prooi, ze bijt zich vast en laat niet meer los. Door de vergeldende slag tegen haar slaap moet ze het onderspit delven. Hij laat los en ineens is alles donker om haar heen. Kippenvel verspreidt zich nog sneller dan een griepepidemie over haar hele lijf. Haar ademhaling versnelt, steeds sneller. Ze ademt diep in, de zachte stof blokkeert haar mond. Allemachtig, van alle manieren om dood te gaan, gaat ze niet stikken! Ze probeert rustiger adem te halen, kleine beetjes zuurstof tegelijk, rustig blijven. Karin is rustig, zij blijft ook rustig. Stofdeeltjes irriteren haar keel, ze kan een hoestbui niet onderdrukken.

'Bek houden!' Weer zo'n meedogenloze trap tegen haar lijf. De muffe lucht van de zak is misselijkmakend. Langzaam opent ze haar ogen, ze knippert tegen het felle licht dat door een gat in de zak naar binnen schijnt. Ze ziet het grijs van de ijzeren kast. Angst dendert door iedere ader. Meteen knijpt ze haar ogen stijf dicht, ze mag niets zien. Er klinkt weer gerommel op het bureau.

'Er moet meer geld zijn!'

Wat bedoelt hij daarmee? Alles ligt recht voor hem, in de kluis de rest. Hij klinkt boos, niet tegen haar, tegen die ander. De ander zwijgt. Twee paar voetstappen. Dichtbij. Ze drukt zich nog dichter tegen de vloer. Ze zwijgen. Waarom zeggen ze niets?

Ze kan niet meer helder denken. Stilte. Waar zijn ze nu? Opeens rukt hij aan haar arm en schudt haar genadeloos hard door elkaar.

'Waar is het geld? Zeg op, waar is het geld!'

Nu schreeuwt Sofie op vol vermogen, ze schreeuwt alles eruit. God wat is ze bang.

'Er moet meer geld zijn! Verdomme, ik vraag het je nog één keer, anders steek ik je ook overhoop!'

Karin is dus dood! Sofie herpakt zichzelf, ze móét. Zo kalm mogelijk zegt ze: 'Mijn manager heeft gisteren bijna al het geld meegenomen. Alles wat er is, ligt op het bureau. De rest in de kluis, meer is er niet. Echt niet!'

De telefoon gaat, een nieuwe golf doodsangst giert door haar lichaam. Ze opent haar ogen, geen grijs beeld meer. Rood, bloed? Nee, geen bloed, dan gaat alles draaien om haar heen en verliest ze het bewustzijn.

In de verte hoort ze getoeter en vuurwerk. Als door de bliksem getroffen beseft ze weer waar ze is. Ondanks haar bonzende hoofd probeert ze zich te oriënteren. Zijn ze er nog? Stilte, geen geluiden meer. Zullen ze echt…

'Hij heeft ons bedonderd.'

Waarom praat hij zo zachtjes? Ze is compleet in de war, tegen wie heeft hij het nu weer? Ze zijn er nog wel, nog steeds. Wat willen ze nog? Geld! Donder toch op.

Ze wil nog één keer de blauwe lucht zien, slechts één keer. Dit overleeft ze niet, ze blijven maar zoeken naar geld. Die fietsenmaker uit de krant werd om een lekke band vermoord, zij om slechts een paar honderd euro. De telefoon gaat opnieuw. Allemachtig, waarom? Tranen wellen op. Ze is op, moegestreden. Ze geeft zich gewonnen, dit is het dan. Haar leven en het eindigt hier.

'Tyfus, we zijn ontdekt!'

Allemachtig, die stemmen. Ze raken in paniek. Hier stopt het en ze maken het af, ze maken mij af.

Beneden klinkt opnieuw vuurwerk, het is geen vuurwerk. Het zijn schoten!

Sofie krijst het uit van de pijn, ze krimpt in elkaar. De zak snijdt in haar gezicht, haar polsen knakken onder de tegendruk. Ze huilt, tranen komen niet meer. Opnieuw snelle voetstappen op de trap. Hoeveel? Ze houdt ze niet uit elkaar. Weer schoten, nu beneden. Amar! Ze schieten op Amar. Karin, waar is Karin? Sofie ziet niets, hoort niets en de pijn is ondragelijk. De buitendeur kraakt, met een dreun valt de deur dicht. Stilte. Zijn ze dan nu weg? Nee, wachten. Is het voorbij? Ik ben niet dood. Ze hebben niet waar ze voor kwamen, ze komen terug. Ze komen terug! Stil zijn. Zwijgen. Liggen. Stil. Doodstil.

Secondes, minuten, uren. Sofie weet het niet meer. Alle besef van tijd is weg.

Geen geschreeuw en hartverscheurend gekrijs meer, slechts een angstaanjagende stilte om haar heen. Ze wil bewegen, maar dat lukt haar niet. Bevroren door angst. Pijn, ondragelijk steken tergen haar. Karin! Amar! Nee, ze mag niet meer bang zijn. Zij moet zorgen voor hun veiligheid, maar ze heeft al gefaald. Zij heeft de deur naar dit onheil geopend. Ze zal zichzelf moeten bevrijden uit deze onmogelijke positie. Langzaam wiegt ze zichzelf heen en weer. Waar ontstaat er ruimte om los te komen? Alle energie lijkt uit haar lichaam weg te vloeien. Haar hoofd begint te duizelen. Verdomme, ze mag zich niet overgeven aan de dood die loert. Als ze opgeeft zijn ze allemaal verloren. Met haar laatste kracht wrikt ze haar handen heen en weer. Opeens voelt ze ruimte ontstaan tussen haar polsen en steeds harder duwt ze haar polsen uit elkaar, dan breekt de tyrap. Voorzichtig probeert ze overeind te komen en in één haal trekt ze de zak van haar hoofd. Haar ogen moeten wennen aan het felle schijnsel van de TL-balken boven haar.

Ze verzamelt moed en kijkt opzij, daar ligt het levenloze lichaam van Karin. Sofie kan het beeld op haar netvlies niet verdragen, ze wordt kotsmisselijk en spuugt het opkomende braaksel uit. Angst maakt plaats voor woede, die klootzakken mogen niet winnen. Ze gaan het overleven, alle drie!

Voorzichtig verwijdert ze de linnenzak waarin Karins hoofd verscholen ligt, met bloed doordrenkte slierten gekruld haar kletteren op de grond. Op alles wat Sofie aanraakt laat ze bloederige afdrukken achter. Een moment houdt ze in, zou Karin dood zijn? Durft ze een lijk aan te raken? Ja, op dit moment kan ze alles. Nog nooit voelde ze zich zo onoverwinnelijk.

Karins borstkas gaat lichtjes op en neer. Godzijdank, ze leeft. Haar handen voelen koud aan, de bruine sproeten steken onnatuurlijk af tegen de grauwheid van de dood die nadert. Sofie trekt een jas onder de kapstok vandaan en bedekt Karin ermee.

'Hou vol meid, ik ga hulp halen.'

Sofie probeert op te staan, pijnscheuten schieten als vuurpijlen door haar lijf. Zo voelt het dus, dit is de hel op aarde. Ze zet haar tanden op elkaar en probeert vooruit te schuiven, kleine stukjes tegelijk. Overal ligt muntgeld, bloed en andere obstakels op haar weg. Ze manoeuvreert zich tussen alles door naar de trap, haar eerste doel. Tree voor tree, kreunend van de pijn, daalt ze af. De tegels onderaan zijn steenkoud. De kou geeft verkoeling aan haar brandende polsen en dwingt haar om door te gaan. Nu de hoek om, ze moet doorzetten, stoppen is geen optie. Ze grijpt de deurpost vast en gebruikt hem als hulpmiddel om sneller vooruit te schuiven.

Naast de deur ligt Amar, zijn ogen zijn gesloten. De plas bloed om hem heen voorspelt het ergste. Hij is dood, ze weet het zeker. Ze schuift weer een stuk verder, ze kan niet meer. Je moet Sofie Ventura! Ze grijpt naar zijn pols, maar ze mist. Ze zet zich af met haar voet, nog een stukje, ze moet dichterbij komen. Haar hart gaat zo te keer, dat ze twijfelt welke polsslag ze voelt. Het is zwak, dus niet van haar. Amar leeft, nog wel, maar niet voor lang.

Nu komt het er op aan, zij moet bellen voor hulp. In de keuken is een telefoon. Al is dit het laatste wat ze doet. Op haar handen en voeten, sneller bewegen. De pijn wegbijtend, de kiezen op elkaar. Meter voor meter komt de keuken in zicht. Ze grijpt een bezem en stoot de telefoon van de wand. Stukjes omhulsel breken af als het apparaat de grond raakt.

Bang dat deze reddingsboei defect is, grijpt ze de hoorn stevig vast. Godzijdank, een pieptoon. Wie moet ze bellen? Nee, hoe moet ze bellen? Welke cijfers intoetsen?

Ze slaat tegen haar hoofd. Denk na! Met haar lippen probeert ze het: 1,1…

Nee, God wat is het alarmnummer? Ze weet het niet meer. Ja, 112. Met bevende vingers toets de drie cijfers in en de telefoon gaat over. Het eerste contact met de buitenwereld.

'112. Wie wilt u spreken: Politie, brandweer of ambulance?'

'Po..polit...' Haar hele lichaam beeft, zelfs haar stembanden trillen.

'Mevrouw, ik kan u slecht verstaan. Zei u politie?'

'Ja. Kom alsjeblieft snel, ze bloeden dood.'

'Waar bent u precies?'

'Op…op mijn werk' Sofie bibbert weer zo erg dat ze bijna onver-

staanbaar is.
'Wat is het adres?'
'Eh…ik weet het niet…Kom alsjeblieft, alsjeblieft kom?' Smekend zit
ze op haar knieën, al dat bloed…de schoten…
'Wat is jouw naam?'
'Sofie…'
'Sofie, luister. Wat is het adres? Rustig blijven en focussen.'
'Eh…Kerkweg. Kerkweg nummer…10.'
'Sofie, luister naar mij. Mijn collega's zijn al onderweg. We hebben de
melding van een schietpartij al binnengekregen. Ik ben blij dat ik jou
aan de telefoon heb, samen gaan we hier doorheen. Ik ga je helpen,
oké?' De stem van de centralist maakt Sofie iets rustiger.
'Sofie, kun je mij kort vertellen wat er is gebeurd?'
'Ze kwamen binnen, voor geld. Ze schoten…O God, ze schoten…ze
komen terug!'
'Sofie, rustig maar, mijn collega's zijn vlakbij. Luister goed. Hoeveel
personen zijn er in het pand bij jou?'
'Mijn collega's. Ze zijn er slecht aan toe. Waar blijven jullie nou,
alsjeblieft kom nou toch.'
'Zijn de daders nog in het pand, Sofie?'
'Nee…Ja, ik weet het niet. Ik denk het niet.'
'Je weet niet zeker of ze weg zijn, klopt dat?'
'Ja, ik weet niet zeker.' Angstig kijkt ze het magazijn in, om er zeker
van te zijn dat ze veilig is.
'Sofie, jij blijft aan de lijn, wij houden samen contact. Als je niet
meer kan praten blaas je zachtjes in de hoorn, zo kan ik je horen.
Ondertussen stel ik jou vragen. Oké Sofie?'
'Nééé…'
'Sofie? Sofie! Wat gebeurt er?'
Een oorverdovend kabaal komt van buiten. Het komt dichterbij en
scheert door de lucht boven het pand.
Ze maakt zich zo klein mogelijk, ze kan het niet meer aan. 'O God!
Ze zijn terug!'
'Sofie, luister. Je hoort de politiehelikopter, zij komen assisteren. Ik

moet weten of de daders nog in het pand zijn. Ja of nee?'
'Ik weet het niet! Echt niet!'
'Oké, oké dat is goed.'
'Van hoeveel personen weet je wél zeker dat ze er zijn?'
'Twee. Amar en Karin.'
'Jullie zijn met zijn drieën. Kijk zie je, zo komen we een heel eind. Je doet het fantastisch.'
'Zijn de anderen gewond?'
'Ja, allebei, ernstig… Waarom duurt het zo lang?'
'Mijn collega's staan voor de deur, maar er wordt niet open gedaan. Kun jij de deur openmaken Sofie?'
'Ik hoor ze niet. Nee, ze zijn er niet. Echt niet!'
'Jawel, mijn collega's staan voor de deur in het winkelcentrum. Waar ben jij?'
'Beneden. Ik ben in de keuken.'
'Goed zo, Sofie. Welke deur is het dichtst bij jou?'
'De blauwe, een grote blauwe deur.'
'Prima, niet schrikken. Mijn collega's zijn binnen een minuut bij jou, gewoon rustig blijven.'

Gebonk op de achterdeur. Sofie krimpt ineen bij het horen van het gekraak. Ze moet de keuken verder in, daar is ze veilig. Ze zijn terug. Ze willen meer geld. De tas van Nina. Ze kijkt om zich heen, de duffelback, daar moet ze zich onder verstoppen. De plek onder de kapstok is leeg, geen duffelback meer. Opeens wordt alles duidelijk, beseft ze wie er achter de overval zit. Het is Nina!

'Sofie?... Sofie, je móét ons helpen!' De stem van de centralist galmt door de hoorn heen. Als een anker met de buitenwereld heeft ze hem stevig in haar hand geklemd.
Uitgeput leunt ze tegen de muur, de pijn is adembenemend. Voorzichtig tast ze haar zij af, ze voelt een hard object. Verschrikt kijkt ze naar beneden. Een mes! Die klootzakken hebben haar neergestoken! Angst maakt plaats voor razernij, die vuile hufter!

Tranen vloeien, ze is verscheurd door woede en doodsangst. Wat moet ze doen? De telefoon laat ze los. Ze moet naar de buitendeur. Om het hoekje van de keuken kijkt ze naar de achterdeur. Opnieuw dat hele stuk afleggen, ze kan het niet meer. Amar maakt gorgelende geluiden. Hij heeft niet veel tijd meer. Zijn bloed vult langzaam de voegen die de vloertegels omringen, een sinister mozaïekpatroon dat alsmaar groter wordt. Het geeft haar vernieuwde kracht, ze moet naar die deur. Ze kan niet meer wachten, er is geen tijd voor angst en ze gaat. Schuivend, zich afzettend tegen alles wat ze onderweg tegenkomt. Dozen, houten pallets, niets wordt ontzien. Splinters pijnigen haar handen, het moedigt haar alleen maar aan. Langzaam komt de deur in zicht, ze zet zich nog één keer af tegen een stapel dozen. Met haar vingers tikt ze de onderkant van de deur aan, een koude luchtstroom komt haar tegemoet.

Ze moet op adem komen, ze is kapot, aan het eind van al het menselijke. Ze richt haar hoofd omhoog. De deurklink. Waarom maakt iemand dat ding zó hoog? Voorzichtig reikt ze met haar hand richting de zilverkleurige hendel. Scherpe pijnsteken zorgen voor een volgende golf braaksel, het maakt allemaal niet meer uit.

'Sofie?'

Ze verstrakt, gespannen houdt ze zich doodstil. Zijn ze terug? Glibberend in het bloed probeert ze weer richting de keuken te vluchten.

'Sofie? Luister, ik ben van de politie. We zijn hier om je te helpen. Je móét de deur voor ons opendoen.'

Ze zwijgt. Haar ogen volgen razendsnel de vingertoppen die onder de deur door verschijnen.

'Sofie? Ben je daar nog?'

'Ja...'

'Goed zo. Ik schuif mijn legitimatiebewijs nu onder de deur door. Niet schrikken. Ik weet dat je bang bent. Kijk er naar, dan kun je zien wie ik ben. Oké?'

'Ja...oké.'

Langzaam verschijnt een zwart leren mapje, ze staart naar het typerende politie embleem. Ze moet deze man vertrouwen en hulp binnenlaten, anders sterven Karin en Amar.

Met haar laatste kracht trekt ze zich op aan de deurpost en in één ruk duwt ze de klink van de deur omhoog. Ze valt met haar hoofd terug op de stenen vloer met haar ogen gericht op het gebladerde plafond. Mensen springen over haar heen. Ze dringen het pand binnen, net als een losgeslagen meute honden. Er wordt geschreeuwd, ze kan het niet aanhoren. Haar handen legt ze op haar oren en ze duwt zo hard als ze kan. Ze hoort de stem van haar moeder, tranen wellen op. Als ze naar buiten kijkt, ziet ze een helderblauwe lucht. Zelden was de lucht zo mooi als nu. 'Mama, ik kom…' Nooit eerder voelde ze zich zo alleen, zelfs met deze enorme politiemacht om haar heen. Overal zijn flikkerende zwaailampen en blaffende honden. De helikopter scheert weer over, nam hij haar maar mee, mee naar haar moeder.

Iemand knielt naast haar en slaat haar in het gezicht.

'Hey jij, blijf bij me. Hoe heet je?'

'Sofie.'

'Haal die brancard! Deze gaat als eerst mee.'

Sofie wil overeind komen, ze moeten eerst naar Amar en Karin.

'Rustig Sofie. Blijf maar rustig liggen.'

'Hoe is de situatie?' Een lange man staat bij haar voeten, haar zicht is wazig.

'Ik weet het niet. Daar ligt er nog één.'

'Hoeveel ambulances hebben we nu?'

'Twee en er zijn er nog twee onderweg. Deze hier neem ik mee.'

'Oké, ik ga de situatie boven bekijken. We houden contact.'

Sofie hoort zijn voetstappen op de trap, zwaar en snel. Een huivering gaat door haar heen bij het horen van het geluid. Schurend staal naast haar, de brancard.

'Meissie daar gaan we, op naar het ziekenhuis. Sorry, maar wat zeg je?'

'Nina, het was Nina…'

4

In de verte klinken doffe geluiden, onherkenbare klanken. Dichterbij snerpende piepjes, een eindeloze reeks alarmerende tonen. Sofie probeert haar ogen te openen, haar oogleden zijn te zwaar. Lippen, ze zijn droog. Haar tong wil de weg naar voren niet maken. De doffe geluiden gaan langzaam over in geroezemoes, vrolijke klanken, vrouwenstemmen.

'Kijk, daar is ons meisje weer.'

Sofie kantelt haar hoofd om te ontdekken waar deze vriendelijke woorden vandaan komen.

Koude vingers omklemmen haar pols. Als in een reflex trekt ze hem weg. Ineens dringt de huiveringwekkende realiteit door. Ze moet hier weg, weg van deze plek. Ze zijn in gevaar!

De pieptoon versnelt, alsmaar sneller en sneller. Net als haar hartslag, die bonkt in haar keel.

'Haal Van Rijs!'

O God, ze zijn terug. Ze gaat eraan!

'Uit de weg! Maak ruimte!'

'Bloeddruk daalt. Hartslag gaat naar de…176! Wat doen we?'

'Geef haar een extra dosis en maak een OK klaar. En háál die zus!'

Sofie kronkelt alle kanten op, ze zal vechten voor wat ze waard is.

'Rustig maar kind. Het komt goed.'

Ze vormt haar lippen en met al haar kracht perst ze eruit: 'Nina, doe het niet…'

'Sofie? Soof, ik ben het: Astrid.'

Moeizaam opent Sofie haar ogen. Alles om haar heen is wazig. Ze probeert haar zicht te verscherpen. Astrid verschijnt in haar blikveld met een glimlach op haar gezicht.

'Lieve schat, wat ben ik blij om jouw prachtige ogen weer te zien.'

Onwetend staart Sofie naar Astrids waterige ogen.

'Je bent in het ziekenhuis. Hier ben je veilig.'

Waarvan is ze veilig? Als een trein denderen de lugubere beelden door haar hoofd, de omgeving begint te tollen en als in een draaikolk wordt ze in de rondte meegezogen. Snelle, angstaanjagende voetstappen komen steeds dichterbij.

'Ik geef haar nog een beetje. Zo, dit moet voldoende zijn. Blijf maar lekker bij haar.' De stem in de vorm van een witte verschijning verdwijnt weer.

Astrids stem kan ze onderscheiden, al dringen haar woorden niet door. Vermoeidheid daalt als een loden deken op haar neer. Ze inhaleert diep voor zuurstof. Naarstig probeert ze het oppervlak te bereiken, maar de diepte trekt haar terug en dan laat ze los.

Als Sofie ontwaakt, is alles donker, geleidelijk onderscheiden zich allerlei objecten om haar heen.

Zacht schijnsel verlicht de entree van de ruimte. Langzaam neemt ze de omgeving in zich op. Ze bevindt zich overduidelijk in een ziekenhuis.

Naast haar staat een bed, daarin ligt Astrid te slapen.

Ze wordt onpasselijk van de penetrante lucht die ze inademt en verwijdert het transparante kapje van haar mond. Ze vult haar longen met verse zuurstof.

Voetstappen op de gang. Angstig grijpt ze de stang van haar bed stevig beet en focust zich gespannen op de toegang van de kamer. Een verpleegster verschijnt in de schemerige deuropening, iemand blokkeert haar de weg. Het is te donker om de andere persoon goed in beeld te krijgen. De verpleegster houdt iets omhoog en vervolgt dan haar weg.

'Dag Sofie, ik ben Guusje. Heb je ergens pijn?'

'Ne..nee.'

'Goed, laten we dat vooral zo houden. Ik ga even de arts halen, die wil altijd graag wat onderzoeken doen.' Ze geeft Sofie een knipoog. 'Gewoon rustig blijven liggen. Bij ons ben je veilig en je zus is er ook.' Ondertussen schudt Guusje zachtjes aan Astrids schouder. 'Op de gang staat een politieagent, speciaal voor jou. Puur ceremonieel, net als de The Queen's Life Guard. Als dat geen luxe is.'

Guusje vult een bekertje met ijswater en houdt een rietje bij Sofies lippen. 'Neem maar een slokje, een kleintje. Goed zo, dan gaat het praten beter.'

'Ik ben zo terug met de arts. Astrid?'

Sofie bekijkt Astrid, ze ziet er vermoeid uit.

'Hey jij, ben je er weer?' Astrids stem klinkt loom, slaperig.

'Ja, ik ben er weer.'

'Hoe voel je je?'

'Vermorzeld?'

Guusje is snel terug, waarschijnlijk in gezelschap van de arts. Een oudere man in een lange witte jas en een stethoscoop, die bungelt om zijn nek, ze is in goede handen.

'Zo jongedame, u hebt ons wel laten schrikken. Laat mij eens even goed naar u kijken.'

De arts voert allerlei testjes uit en Guusje noteert. Sofie laat het gelaten toe.

'Oké. Mevrouw Ventura, u hebt geluk gehad. Uw leven heeft aan een zijden draadje gehangen. We hebben een lemmet van een mes verwijdert uit uw borstkas. Na wat complicaties lijkt het erop dat u het ergste hebt gehad. U moet mij één ding beloven, rustig aan doen. Uw lichaam heeft tijd nodig om te herstellen. U blijft op de intensive care tot ik er zeker van ben dat uw toestand stabiel is en blijft. Omdat dit een bijzondere situatie is, mag uw zus hier blijven. Ik zal de politie op de hoogte moeten stellen, als ze dat inmiddels al niet zijn.'

Onder zijn bril door kijkt hij naar de agent bij de deuropening. 'Ze willen u wat vragen stellen. Ik heb ze bijna een week buiten de deur kunnen houden. Als een stel kleine kinderen staan ze te trappelen van ongeduld.' Dan richt hij zich tot Guusje.

'Als die rechercheur hier is, blijf jij bij mevrouw Ventura. Als je maar een moment denkt dat het de verkeerde kant op gaat, handel je volgens onze afspraak.'

Ondertussen kijkt hij haar streng aan. Sofie voelt zich verantwoordelijk voor deze vermanende woorden, maar juist dan recht Guusje haar rug.

Sofie ontspant iets, ze hoeft niet meer alleen te vechten.

'Je hoorde wat de dokter zei, we gaan ons voorbereiden op de komst van de heer Van Dam. Ondertussen lijkt mij een goed idee om iets lichts te eten. Wat dacht je van een beschuitje met een beetje thee?'

Sofie knikt, al heeft ze liever koffie.

'Goed zo, dan ben ik zo terug met uw ontbijt, dame.'

Guusje vertrekt en Astrid nestelt zich naast Sofie op bed. Beschermend slaat ze haar arm om haar kleine zusje heen en daar liggen ze dan, net als vroeger.

Zoals beloofd komt Guusje terug met een gevuld dienblad. Astrid schiet te hulp en biedt aan om het over te nemen.

'Dank je. Hiernaast ben ik ook nog wel even bezig. Geen zorgen, als de rechercheur arriveert, laat ik jullie niet alleen.'

De overheersende lucht van sinaasappelthee maakt Sofie misselijk, toch probeert ze aan het geroosterde biscuitje met suiker en kaneel te knabbelen.

'Wil je er nog één? Je moet echt wat vast voedsel eten.'

'Ik heb geen trek. Astrid?'

'Ja, lieverd.'

'Hoe is het met Amar? En met.. hoe heet ze ook alweer?'

'Je bedoelt Karin?'

'Ja, Karin was haar naam.'

'Misschien is het beter om je alleen op je eigen herstel te richten.'

'Néé, ik moet het weten. Dat begrijp je toch wel?'

'Ja, ja rustig aan. Je mag je niet opwinden van de dokter.'

Aangeslagen staart Sofie voor zich uit, haar netvlies lijkt wel gebrandmerkt met de beelden van de levenloze lichamen van Karin en Amar.

'Sorry. Ik bedoelde het niet zo.' Astrid heeft zichtbaar spijt. 'Karin heeft het ziekenhuis verlaten, meer weet ik niet.'

'Godzijdank, dan heeft ze het overleefd. Dat is goed nieuws toch?'
'Ja..zeker.' Astrid slaat haar ogen neer. Sofie probeert af te lezen wat ze daarmee bedoelt. Zal ze verder vragen naar Amar? Of is dit juist het teken om het niet te doen?
'En Amar?'
'Amar? Hij ligt in de kamer hiernaast.'
'Hoe is het met hem?'
'Sofie, het is echt beter...'
'Je vertelt het me. Nu!'
'Amar ligt in coma. Hij is stabiel, tenminste dat vertelde zijn tante gisteren.'
Alle drie hebben ze het overleefd, waarom voelt ze zich dan zo verdoofd en lamgeslagen?
Er komt opnieuw een man de kamer binnen, ze probeert rechterop te gaan zitten, maar de steken in haar bovenlijf verhinderen dat.
'Zou je ons even alleen willen laten?' Hij kijkt Astrid streng aan.
Als Sofie wil protesteren, komt Guusje de kamer al binnen gestierd.
'Dat gaat niet gebeuren, die zus blijft hier! Ik ben Guusje, ik verpleeg en ben verantwoordelijk voor mevrouw Ventura en jij weet heel goed mannetje dat haar zus erbij blijft.' Ze knipoogt naar Sofie, wat een leeuwin.
'Goed, goed. Eh...ja, laten we allemaal eens gaan zitten, om te beginnen.'
Er wordt druk met klapstoeltjes gesleept. Ongeduldig wacht hij tot iedereen zit en begint:
'Mevrouw Ventura.'
'Zeg maar Sofie.'
'Prima, Sofie. Kun jij je herinneren waar je precies een week geleden was?'
Meteen voelt ze haar hartslag versnellen. 'Ik was op mijn werk, althans, dat denk ik.'
'Zou jij mij kunnen vertellen wat zich precies heeft afgespeeld tussen 8.45 en 9.06 uur?'
Ze schrikt van het exacte tijdsbestek, gevoelsmatig duurde het veel

langer.

Terwijl ze de juiste woorden probeert te vinden, schieten flarden van herinneringen door haar hoofd. Tranen wellen op, snel slaat ze haar handen voor haar ogen. Die afschrikwekkende beelden, hielden ze maar op.

'Mevrouw Ventura, in het belang van het onderzoek moet ik u deze vragen stellen.'

'Luister, meneer Van Dam, misschien kunt u later terugkomen. Ze kan het zichtbaar nog niet aan.' Guusje staat al op.

'Nee, nee, ik wil het wel vertellen.' Sofie is nog niet eens uitgesproken of iedereen zakt weer terug op zijn stoel.

'Gewoon vertellen hoe u het zich herinnert, er zijn geen foute antwoorden.'

'Er werd gebeld.'

'Waar?' Ze kijkt de rechercheur fel aan, wil hij het nu horen of niet?

'Mijn excuses, ga verder met je verhaal.'

'Er werd dus aangebeld. Beneden in het magazijn, aan de achterdeur. Ik dacht dat het Dennis was, de man van Frederique. Er lag een briefje op het bureau dat hij langs zou komen.' Ze wacht even af, is dit wat hij wil horen? Zijn pen gaat als een razende over het schrijfblokje, blijkbaar doet ze het goed.

'Opeens was er een man, er kwam iemand de trap op. Ik kon hem niet zien.'

'Kunt u deze man beschrijven?'

'Nee, ik kon hem niet zien, dat zei ik net al.'

Hij richt zijn blik op en vol ongeloof kijkt hij haar aan. 'Er komt iemand de trap op en u heeft niet gezien hoe deze man eruit zag? In mijn oren klinkt dat wel wat vreemd, vind u zelf ook niet?'

'Hij had een baseballcap op, dat is alles wat ik mij herinner.'

'En de kleur van deze "baseballcap"?'

'Mijn zusje zei net al...'

'Mevrouw, ik zou het op prijs stellen als u zich hier niet mee bemoeit.' Astrid wriemelt zenuwachtig met haar vingers.

'Nee, het spijt me. Ik weet het niet, écht niet!'
'Kunt u zich nog iets anders herinneren, de uitspraak. Sprak de man met een accent of niet?'
Het lukt haar niet om zich de stem te herinneren: 'Nee, eigenlijk niet.'
'Het was een Nederlands accent?'
'Ja, ik denk het wel.' Ze weet het allemaal niet meer, al die moeilijke vragen.
'Oké, wat hebben we tot nu toe. Een baseballcap en een Nederlands accent, verder nog dingen?'
'Er waren er meerderen, meer dan één.'
'Hoeveel?'
'Zeker twee, maar die ene zei niets.'
'Twee daders?'
'Ja, al weet ik het niet zeker.'
'Mevrouw Ventura, sorry Sofie, waren het twee mannen? Zou de tweede persoon ook een vrouw geweest kunnen zijn?'
Een vrouw? Bij die suggestie verstijft ze. Was het Nina? Als het Nina was, had ze inderdaad haar stem gelijk herkend.
'Mevrouw Ventura, hebt u één van de daders herkend?'
'Nee, ik bedoel…Was er een vrouw?' Ze moet weten waar de rechercheur naartoe wil.
'Dat vraag ik u.'
Ze twijfelt. Zal ze vertellen wat ze weet over Nina? Maar wat weet ze zeker?
'Uw tijd is bijna om meneer Van Dam. Mocht u nog brandende vragen hebben, dan lijkt mij dit het moment.' Guusje is streng, Sofie is haar intens dankbaar.
'Sofie, luister. Ik zal eerlijk tegen je zijn. Voordat je de ambulance in ging, zei je: "Nina. Het was Nina…", en een paar dagen geleden hoorde een verpleegster je zeggen: "Nina, doe het niet". Ik wil van u weten of deze "Nina" iets met de gewapende overval te maken heeft.'

Sofie is stomverbaasd, heeft ze dat écht gezegd. Onmogelijk!
Astrid legt haar hand op Sofies schouder. 'Soof, ik denk dat je eerlijk

moet zijn.'

In een fractie van een seconde neemt ze een besluit: 'Sorry, ik kan u niet verder helpen. Ik weet het niet. Alles wat ik weet, heb ik u verteld.'

'Prima, dan zijn we klaar. Meneer van Dam, als u mij voor zou willen gaan.' Guusje komt vliegensvlug overeind en de rechercheur volgt gehoorzaam. Bij de deur draait hij zich om. 'Ik kom terug mevrouw Ventura en snel ook.'

Sofie bekijkt de volgende ansichtkaart, verder dan de voorkant is ze nog niet gekomen. Een kuikentje, met een paarse strik. Kuikens brengen geluk als ze in je dromen verschijnen. Wie stuurt er nou zo'n kaart? Een stomme eend. Alsof zo'n aandoenlijk kuikentje de harde werkelijkheid kan verdrijven. Ongelezen gooit ze hem op de grond.

'Zo, gaan we agressief doen?'

Het is Michelle, verscholen achter een grote bos met Sofies lievelingsbloemen. Ze houdt het boeket met de roze gerbera's omhoog. 'Past dit er nog bij?'

'Michelle, wat ben ik blij om jou te zien.'

'Nee, ik ben zo dankbaar om jou nog te kunnen zien.' Tranen rollen over Michelles wangen.

'Kom hier, gekkerd.' Sofie omarmt haar vriendin.

'Au.'

'Sorry, ik wist niet…'

'Het geeft niet, kom zitten. Dat gaat misschien beter.'

Voorzichtig schuift Michelle een klapstoeltje naast het bed, de bloemen legt ze aan het voeteneind.

'Hoe is het met je? Sorry, ik zeg altijd de stomste dingen.'

Ongemakkelijk wiebelt Michelle op haar stoel.

'Ik heb betere tijden gekend.'

'Sofie, het waren die gasten hé? Zij hebben jou dit aangedaan.'

'Heb jij dat tegen de politie gezegd?'

'Nee, ik heb niks gezegd. Echt niet!'

'Zijn ze niet bij jou geweest?' Als Michelle haar hoofd afwendt, weet

Sofie genoeg.

'Sofie, ik denk…ik mag…ik heb Astrid beloofd om het alleen over leuke dingen te hebben.'

'Je kan beter gaan.'

'Dat meen je niet!'

'Jawel. Als je mij niets wil vertellen, kan je beter gaan.'

'Wat wil je horen, dan? Wil je echt weten wat ik allemaal gezien heb?'

'Ja!'

'Nee, dat wil je niet. Echt niet!'

'Ga!'

'Machtig Sofie. Waarom ben je zo kwaad?'

'Já, waarom? Heb je enig idee wat ik heb meegemaakt!'

'Já, ik heb wel een idee.'

'Vertel me dan wat je weet, ik herinner mij bijna niets. Fragmenten schieten door mijn hoofd, maar een geheel kan ik er niet van maken.'

'Astrid mag niet weten dat ik je iets verteld heb. Beloofd? Anders mag ik hier niet meer komen.'

'Ik zeg niets. Erewoord.'

'Goed dan.' Michelle schraapt haar keel en neemt even de tijd, blijkbaar kost het haar moeite om erover te praten. Uiteindelijk begint ze te vertellen: 'Ik was die morgen laat. Ik denk dat het net voor negenen was. Toen ik aankwam rijden op de parkeerplaats, zag ik de wagen van het waardetransport achteruit rijden. Op het oog leek er niets aan de hand, toen zag ik de vuilniscontainer voor jullie achterdeur staan. Ik besloot een helpende hand te bieden door de vuilnisbak te verplaatsen, zodat het waardetransport veilig voor de deur kon parkeren. Juist op dat moment kwam er een man bij jullie het pand uitgelopen. Ik wist gelijk dat het mis was, hij droeg een bivakmuts en had een groot wapen vast. Snel ben ik weggedoken achter de auto. Sofie, ik was echt doodsbang. Wat er toen precies gebeurde, weet ik niet. Er werd geschoten. Kogels vlogen door de lucht, hulzen kletterden op de grond, het leek wel oorlog. Iemand gilde intens hard, heel kort. Ik was zo bang dat jij het was…'

Als Michelle Sofie hoort kokhalzen, grijpt ze een kartonnenbakje

van het kastje en vangt het meeste braaksel op.
'Zie je nou wel, dit is helemaal niet goed voor jou.'
'Nee, het gaat wel.' Langzaam laat Sofie zich weer achterover zakken, ze probeert het te bevatten. Ze hoorde inderdaad geen vuurwerk, het waren schoten. Het waardetransport! Daar kwamen ze voor. Waren zij dan bijzaak, een extraatje?
'Michelle, zou jij op dat rode knopje willen drukken?'
'Tuurlijk, gaat het wel?'
'Ja, prima. Ik heb alleen een beetje pijn. Bedankt voor je informatie en de bloemen.'
'Ik kan beter maar gaan, je hebt veel rust nodig.' Als Michelle opstaat, pakt Sofie haar hand. 'Kom je snel weer?'
'Ja, dat beloof ik.' De verpleegster komt de kamer binnen en Michelle meldt zich af bij de agent bij de deur.

'Goedemorgen mevrouw Ventura. U wist toch dat ik kwam?'
'Ja, dat is mij verteld.'
'Fijn. Mag ik plaatsnemen?'
Gespannen bestudeert ze het gezicht van de rechercheur, zijn pokerface verraadt niets over welke vragen er gaan komen.
Hoopvol kijkt ze naar de deuropening. Zou Guusje weer komen?
'Oké, ik mag jou Sofie noemen, toch?'
'Graag.'
'Noem mij maar Daniël, dat praat gemakkelijker. Goed, laten we beginnen.'
Aan de spanning in haar lichaam te voelen is het alweer tijd dat hij vertrekt.
'Sofie?' Hij kijkt haar indringend aan. 'Ik wil dat jij mij gaat vertrouwen.'
Dit is wel het laatste wat ze had verwacht. Waar komt deze vriendelijkheid opeens vandaan? Wellicht is het een verandering van tactiek, vandaag speelt hij de "good cop". Gelukkig kan hij er zelf ook om lachen. 'Je kijkt net alsof ik je een oneervol voorstel doe.'
Ze zwijgt, daar is ze inmiddels heel goed in geworden.

'Gisteren vroeg ik jou specifiek naar Nina. Dat is toch jouw collega?'
'Ja.'
'Sofie, je moet begrijpen dat ik al een paar jaar meeloop in dit vak.
En het zal je dan ook niet verbazen dat ik over enige mensenkennis
beschik. Ik denk en weet dat jij informatie over Nina hebt. Informatie,
specifieke details, zaken die mij kunnen helpen met het onderzoek.'
'Waarom wilt u "informatie" over Nina hebben?'
'Ik denk dat jij het antwoord op die vraag zelf wel kan invullen.' Nu
zwijgt Daniël en voelt Sofie de druk om te gaan praten.
'Als jij niets gaat zeggen, komen we niet verder. Eerlijk gezegd kan ik
mij niet voorstellen door welke hel jij bent gegaan. Wist je trouwens
dat ik het was die mijn legitimatiebewijs onder de deur doorschoof,
want jij was bang. Doodsbang. En dat was écht, niet gespeeld. Ik geloof in jou, maar dan zal je mij ook moeten vertrouwen. Als je dat
niet doet, kan ik je niet helpen.'
Ze wil er niet aan herinnerd worden. Ze wil niet praten, nergens over
en zeker niet over Nina! Daniël is overduidelijk niet van plan om
het op te geven. 'Sofie, het heeft maar een haartje gescheeld of jullie
waren allemaal dood geweest. Besef je dat wel?'
'Já, denk je dat ik dat niet weet. Ik was daar!'
'Kijk dat is de mentaliteit, die ik wil zien. De waarheid, degene die
hier verantwoordelijk voor is, moet gestraft worden. Wil jij dat hij of
zij vrijuit gaat?'
Ze kan het niet meer, ze kan niet meer zwijgen: 'Ik weet niet zeker of
het Nina was...'
'Er zijn geen foute antwoorden, dat heb ik je gisteren ook al gepro-
beerd duidelijk te maken. Geef mij je vertrouwen om uit te zoeken of
bepaalde zaken verband houden met deze gewapende overval.'
'Het was Nina, van het verdwenen geld.'
'Is Nina verantwoordelijk voor de verdwenen 750 euro?'
'Ik denk het wel, althans, dat vermoed ik.'
'Oké, ik ga nu een officiële getuigenverklaring opstellen.'
Geschrokken richt ze zich op. 'Nee, je hoeft niet bang te zijn. Dit
is standaardprocedure. Ik heb het nodig voor het onderzoek, dat is

alles. Vertel me hoe jij je het herinnert.'

Opeens lijkt ze wel verandert in een spraakwaterval. Ze vertelt over het kasverschil van 1000,30 euro en dat Nina haar daarna achteloos 1000 euro overhandigde.

De dag dat Nina zo boos was geworden en haar mouw vastgreep. De angst die ze vanaf dat moment voor Nina voelde en dat ze zich zelfs ziek meldde op haar werk. Dat ze betwijfelde of Nina wel echt ziek was, omdat ze haar zag in het tuincentrum, samen met Frederique.

De mail van Anne, over de verdwenen 200 euro, die later 750 euro werd. Dan de lege sieradendoosjes, de gouden sieraden die Nina niet betaalde, maar wel mee naar huis nam en over de verdwenen duffelback. Als laatste vertelt ze over de dienstwissel, dat Nina daar zelf expliciet om had gevraagd.

Uit schaamte vertelt ze niet alles. Ze zegt niets over het spioneren bij Nina's huis en ook niet dat ze Cathelijne en Gerard samen zag. Ook besluit ze niets te zeggen over de aanvaring die Amar met de twee jongens had. Natuurlijk denkt Michelle dat zij de overval hebben gepleegd, maar dan zou Amar er ook iets mee te maken moeten hebben. Nee, Amar heeft het ternauwernood overleefd, die ruzie ging vast ergens anders over.

De politie heeft uiteraard met Michelle en Cathelijne gepraat. Als het belangrijk is, dan trekken ze dat wel na. En die hele reeks telefoontjes: Anne, dat heeft Anne zeker wel verteld.

'Is dit alles wat je weet?' Daniël kijkt ernstig.

'Ja, ik denk het wel.' Even aarzelt ze of ze álles zal delen, maar is dat relevant voor het onderzoek?

'Hier heb je mijn kaartje. Bel me als je meer te binnen schiet. Vind je het goed als ik morgen nog even langskom?' Ze pakt het kaartje aan, een moment hebben ze oogcontact en met een hese stem antwoordt ze: 'Bedankt tot zover. Ik zie je morgen Daniël.'

De volgende morgen is Astrid er weer vroeg bij, deze keer vergezeld met een bigshopper. Er steken twee paar konijnenoren uit de tas. Sofie kan niet wachten op wat er komen gaat.

Dan verschijnt de plaatselijke bloemist, een dagelijks terugkerend ritueel. Hij schuift druk met de al aanwezige bloemstukken en plaatst de nieuwe ertussenin. Eén grote bloemenzee, het lijkt wel een begrafenis. Sofie vindt de aanblik weerzinwekkend.

Astrid biedt een helpende hand, bedankt de man hartelijk en richt zich tot haar zusje. 'Zo, heb je lekker geslapen?'

Astrid is zo lief en zorgzaam, dat ze de waarheid maar achterwege laat. 'Ja, heerlijk. Prima bedden hier.'

'Kijk, dat zijn goede berichten.'

Ze verwacht dat nu de inhoud van de bigshopper tevoorschijn komt, maar Astrid gaat eerst bij haar op bed zitten. 'Sofie, luister. We hebben Jackie even ergens anders ondergebracht, tijdelijk, bij Cathelijne. Je zult het er niet mee eens zijn, maar ik heb het zo al druk genoeg, met jou, de kinderen en Bernadette voelt zich niet lekker...'

'Het is goed Astrid. Bedankt!'

'Oké, dit was niet helemaal de reactie die ik had verwacht, maar goed...'

En daar komt dan de bigshopper. De konijnenoren blijken sloffen te zijn, met bijpassende pyjama. De kledingstukken die dan volgen, worden er ook niet beter op, maar het ondergoed slaat alles: rode hartjes! Sofie vindt het vermakelijk.

'Guusje zei dat je vandaag misschien al mag douchen en die versleten huispakken kunnen echt niet meer.' Astrid is drukdoende met het inruimen van de kast, Sofie ziet het met lede ogen aan.

'Heb je toevallig ook mijn telefoon bij je?'

'Eh, nee. Ik wist dat ik iets vergeten was.' Snel vouwt Astrid de resterende nachtkleding op.

'Heb je mijn kranten bij je?'

'Nee, die moet ik nog ophalen bij Bernadette.'

Nu begint Sofie achterdochtig te worden. 'Astrid, zou je voor mij zo'n televisie abonnement willen regelen? Ik verveel me zo.'

'Ik heb boeken bij me. Dat lijkt mij een zinvol tijdverdrijf.'

'Wat hou je voor mij achter? Waarom sluit je mij af van de buitenwereld?'

'Doe ik dat?'
'Ja, en ik wil weten waarom.'
'Oké, ik zal aan de arts vragen of je al televisie mag kijken.'
Sofie trekt het witte koord naar zich toe en drukt resoluut de rode knop in.
Na een paar minuten verschijnt er een verpleger. 'Hans, kun je voor mij zo'n formulier halen voor een afstandsbediening. Astrid hier weet mijn IBAN-nummer wel. Toch Astrid?'
'Toppie Sofie, ga ik voor je regelen. Ik ben zo terug.' Als hij de kamer verlaat, ziet Sofie dat er een agent in de kamer zit. Voor de zekerheid controleert ze de deuropening. Ja, die andere agent staat er ook nog. Ze besluit het af te wachten, maar gerust is ze er niet op.
Hans verschijnt weer, hij heeft een krant in zijn hand en een nieuwe stapel post. Astrid loopt rood aan, Sofie is alleen maar blij met deze ontwikkelingen. Hans overhandigt Astrid met al zijn charme het formulier en geeft de krant aan Sofie.
'Zo meid, je bent al de hele week voorpaginanieuws. Weer een knap stuk, hoor, op de voorpagina van die Van de Heuvel. Ken je trouwens die grap al: Kijk, daar rolt John van de Heuvel.' Hans schatert het uit, Sofie niet. Zij ziet de kop van de krant: Klopjacht op de Nederlandse Bonnie! Nina! Ze zijn op zoek naar haar. Sofie sluit haar ogen, al die emoties, ze gieren door haar lijf. Werd alles maar weer zoals vroeger. Het artikel lezen heeft de nodige aantrekkingskracht, maar aan haar hartslag te voelen is het beter om het te laten. Ze wil de krant wegleggen, toch kan ze haar ogen niet van de grote foto op de voorpagina afhouden. Eén klik van een fotocamera, één fractie van een seconde is vastgelegd op de gevoelige plaat en één verhaal dat deze ene foto vertelt. Ze herkent het grote witte huis. Nina's woning. Het is omsingeld door een voltallig arrestatieteam. Mannen met bivakmutsen op en uitgerust met wapens. In de voortuin houden twee agenten een man op de grond: Gerard! Snel draait ze de krant om, ze kan het niet meer aanzien.

Later die morgen verschijnt dokter Van Rijs aan haar bed. Hoopvol kijkt ze hem aan, ze wil zo graag ontkoppeld worden van alle machines.

'Mevrouw Ventura, ik heb slecht nieuws. Uw wond is gaan infecteren. De uitslag van het bloedonderzoek kreeg ik net binnen. Het spijt me, helaas zult u op de intensive care moeten blijven. Er komt zo een nieuwe zak met antibiotica, een andere en sterkere variant. We gaan er gelijk mee starten. Ik hoorde dat u graag wilde douchen?' Ze knikt licht, ze is teleurgesteld.

'Dat kan ik nog niet toestaan, er komen weer betere tijden. Mevrouw Ventura, zou u niet met iemand willen praten? Slachtofferhulp of zo? Vanuit uw werkgever wordt psychische ondersteuning geboden. Persoonlijk zou ik het u aanraden.'

De portofoons van de agenten draaien ineens overuren.

Sofie schrikt op bij deze plotselinge activiteit. De agent in de kamer trekt zijn wapen en neemt zijn positie in bij de deuropening.

Meldkamer 501
941. Verdacht persoon gesignaleerd bij de hoofdingang van het ziekenhuis. Ik herhaal verdachte gesignaleerd bij de grote ingang.
690. Signalement?
941. Onbekend, verdachte is in het bezit van een vuurwapen.
Alle eenheden opgelet, verdachte persoon gesignaleerd met een vuurwapen.
405. Hoe is de situatie?

De aanwezige agent pakt zijn portofoon: '405. Situatie onder controle. Objecten zijn veilig.'

De bevende hand van haar arts trilt op haar schouder. 'Rustig blijven Sofie. Kijk me aan. Sofie, kijk me aan! Het ziekenhuis lijkt wel een vesting, niemand zal jou meer pijn doen.'

690. Verdachte gesignaleerd bij de lift.
Begane grond?
** Onbekend.**
** 985. Verdachte gesignaleerd trappenhuis tweede etage, ik herhaal tweede etage.**
** 654. We gaan er op af.**
** Alle eenheden. In verband met BTGV radiostilte gewenst.**

Ze kan haar ogen niet afhouden van de agent bij de deur. Adrenaline raast door al haar aderen, maar ze is opvallend kalm. Rustiger dan die dag…Nee, ze wil niet terugdenken aan dé dag. Ze knijpt haar ogen stijf dicht, honden blaffen in de gang. Machtig, wat gebeurt er toch allemaal en wat is een BTGV? Schoten! Ze komen voor haar! Nee, ze moet vertrouwen op de agent bij de deur. Als hij in beweging komt, is ze weg.

** BTGV ten einde, alle eenheden nogmaals BTGV is ten einde.**
** Verdachte is aangehouden op de 3de etage.**
** 654. Ter plaatse.**
** Verdachte geboeid, alle eenheden, het is weer veilig.**
** 501. Iedereen terug naar zijn positie. 405?**

'405. Objecten op hun plaats, artsen zijn gewaarschuwd.' Sofie probeert haar ademhaling onder controle te krijgen, het is voorbij!
** Prima werk mensen, objecten zijn veilig. Uit.**

'Mevrouw Ventura, alles oké?' De agent steekt vragend zijn duim op, ze is te verdoofd om te kunnen reageren.
De pieper van de dokter begint te trillen, direct rent hij de kamer uit. Op de gang stuift een peloton van verplegend personeel voorbij. Amar! Ze moet naar hem toe. Na een behoorlijke krachtsinspanning bungelen haar benen over de rand van het bed.
'Dat dacht ik niet.' Het is Hans. 'Jij gaat nu dat bed in en houdt je rustig, straks barst die wond weer open.'

'Ik wil hem zien. Hans, ik móét hem zien. Help me dan toch.'
'Je mág hem niet eens zien.'
'Waarom niet?'
'Dat vraag je maar aan die rechercheur van je. Ik heb zo mijn orders.'
Met tegenzin laat ze zich terug begeleiden in bed.
'Ik haal effe een nieuwe bloedrukmeter. Ik ben zo terug en geen geintjes, Sofie.' Hans klinkt anders, zakelijk. Er is een lichte trilling in zijn stem. Natuurlijk is hij geschrokken, verplegers zijn ook mensen. Ze observeert de agenten, ze zijn druk aan het bellen en het geven van aanwijzingen, aan wie precies kan ze niet zien.
Hans komt terug, op de voet gevolgd door twee andere verpleegsters. Er wordt nieuwe apparatuur aangesloten, andere machines afgekoppeld en de zakken van het infuus worden verwisseld. Ze zijn alle drie druk bezig. Zwijgend doen ze hun werk, het maakt haar onrustig. Er hangt iets in de lucht, er gaan dingen gebeuren. Wat is er eigenlijk gebeurd het afgelopen half uur? Opnieuw een klopjacht. Nu was het ziekenhuis het decor, maar wie was de prooi? Zou de dreiging nu definitief voorbij zijn? Er is een verdachte opgepakt en er wordt naarstig naar Nina gezocht. Of was het Nina en is ze nu écht veilig!
Op gang hoort ze: Astrid? Er is zoveel rumoer dat ze het niet zeker weet, gebiologeerd blijft ze naar de deuropening staren, maar Astrid komt niet. Ze zal zich vergist hebben.
'Zo Sofie, luister goed. We gaan je zo verplaatsen naar een andere kamer.'
'Wat is er allemaal aan de hand, Hans? Waarom vertelt niemand mij wat?'
Hans zucht diep, hij lijkt te willen praten, maar hij schudt slechts zijn hoofd en verlaat de kamer. Sofie blijft alleen achter met de twee verpleegsters, maar ook zij houden hun lippen stijf op elkaar.

'Zo meid, missie geslaagd. Kunt u leven met uw nieuwe suite?'
Diep van binnen kan ze de galgenhumeur van Hans wel waarderen.
Ze bekijkt haar nieuwe onderkomen met enige terughoudendheid.

Ze is ondergebracht in de wachtkamer aan het einde van de gang.

'Nou Hans, je verwacht nogal wat bezoek', zegt ze wijzend naar de rij bankstellen tegen de muur.

'Jij hebt de belegering rondom het ziekenhuis van alle journalisten zeker nog niet gezien. Volgens mij is de hele Europese Unie vertegenwoordigd. Over bezoek gesproken, je rechercheur laat je zitten voor vandaag, hij heeft een andere date. Maar wees gerust, het schijnt een lelijke kerel te zijn.' Weer schatert hij het uit. Nu begint hij irritant te worden. Toch heeft Hans zijn mond onbedoeld voorbij gepraat. Nina is nog steeds voortvluchtig. Ze moet aan andere dingen denken, leuke dingen.

'Komt Astrid nog?'

'Sorry schat, al het bezoek is opgeschort voor vandaag.' Teleurgesteld slaat ze haar ogen neer.

'Kijk nou eens, de mannen hier worden steeds knapper.' Trots wijst Hans naar de glazen wand die als afscheiding dient tussen de kamer en de gang. Mannen met bivakmutsen, kogelwerende vesten en machinegeweren lopen de gang op en neer. Ze registreert alles wat zich buiten de kamer afspeelt, maar ze wil de beelden niet meer binnen laten komen. Dit is toch niet meer normaal.

Eén van de agenten betreedt de kamer, ze houdt haar ogen strak op zijn geweer gericht en ongemakkelijk drukt ze zich verder de kussens in. Bij zijn binnenkomst trekt hij zijn bivakmuts af en legt zijn geweer op een tafel die tegen een zijwand is geschoven. Wanhopig bidt ze dat "The Man In Black" gepast afstand houdt. Tot haar spijt loopt hij met een uitgestoken hand naar haar toe. Ze twijfelt of ze haar beschermheer de hand zal schudden. Automatisch accepteert ze zijn vriendelijke gebaar.

'Ik ben Youssef, jij bent Sofie?'

Ja, ze is achterlijk. Ze zijn hier voor haar en Amar. 'Behandel me niet als een klein kind. Ook al vertellen jullie mij niets, dat betekent niet dat ik helemaal gestoord ben!'

'We zullen proberen om je zo min mogelijk tot last te zijn, maar we zijn hier inderdaad om de situatie veilig te houden.'

Ze moet zich verbijten om de volgende rotopmerking binnen te houden. Woedend werpt ze een blik uit het raam: een helikopter platform. Zo'n inkoppertje kan ze niet voorbij laten gaan: 'Als je tijd hebt, kun je mijn verblijf aangenamer maken. Ik wil wel een vlucht over de stad in die helikopter.'

Hans maakt spontaan een sprongetje om de gespannen sfeer te doorbreken. 'Zal ik eens koffie gaan zetten? Ja, goed idee. Neem ik deze knapperd gelijk weer mee.' Hij wappert met zijn handen de agent de kamer uit.

'Doe mij maar peuk!' roept ze hem na.

Na een paar minuten verschijnt Hans met de koffie.

'Psst, Sofie.' Uit zijn witte shirt haalt hij een pakje sigaretten. Haar humeur klaart gelijk op. 'Als het straks rustiger wordt, gaan we effe paffen. Oké?'

Ze knikt dankbaar, eindelijk heeft ze iets om naar uit te kijken.

Ze heeft haar koffie nog niet op of er verschijnt een kleine, timide vrouw in de kamer. Sofie heeft werkelijk geen idee wat ze komt doen, maar ze is blij met welke afleiding dan ook.

'Mevrouw Ventura?'

'Noem mij maar gewoon bij mijn voornaam.'

'Ik ben van slachtofferhulp Nederland. Meneer Van Dam heeft gevraagd of ik u wilde bezoeken. Komt het gelegen?'

Daniël! Wat een klootzak om een zielenknijper op haar af te sturen. Ze draait haar hoofd resoluut weg. 'Ik heb het druk, kom een andere keer maar terug!'

Aan de voetstappen te horen, heeft de vrouw de boodschap begrepen. Hans is weer op een missie en verschijnt met verse koffie.

'Zo, is het hier gezellig? Gaat u maar zitten hoor, er is keuze genoeg uit stoelen. Eens even kijken…Ja, we nemen deze prachtige rode fauteuil. Weet u, Sofie hier is onze bijzondere gast en ze is zeer vereert met u bezoek. Toch, Sofie?'

Voor het eerst heeft ze moordneigingen, zou het besmettelijk zijn?
De vrouw is duidelijk niet op haar gemak. Als ze gaat zitten, klemt ze haar handen stevig om haar tas.
Ze wil dat de vrouw snel vertrekt, de enige oplossing hiervoor lijkt om haar flink te schofferen. 'Ik steel je tas echt niet, hoor. Ik heb namelijk zelf een tas.' Ze trekt dat gelijk in twijfel. Waar is haar tas eigenlijk? Beelden van het kantoor schieten door haar hoofd. Ze ziet Karin op de vloer, die mooie bruine krullen doordrenkt van het bloed…
'Gaat het een beetje met je, Sofie? Er is nogal wat gebeurd met je.' Wat een openingskraker! Kan dat mens niets origilers verzinnen.
'Nou, als ik het bestaan niet meer aan kan, houden ze mij wel kunstmatig in leven, denkt u niet?'
'Ik ben vaker op een intensive care geweest en bekend met alle apparatuur. Zou het je helpen als ze het geluid van de apparaten iets zachter zouden zetten? Misschien maakt dat je wat minder onrustig?'
Sofie is in tweestrijd, voor het eerst iemand die begrijpt wat ze nodig heeft. Praten gaat ze echt niet, maar al die herrie mag wel uit. 'Ja, graag.' Ze is verrast over de zachtheid in haar stem.
'Prima, ik zal de verpleger even halen.'
Sofie kijkt naar de lege fauteuil, de vrouw heeft haar tas achtergelaten. Sneller dan verwacht is ze terug, samen met Hans. De vrouw wijst naar diverse apparaten en binnen de kortste keren is het stil in de kamer. Ineens is ze de vrouw heel dankbaar en besluit ze haar een kans te geven.

De tijd vliegt voorbij en Sofie verbaast zich over haar openheid tegen deze onbekende persoon. Al kan ze zich niet veel details herinneren van de overval, de vrouw heeft beloofd om achter haar persoonlijke bezittingen aan te gaan. Haar mobiel wil ze graag terug, als ze zich dan eenzaam voelt, kan ze iemand bellen. Hans komt binnen met de broodkar, hij is zichtbaar verbaasd dat de vrouw er nog steeds zit. Snel excuseert hij zich: 'Ik kom straks wel terug.'
'Nee, ik moet nodig gaan.' De vrouw haalt een stapeltje folders uit

haar tas en legt ze naast het bed op tafel. Voor ze vertrekt, kijkt ze Sofie indringend aan. 'Praten meisje. Gooi alles er maar uit. Zal ik je nog een keertje bellen? Je kunt ons altijd bereiken.' Sofie knikt dankbaar.

Hans ziet gelijk zijn kans schoon om één van zijn briljante opmerkingen te plaatsen: 'Zo, vanaf nu hou je alles weer binnen, hè? Om te beginnen met deze goddelijke broodmaaltijd.' Ze kijkt de vrouw na, op gang spreekt ze Youssef aan. Ze zal toch niet haar ziel en zalig... Nee, ze geeft hem slechts een schouderklopje en verdwijnt uit het zicht.

De avond valt en buiten begint het al te schemeren. De klok staat met zijn kleine wijzer bijna op de zeven. Wat gaat de tijd toch langzaam in zo'n ziekenhuis. Uit verveling kijkt ze naar de foldertjes die de vrouw heeft achtergelaten. Ze twijfelt of het wel zo'n goed idee is om lotgenotenverhalen te gaan lezen, toch hebben de folders voldoende aantrekkingskracht. Onder op de stapel folders bevinden zich dichte enveloppen. Post van de buitenwereld, met goedbedoelde beterschapswensen. Ze verwondert zich hoeveel mensen tegenwoordig de weg naar een kaart nog weten te vinden. Vluchtig onderzoekt ze de handschriften, zal er iets bekends tussen zitten? Er valt een los wit papiertje uit het pakket. Nieuwsgierig vouwt ze het briefje open, er staan slechts drie woorden: "Waar is ze!"
'Daniël! Ik wil nu Daniël spreken!'

Sofie zit op het randje van haar bed, ze schreeuwt tegen alles en iedereen die haar vermanend terug het bed in wil praten. Ze is woedend, ziedend en ontdaan tegelijk.
Als de volgende verpleegster het komt proberen, dreigt ze zelfs het infuus uit haar arm te trekken. Eindelijk verschijnt Daniël.
'Ben jij helemaal gek geworden!'
'Dat heb ik vaker gehoord. Dezelfde woorden van Nina, in hoogst eigen persoon. Jij gaat mij nu vertellen wat er allemaal aan de hand is.'
Hij lijkt meteen te beseffen dat ze het meent en sluit de glazen wand.

Nu hij in de kamer is, laat ze hem niet vertrekken voordat zíj haar antwoorden heeft.

'Ik praat met je, op één voorwaarde. Je gaat nu terug in dat bed, anders ben ik weg. Begrepen?'

'Je zou vandaag langskomen, dat had je beloofd!' schreeuwt ze hem toe.

'Jij had ander bezoek vandaag, die klootzak heb ik de rest van de dag te woord moeten staan.'

Ze weet gelijk waar hij op doelt, de indringer in het ziekenhuis, maar ze is niet van plan zich hiermee te laten afschepen.

'In het belang van het onderzoek kan ik niet met je praten.'

In één vloeiende beweging trekt ze het infuus eruit.

'Verdomme, Sofie!' Hij rent de gang op en trekt de eerste de beste verpleegster de kamer in. 'Je laat haar dat infuus weer inbrengen, anders bind ik je persoonlijk vast op dat bed en ik meen het!'

Nu maken zijn woorden wel indruk. Of is het omdat ze onwel wordt bij de aanblik van het bloed dat langzaam uit haar arm sijpelt.

Als het infuus weer is aangesloten, pakt Daniël een stoel, minutenlang zitten ze zwijgend naast elkaar.

Sofie weet niet goed hoe ze moet beginnen, gelukkig neemt Daniël uiteindelijk het woord.

'Wil je zoiets nooit meer doen. Ik heb je nodig.' Hij kijkt haar recht in haar ogen, 'maar ik mag eigenlijk niet met je de praten.' Ontmoedigd laat hij zijn hoofd hangen.

Ze heeft medelijden met hem, zoals hij daar nu zit. Ze heeft hem flink laten schrikken met haar domme actie. Daardoor ziet ze wel een zachte kant van hem, eentje die ze nog niet eerder heeft ervaren. Het ontroert haar, maar waarom?

'Ik ben ook een verdachte, hè?'

Verschrikt kijkt Daniël haar aan. 'Wie heeft jou dat verteld?'

'Niemand. De manier waarop iedereen mij behandelt…het is een optelsom, ook al begrijp ik niet wat ik verkeerd heb gedaan? Ja, ik heb opdracht gegeven om de deur te openen, iets wat mij de rest van mijn leven zal blijven achtervolgen.'

Hij staat op en begint rondjes te lopen door de kamer, ze wordt er gek van.

'Waarom had ik die agenten in mijn kamer? En na vandaag zelfs nog zwaarder geschut in de gang?'

'Oké Sofie, ik heb een plan. Ik weet nog niet hoe, maar wij gaan samenwerken. Ik ga jou meer details vertellen en jij gaat mij helpen dit te ontrafelen.'

Enerzijds is ze nog steeds boos, anderzijds is ze geraakt door zijn emoties, maar hij geeft geen antwoorden. Dus zij gaat echt niet praten.

'Waar begin ik?' Hij ijsbeert steeds sneller de kamer op en neer.

'Het briefje? Kennelijk is er nóg iemand op zoek naar Nina. Of ga je mij eerst vertellen over de bezoeker van vandaag, die trouwens wel erg hartelijk werd ontvangen.' Hij merkt het sarcasme niet op.

'Sofie, waar is dat briefje?' Zijn ogen speuren ieder stukje van de vloer af.

'Youssef heeft het meegenomen, netjes in een plasticzakje.'

'Weet jij van wie dat briefje is? Herkende je het handschrift?'

Ze heeft haar hersens er al over gepijnigd, maar ze kan niemand verzinnen.

'Wanneer heb je dat briefje gekregen en van wie?'

Ze wordt helemaal zenuwachtig van het kruisverhoor.

'Ik denk dat het vanmorgen neergelegd is, samen met de andere post, maar na alle commotie...'

Daniël schudt zijn hoofd. 'Nee…Ja, Nina! Ik moet haar vinden, weet jij waar ze is?' Hoopvol neemt hij weer plaats op de stoel. 'Sofie, denk goed na. Waar kan Nina nu zijn?'

'Waarom zou ik jou helpen? Geef mij één goede reden. Ik word volledig van de buitenwereld afgesloten en weggepropt in een uithoek van het ziekenhuis.'

'Ik kan je niet alles vertellen en ik weet ook niet of je de waarheid aan kan. Je zus vertelde mij...'

'Astrid? Zit Astrid hier achter?'

'Sofie, ze is bezorgd.'

'Waarom? Ik ben een volwassen vrouw.'

'Iets met je ouders…' Hij kijkt haar vragend aan.

Haar ouders, haar achilleshiel. Ze heeft moeite om haar tranen te bedwingen.

'Oké, ik ga je dingen vertellen, maar als je te veel overstuur raakt stop ik onmiddellijk. Afgesproken?'

'Afgesproken.'

Zou ze de waarheid ook daadwerkelijk aankunnen? Waarschijnlijk niet, maar er is maar één manier om daar achter te komen en dat is te luisteren naar zijn verhaal.

'Eergisteren was ik bij je en pas later besefte ik dat jij je helemaal geen details meer kon herinneren. Daarom heb ik slachtofferhulp ingeschakeld. Je bent getraumatiseerd en dat is volkomen normaal, maar ik heb jou nodig, jouw verklaring. We moeten precies weten wat zich in dat kwartier heeft afgespeeld en ook of je dingen zijn opgevallen in de weken daarvoor.'

'Ik heb met slachtofferhulp gesproken, desondanks herinner ik mij nog steeds weinig. Te weinig, maar je hebt Karin toch? Astrid zei dat ze het ziekenhuis al heeft verlaten.'

'Karin heeft het niet gered…' Hij durft haar niet aan te kijken en Sofie's wereld stort als een kaartenhuis in elkaar.

'Néé, dat kan niet! Ze ademde, ze leefde nog! Ik moest haar wel alleen laten…' Ze kijkt radeloos om zich heen, dit kan niet waar zijn. Ongeloof slaat om in woede.

'Het is allemaal jullie schuld! Ik ben als eerste meegenomen. Nee, ontken het maar niet, ik hoorde de dwingende toon van de ambulancemedewerkster. Jullie hadden Karin mee moeten nemen, dan had ze nog geleefd.'

'Sofie, Karin was al overleden toen wij ter plaatse kwamen. Het spijt me, we konden niets meer voor haar doen. Ook niet voor het andere slachtoffer.'

'Amar? Is Amar ook dood?'

'Nee, rustig maar. Amar maakt het goed, hij is ontwaakt uit zijn coma.'

'Ik wil hem zien. Daniël, ik wil hem zien. Nu!'

'Dat kan ik niet toestaan. Luister, als de tijd komt, gaan we samen naar hem toe. Dat beloof ik.'

'Wie dan? Eén van de daders? Ik hoorde schoten, hebben jullie hem doodgeschoten?'

'Nee, de medewerkster van het waardetransport, de geldloper. Zij heeft het niet overleefd.'

'Wat! Hoe dan? Ik bedoel, Michelle heeft ze gezien. Waarom heeft ze niets gezegd?'

Opeens herinnert ze zich dat Michelle schoten hoorde, ze zei dat het wel oorlog leek.

'Zijn de geldlopers de wagen uitgegaan? Nee, je gaat mij niet vertellen…Ja, dat moet wel. Waarom? Waarom hebben ze de wagen verlaten? Daniël?'

'Misschien moeten we even pauze nemen of zo.'

'Néé, absoluut niet. Je gaat mij nu vertellen wat zich buiten heeft afgespeeld.'

'Het waardetransport heeft jullie gebeld toen ze onderweg waren.' Opeens herinnert ze het zich weer. De telefoon ging, meerdere malen.

'Jullie konden natuurlijk de telefoon niet opnemen. Helaas konden de medewerkers niet weten welk monsterlijk drama zich bij jullie binnen afspeelde. Toen ze aankwamen, hebben ze opnieuw gebeld en weer werd er niet opgenomen. Ze zagen dat de vuilniscontainer voor de achterdeur stond. Ze besloten om eerst af te wachten, ze vertrouwden de situatie niet.'

Nu hoopt ze dat Daniël haar gaat vertellen dat de beide medewerkers hun plicht deden, dat ze veilig in hun wagen bleven en de politie belden en wachtten op versterking. Maar ze weet eigenlijk al wat nu komen gaat.

'De vrouwelijk medewerker besloot om polshoogte te nemen en toen…' Daniël zwijgt, hij kijkt naar Sofie, tranen stromen over haar wangen.

'Luister.' Voorzichtig pakt hij haar hand. 'Sofie, het was heel moedig van haar. Ze dacht dat ze jullie kon helpen, maar…ze is doodgeschoten. Ze was op slag dood, ze heeft nauwelijks geleden, in ieder geval niet zoals jullie.'

Bij die woorden zwelt een enorme boosheid in haar op. 'Wat bedoel je met, ze heeft niet geleden. Ze is verdomme aan flarden geschoten! Die klootzakken, ik kan het…Daniël, het is allemaal mijn schuld.'
'Nee, zo moet je niet denken. Jij kon niet weten…'
'Ik had beter moeten weten… Machtig, ik had alles kunnen voorkomen. Dennis! Daniël was Dennis gekomen die morgen? Stond hij aan de achterdeur?'
'Nee, hij is die ochtend helemaal niet geweest. Tenminste, dat heeft hij verklaard tegenover mijn collega's.'
Ze probeert alles in een perspectief te plaatsen, maar nu ze meer te weten is gekomen, wordt het alleen een grotere chaos in haar hoofd. 'Jij denkt dat Nina het brein is, dat ze voor het waardetransport kwamen…'
'Sofie, luister, er is zoveel onduidelijk. Zelf weet ik ook nog niet alles, we wachten op de uitslagen van het forensisch onderzoek en getuigen die we nogmaals willen spreken… Wat ik wel weet is dat ik Nina moet vinden.'
'Haar moeder woont in Almere.'
'We zijn daar geweest, ze is daar niet. Anne heeft ons verteld dat Nina al jaren geen contact meer heeft met haar moeder.'
Sofie weet niet wat ze moet doen, haar geweten speelt op. Zal ze Nina verraden? Of heeft Nina háár al verraden.
'Daniël, ze is bij haar moeder.'
'Ik zei al…'
'Een paar maanden geleden heeft ze weer contact gezocht met haar, in de weekenden was ze vaak bij haar moeder. Als ze ergens moet zijn, dan is het in Almere.'

Daniël is uren geleden vertrokken, nog steeds kan ze de slaap niet vatten. Ze heeft de vermoedelijke verblijfplaats van Nina verlinkt. De dood van Karin en de medewerkster van het waardetransport hebben de doorslag gegeven, toch voelt het als verraad. Zachtjes wordt er op de deur geklopt.

'Sofie?'

'Hans! Je bent er nog?'

'Ja, spijtig voor mij, maar ik heb een verrassing.' Hij heeft een rolstoel bij zich.

'Mag ik roken?'

'Nee, roken is slecht voor een mens. Ja, je mag op doktersvoorschrift even naar buiten en niemand hoeft te weten dat je meer dan alleen gezonde avondlucht hebt ingeademd.' Ze is Hans intens dankbaar. De pret wordt een beetje gedrukt als Youssef verschijnt met een kogelwerend vest. 'Sorry, Sofie, maar deze gaat ook mee.' Hij houdt het vest in de lucht. 'Ik hoop dat het een maatje (S)ofie is, het is in ieder geval een echte Advanced Plus, éxtra comfortabel...'

'Ja, Soefsoef, ze begrijpt het wel hoor.' Hans klinkt geërgerd en Sofie staat het idee ook niet aan.

'Ik wist niet dat roken zo gevaarlijk was voor een mens.'

'Sofie, echt, ik vind je zo grappig.' Youssef schatert het uit.

'Ja, kom nou maar op met dat vest en als je een handje kan helpen, Soef...dinges, dan kunnen we gaan.'

Behendig plaatst Youssef het vest, langzaam vergaat Sofie van de pijn.

'Sorry Hans, dit gaat niet. Dat ding drukt op de wond.'

'Haal dat ding eraf, we gaan zonder en jij gaat mee!' Hans is er helemaal klaar mee. 'Jij neemt de infuuspaal.' Youssef volgt gehoorzaam en ze begeven zich naar het dakterras.

Er staat een fris windje en Hans haast zich naar binnen om een extra deken te halen.

'Dank je wel, Hans, voor alles', zegt Sofie terwijl ze de deken strakker om zich heen trekt.

'Is goed, meid. Hier neem een sigaret.'

Daar zitten ze dan, op het dak van het ziekenhuis, met een prachtig uitzicht over de stad.

Youssef loopt het dakterras op en neer en kijkt als een echte professional om zich heen. Ze begint het bijna gewoon te vinden.

'Hans? Heeft Astrid dat formulier voor de afstandsbediening al ingevuld?'

'Nee, en dat gaat ze ook niet doen, vrees ik. Je mag geen televisie kijken, dat vindt ze niet goed voor je.'

'Bedankt voor je eerlijkheid.' Ze zucht. Ze verveelt zich kapot, maar bovenal wil ze het nieuws gaan volgen, voor zichzelf en om zich meer te kunnen herinneren. Ze moet Daniël helpen om de daders te pakken. Als zij niet gestraft worden, kan ze niet meer met zichzelf leven.

'Ik regel zo meteen een televisie voor je. Als je met ontslag mag, kun je ook contant aan de receptie betalen.'

'Hans, waarom doe je zoveel moeite voor mij?'

'Omdat ik wél de hele week televisie kijk, het is ronduit schokkend. Ik kan mij niet voorstellen waar jullie doorheen zijn gegaan. Als ik Amar zo zie...'

'Kan jij mij niet meenemen naar Amar. Ik wil hem zien...'

'Lieverd, ik ben dol op mijn baan. Ik wil hem graag houden, als je begrijpt wat ik bedoel.'

Ze houdt er over op, ze zal op het teken van Daniël moeten wachten.

'Goedemorgen, Astrid.'

'Sofie? Je bent al wakker. Hoe is het met je?'

'Het gaat fantastisch. Kijk eens goed om je heen, dit is toch de mooiste kamer van het hele ziekenhuis. En moet je buiten eens zien, deze suite is inclusief privédakterras en ik heb zelfs een helikopter tot mijn beschikking. Eerlijk? Nee, het gaat niet goed.'

'Nee, het was breakingnieuws op de televisie. Ik ben meteen hierheen gekomen, maar ik mocht niet naar je toe. Ze wilden mij niets vertellen, ik wist niet hoe je er aan toe was...' Astrid barst in tranen uit.

'Kom eens bij je kleine zusje.' Voor het eerst zijn de rollen omgedraaid, troost Sofie haar grote zus.

'Astrid, van nu af aan moet je eerlijk tegen mij zijn. Stop met mij af te sluiten voor de buitenwereld. Ik moet mij juist dingen gaan herinneren, niet wegstoppen.'

'Beloofd. Je bent ongedeerd, dat is het belangrijkste.'

Astrid houdt een stapel kranten in de lucht. 'Ik heb ze opgehaald bij Bernadette. Niet alles in één keer lezen, geloof me, het is heftig.'

'Ik zweer het. Heb je ook iets leuks?' De tas van Astrid ziet er veelbelovend uit. Er volgen tekeningen van de kinderen, nog meer post en kleding.

'Sorry, ik had een fruitmand bij me, maar die hebben ze gehouden. Als de inhoud vrij van mortieren en granaten is, zal je hem straks wel krijgen.' Daaruit begrijpt Sofie dat het "gevaar" nog niet is geweken.

'Kijk ik heb een televisie.' Astrid is er allerminst gelukkig mee, maar lijkt het te accepteren. Snel stapt ze over op een ander onderwerp.

'Ik heb Cathelijne geprobeerd te bellen, om te vragen hoe het met Jackie gaat. Krijg ik een rare vent aan de lijn.'

'Je bedoelt Leonard?'

'Weet ik veel hoe die gozer heet. Pittig mannetje hoor.' Sofie kan zich er van alles bij voorstellen. 'En hoe gaat het met Jackie? Is Cathelijne een beetje lief voor haar?'

'Geen idee. Hij begon vrijwel direct tegen mij te schreeuwen. Iets van: "Waar is ze", "Jij weet wel waar ze is" en van...'

'Astrid? Zei hij letterlijk: Waar is ze?' Ze moet meteen aan het mysterieuze briefje denken. Zou het van die lafaard van een Leonard zijn? Waarom Leonard helemaal naar het ziekenhuis zou komen om dat briefje te brengen, kan ze niet plaatsen, zo zijn er wel meer dingen die niet logisch meer zijn. Ze kijkt Astrid indringend aan, het moeten wel exact dié woorden zijn.

'Ja, ik weet het zeker.' Sofie voelt zich ineens heel belangrijk, zij heeft waarschijnlijk een stukje van de puzzel opgelost. 'Astrid, heb je mijn telefoon bij je?'

'Ik wilde je het eerder vertellen, maar je tas is in beslag genomen voor forensisch onderzoek.' Sofie is even van haar stuk gebracht, maar die tas is voor latere zorg. Eerst moet ze Daniël spreken, dit kan belangrijk zijn.

'Mag ik jouw mobiel gebruiken?' Astrid haalt hem al uit haar tas. 'En dat kaartje met dat nummer, het moet hier ergens liggen…'

'Alsjeblieft.'

'Dank je wel Astrid, je bent een schat.'

De telefoon gaat over, gespannen wacht ze tot ze Daniëls stem hoort. Dan hij gaat over op de voicemail.

'Spreek wat in', fluistert Astrid, die staat druk te gebaren dat ze op moet schieten. 'Eh…Daniël, je spreekt met Sofie. Van het zieke…de overval. Nou ja, je weet wel. Ik denk dat ik weet van wie het briefje is. Bel mij alsjeblieft. O nee, ik heb geen telefoon, die heb jij trouwens. Maar goed, ik ben…waar ik ben. Doei.'

Astrid vindt het wel vermakelijk, haar zusje lijkt te vallen voor een rechercheur.

Sofie blijft ongeduldig naar de deuropening staren, Daniël verschijnt niet. Hoe meer uren verstrijken, hoe meer ze gaat twijfelen aan de vermoedelijke schrijver van het briefje. Leonard is een hork, maar ook een luie donder. Dat hij zoveel moeite neemt om te komen vragen waar Nina is, dat klinkt niet echt als de Leonard die zij kent. Afleiding, dat heeft ze nodig en vastberaden pakt ze de stapel met kranten. Ze trekt er onwillekeurig één tussenuit en sluit haar ogen. Zo bereidt ze zich voor op wat ze onder ogen zal krijgen en ze concentreert zich op haar ademhaling. Voorzichtig opent ze haar ogen en ze bekijkt de foto op de voorpagina. Het is een grote foto van de blauwe achterdeur van de drogisterij, een huivering gaat door haar heen. In haar hoofd hoort ze de helikopter weer overvliegen. De deur is bijna onherkenbaar door alle tekeningen en briefjes die zijn achtergelaten. De stoep is gevuld met brandende kaarsjes, bloemen en meer persoonlijke notities. Ineens komt de werkelijkheid weer een stukje dichterbij, er staan een aantal personen met hun hoofd eerbiedig gebogen. De foto is niet heel scherp, maar bevat geen bekende gezichten. Zou überhaupt iemand van hen Karin en de geldloper persoonlijk kennen? Waarschijnlijk niet.

Onderaan de pagina staat een oproep om mee te lopen in een stille tocht voor de slachtoffers. Wat een mooi en vreedzaam gebaar.

Het staat in schril contrast met de aanhoudende protesten van buurtbewoners. Zij hebben de "hangjongeren" al veroordeeld en roepen de burgermeester op om harder op te treden om dit soort explosief geweld tegen te gaan. Waarom worden mensen met een getinte huidskleur altijd als eerste verdacht, vraagt ze zich af.

'Hey Soof.'

Ze schrikt op uit haar nare gedachtes. Als ze Anne in de deuropening ziet staan, breekt ze voor het eerst en laat ze haar tranen de vrije loop.

Anne slaat haar armen om haar heen, samen huilen ze, eindeloos.

Het is Daniël die het emotionele moment komt verstoren met zijn aanwezigheid.

Anne excuseert zich, ze belooft om later terug te komen.

Sofie schaamt zich tegenover Daniël, ze voelt dat haar ogen opgezwollen zijn door haar tranen.

'Sorry dat het zo lang duurde voordat ik kwam. Ik hoorde net je voicemailbericht. Het verhoor van de indringer van gisteren was nogal een tijdrovende business.'

Ze snuit haar neus en probeert een glimlach tevoorschijn te toveren.

'Sofie, ik weet wie het was, de persoon die het briefje heeft achtergelaten.'

'Was het Leonard Ponci?'

'Ja, hoe weet jij dat?'

'Lang verhaal. Hij zocht Nina, hé?'

'Nee, niet Nina. Hij kwam gisteren met een neppistool naar het ziekenhuis, hij was op zoek naar jou!'

'Leonard en een neppistool?' Ze kan het zich niet voorstellen. 'Waarom was hij dan hier?'

'Hij kwam vragen waar zijn verloofde was, Cathelijne. Jij bent haar beste vriendin.'

Nu is ze het even helemaal kwijt.

'Sofie, die man is gek!'

'Vertel dat maar aan Cathelijne, ze gaat met hem trouwen.'

'Ik héb het Cathelijne gevraagd…' Daniël wacht kennelijk op een reactie, zij op een uitleg. 'Cathelijne zit ook vast bij mij op het bureau.'

'Wat! Waarom? Je gaat mij niet vertellen dat…dat…wat is dit? Een complot? Nina, Cathelijne…zitten zij achter die overval?'

'Sofie, ik heb gevraagd of jij mij wilde vertrouwen en dat doe je. Het siert je dat eerlijk je bent, gezien alles wat je hebt meegemaakt. We kunnen de connectie tussen Nina en Cathelijne nog niet leggen.'

'Waarom zit Cathelijne dan in…hoe noem je zoiets?'

'Voorarrest? We hebben een inval in de woning van Nina gedaan en daar troffen we Gerard, maar ook Cathelijne aan. We hebben ze beiden voor verhoor meegenomen, ze praten allebei niet. Gerard zit diep in de problemen, Sofie, maar Cathelijne…waarom zij zwijgt, ik ben er nog niet achter.' Daniël hoopt nogmaals dat Sofie hem van dat antwoord gaat voorzien, in plaats daarvan gooit ze het over een andere boeg.

'Wanneer mag Anne weer komen?'

'Sofie, kijk mij eens aan. Ik zie dat je het moeilijk hebt, neem even de tijd. Vanavond kom ik terug, dan roken we er samen eentje.' Hij knipoogt en vertrekt meteen, zonder dat ze nog een woord kan uitbrengen.

Als een krankzinnige spit Sofie de stapel kranten door, op zoek naar de editie waarin het artikel over Gerard zijn arrestatie is gepubliceerd.

'Wat ben je aan het doen?' Anne raapt repen gescheurd krantenpapier op, steeds opnieuw vliegen stukken lichtgewicht papier door de royale kamer. 'Sofie, kan ik je ergens mee helpen?'

'Ik moet weten waarom die Gerard is opgepakt.' En de volgende krant moet het ontgelden.

'Dat wil ik je wel vertellen.' Verhit kijkt Sofie op, 'Vertel op! Zit Gerard achter de overval? Of Nina? Wat is er toch allemaal aan de hand, is het een samenzwering?'

'Rustig nou maar, leg eerst die stapel aan de kant. Wij gaan eens even bijpraten.'

Acuut stopt Sofie met bladeren en ze kiepert de overige kranten op een stoel naast het bed. Ze gebaart Anne om te gaan zitten, een geruststellend gevoel verdrijft de wanhoop. Anne is nog roomser dan de paus, dus ze kan er vanuit gaan dat ze de waarheid zal vertellen.

'Sofie, beloof me dat je mij uit laat praten.'

'Ja, dat beloof ik.'

'Goed dan. Na de overval ben ik gebeld door Isabella, zij vertelde mij wat er gebeurd was en dat ik zo snel mogelijk naar de winkel moest komen. De recherche vroeg of ik het lichaam in het kantoor wilde identificeren. Het is het ergste wat ik ooit in mijn leven heb moeten doen.' Annes stem begint licht te trillen. Troostend steekt Sofie haar hand uit, Anne duwt het liefdevolle gebaar weg. 'Niet doen, anders kan ik niet meer praten. Er was een kans van 50 procent dat jij het was. Toen het witte laken iets werd teruggeslagen…Het spijt me…Ik was zo dankbaar dat jij er niet lag.'

'Machtig, Anne, wat verschrikkelijk.'

'Nee, ik mag zo helemaal niet denken. Ik kon de politie ook niet vertellen wie het wel was. Urenlang wist niemand haar naam. Al dat bloed, in het kantoor, beneden in het magazijn en in de keuken. Zo onrealistisch, het spijt me dat ik niet eerder ben gekomen, ik kon het niet. Wat een afslachting, niemand verdient het zo …Sorry.'

Roerloos zitten ze bij elkaar, verteerd door hun eigen verdriet. Sofie wil er niet aan terugdenken, dat moment toen de deurbel ging. Kon ze de tijd maar terugdraaien.

'Anne, tussen jou en mij gezegd. Nina is toch niet tot zoiets in staat?'

'Ik weet het echt niet. Ze is sinds de dag van de overval verdwenen, spoorloos. Ik ben samen met Isabella de rest van de dag van de overval aanwezig geweest. De politie bleef maar vragen stellen. Het forensisch team vond al gauw de lege sieradendoosjes in Nina's locker en toen vertelde Isabella de politie dat er beslag op Nina's loon was gelegd.'

'Dat meen je niet.' Het gras is dus echt niet groener bij de buren. 'Ik begrijp het niet. Gerard en Nina bulken toch van het geld?'

'Je moet de krant van 14 april hebben, daarin staat een uitgebreid stuk over Gerard. Lees het maar eens rustig door, dan ga je het begrijpen.'

Sofie begint spontaan haar hart te luchten over Nina, iets wat ze veel eerder had moeten doen. Ze vertelt over het eerste kasverschil, dat Nina haar zomaar het geld overhandigde. Dan beseft ze dat Anne recht heeft op de hele waarheid. Ze vertelt dat ze zelf niet ziek was, de angst voor Nina en dat ze haar betrapte in het tuincentrum. Annes hoofd duizelt bij zoveel nieuwe feiten. Dat Sofie in het tuincentrum was geweest had ze al vernomen van Amar.

'Die verdwenen 750 euro, dat kan Nina niet gedaan hebben. Ze was die dag niet eens aanwezig', mompelt Sofie.

'Soof, die 200 euro verdween op donderdag, de laatste dag dat jij samen met Nina werkte.' Sofie zucht diep, het zal toch Nina zijn. Ze moet nog één ding weten:

'Was het écht Nina's verzoek om de dienst op de dag van de overval te ruilen?' Het kleine knikje van Anne is overtuigend genoeg.

Sofies laatste poging om Nina te ontdoen van alle verdenkingen stuit op een felle blik van Anne, daarbij houdt ze twee vingers in de lucht. 'Nee, Anne, echt niet. Denk jij dat… Frederique zit niet in het complot, doe effe normaal.'

'En hoe verklaar jij dan, dat op de dag dat er een gewapende overval plaatsvindt met dodelijke slachtoffers eerst Nina verdwijnt en even later Frederique vertrekt naar Denemarken. Tikkie vreemd toch?'

'Cathelijne zit ook vast. Wist je dat al?'

'Ja, er ontgaat mij weinig de laatste tijd.' Nerveus strijkt Anne de plooien van haar broek glad. 'Het is mijn schuld dat Cathelijne vastzit.'

'Anne, nou moet je echt ophouden. Ik weet waarom Cathelijne bij Gerard was, om…'

'Ja, peper het er maar lekker in.'

Waar deze openbaring nu weer vandaan komt, is voor Sofie een raadsel.' Wat heb jij er mee te maken?'

'Leonard is niet goed voor Cathelijne. Hij heeft losse handjes.'

'Nou, er zit wel meer los bij die vent. Dat lag er wel erg duidelijk bovenop, niet dan?'

'Toen ik de dag van de overval thuiskwam, zat Cathelijne bij de voordeur op mij te wachten. Pas toen ik dichterbij kwam, zag ik haar blauwe oog. Ze had overduidelijk pijn en niet alleen hoofdpijn, maar ze wilde er niets over zeggen. Of ik een slaapplaats had, ik kon haar moeilijk op de stoep laten staan. Praten deed ze niet, ze was duidelijk bang. Ieder uur werd ze meerdere keren gebeld, ook 's nachts.

De maat was vol toen Leonard aan de deur verscheen, ze moest echt weg...en toen heb ik haar naar Nina's huis laten gaan.'

Het liefst wil Sofie de affaire tussen Cathelijne en Gerard onthullen, maar alles is al zo'n puinzooi. 'Nee Anne, we kunnen niet zomaar iedereen beschuldigen, dit is krankzinnig...We moeten de rechercheurs hun werk laten doen.'

'Ja, we moeten op de politie vertrouwen en jou weer op de been krijgen. Ik heb trouwens goed nieuws.' Op Annes gezicht verschijnt een warme glimlach.

'Vertel. Hou me niet in spanning.'

'Ik ben zwanger.'

'Dat meen je niet! Wat geweldig, écht? Hoelang weet je het al?'

'Nog maar een paar dagen. Ik ben zo blij.'

'Ik ook! Die kleine ga ik natuurlijk gruwelijk verwennen, daar ben ik heel goed in!'

'Als je dat maar uit je hoofd laat.' Grinnikend kijkt Anne op haar horloge. 'Ik moet gaan, er gelden hier strenge regels. Zorg je goed voor jezelf?'

'Zorg jij goed voor je baby.'

Liefdevol houdt Anne haar hand op haar buik en voor het eerst voelt ook Sofie weer een beetje leven, in haar hart.

'Ik kom met goede bedoelingen.'

Sofie bestudeert de bruine papieren zak die Daniël triomfantelijk omhooghoudt.

'McDonalds! Dit meen je niet. Hoe heb je dit voorbij Guusje gekregen?'
'Ik ben gewoon een veelzijdige man. Oké, eveneens met een dubbele agenda. Ik zou graag zien dat je iets eet.'
Als op commando marcheert Guusje de kamer binnen en parkeert foutloos een rolstoel naast het bed. Vliegensvlug verstopt Daniël het fastfood achter zijn rug.
'Dank je, Guusje, we redden het verder wel.'
Ze knikt, snuffelt even in het rond en vertrekt dan uit de kamer.
'Spring in dit ding, dan gaan we naar buiten.'
Dat laat Sofie zich geen twee keer zeggen en binnen de kortste keren zit ze op het dakterras aan een McChicken.
Daniël gooit haar een pakje sigaretten toe.
'Jij ook?' Ze is best bereid om te delen.
'Nee, ik rook niet. Ik zal wat "STOP"- foldertjes voor je regelen.' Zijn enigszins dwingende toon bevreemdt haar.
'Je telefoon.' Hij schuift hem over tafel naar haar toe.
'Thanx, hier ben ik erg blij mee, en de rest van mijn spullen?'
'Het adres heb ik je gemaild.'
Het scherm van de telefoon zit vol met vlekken, een koude rilling gaat door haar heen. De politie heeft in haar persoonlijke spullen gesnuffeld.
'En nog iets interessants gevonden?'
'Je beschikt over een aardig spaarcentje. Spijtig voor ons dat het je erfenis bleek te zijn.'
'Hebben jullie al mijn financiën doorgelicht?' Schaamte neemt haar over.
'Wil je het echt weten?'
'Ik denk het…' Eigenlijk wil ze er niets over weten.
'Hoe denk je dat ik weet wat je favoriete menu bij de Mac is?' Hij schatert het uit.
'Klootzak! Ik geloofde je bijna.' Ze gooit de lege zak naar zijn hoofd.
'Sofie, nu even serieuze zaken. De heer Ponci is op vrije voeten, hij zal zich later voor de rechter moeten verantwoorden voor zijn actie

hier in het ziekenhuis. We zijn ervan overtuigd dat hij geen direct gevaar voor jou of Amar vormt.'

Ze is opgelucht, zal Leonard zijn zoektocht naar Cathelijne ook stopzetten? Alleen als hij weet waar ze is, nergens is ze zó zeker van. Daniël vervolgt zijn update en zijn volgende punt slaat in als een bom.

'We hebben Nina.'

'Dat meen je niet!' Sofie is euforisch, eindelijk hebben ze het brein achter de overval.

'Temper je vreugde maar, ik denk niet dat Nina erachter zit.' Hij is bloedserieus, zij met stomheid geslagen.

'Wat bedoel je? Je wist het toch zeker dat Nina de drijvende kracht achter deze rooftocht was?'

'Ik had alle reden om dat aan te nemen, maar ik denk dat ze onschuldig is aan de overval en daarmee ook aan de dood van Karin en Henriëtte.'

Voor het eerst hoort Sofie de naam van de geldloper, dat maakt het weer een stukje persoonlijker en ook pijnlijker.

'Nina zit wel vast op verdenking van diefstal, het stelen van de sieraden uit jullie winkel. Verder heeft ze een bijna waterdicht alibi.'

Als Nina is vrijgepleit, dan lopen de daders nog vrij rond. De radartjes in haar hoofd beginnen op volle toeren te draaien. Hoopvol kijkt ze Daniël aan, hij zwijgt.

'Ik wil nog één ding met je bespreken.' Ze kan niet aflezen welke kant hij op wil, dus bereidt ze zich voor op het ergste.

'Het onderzoek zit vast, ik wacht op nog wat uitslagen, maar... Ik heb nieuwe aanknopingspunten nodig, mijn hoop is op jou en Amar gevestigd. Jullie zijn in theorie mijn beste kans om achter de waarheid te komen. Volgens de arts kan Amar zich niets meer herinneren, jij wel daarentegen. Wat dacht je ervan om dat proces eens te versnellen?'

'En hoe zie je dat dan voor je?' Ze is voorzichtig, glad ijs lijkt in zicht.

'In dit ziekenhuis is ook een psychiatrische afdeling...'

'Vergeet het maar Daniël, daar zet ik geen stap binnen. Jullie willen mij wegstoppen in een gekkenhuis! Ik wil terug naar binnen. Guusje! Guusje! Ik wil…'

'Machtig, rustig aan. Ik breng je zo naar binnen, neem nog een peuk en luister eerst naar mijn verhaal, in plaats van meteen te gaan tetteren.'

Sofie vermoedt dat Guusje haar niet komt redden, ze steekt een volgende sigaret aan en neemt een paar diepe halen. Haar besluit staat al vast, zij gaat echt niet naar die afdeling.

'Morgenochtend komt er een psychiater…Nee, jij houdt je mond nu even.' Hij wordt nu echt boos, dus ze voelt dat ze zich in moet houden.

'Zoals ik al zei, komt deze zéér vriendelijke en kundige psychiater morgen bij je langs. Jij gáát normaal met deze man praten en dan bespreken wij het idee morgen verder, wij sámen. Begrepen?'

Ze knikt, ze gaat het toch niet doen. Ze verkast nog maar naar één plek en dat is haar eigen huis.

'Ik ga nu naar Amar en als jij morgen je fatsoenlijk gedraagt tegenover de psychiater, dan gaan we daarna samen op bezoek bij Amar.' Nog voor ze er één woord ertegen in kan brengen, staat hij op en verdwijnt de kamer in. Sofie blijft verbijsterd achter, dit is pure chantage.

De volgende morgen is Sofie bloednerveus voor het gesprek met de psychiater. Het schijnt een drukbezette man te zijn, want hij laat nogal op zijn komst wachten.

Hans heeft ochtenddienst, dat betekent in ieder geval een actuele krant en veel koffie.

'Goedemorgen schoonheid. Mijn oprechte excuses dat ik je liet wachten, maar de bussen zijn gearriveerd.' Hij wiebelt gevaarlijk met het dienblad.

'Ik ben niet in de stemming voor al die dubbelzinnigheid, dus vertel op!'

'Sofietje is met haar verkeerde been uit bed gestapt.'

'Kappen Hans, ik meen het.'

'Rustig maar, ik doelde op het bezoek bij je collega: Amar. Hij heeft nogal wat "familie" en die komen in grote getalen hierheen. Geen zorgen, er blijft genoeg koffie voor jou over.'

Wat is ze opgelucht dat Amar ontwaakt is uit zijn coma. Vanmiddag mag ze naar hem toe, mits ze aardig is tegen de psychiater.
'We gaan vandaag douchen. Hoe klinkt dat? Eerst dat skelet van je eens flink boenen.'
'Hans, ik kan slechts gedoseerd humor aan.'
'Lees jij nou maar de krant, dan heb ik van jou effe geen last en éét wat!' Zingend verlaat hij de kamer. Waar haalt die man de energie vandaan.
Vastbesloten slaat ze de voorpagina over, ze wil niet geconfronteerd worden met de arrestatie van Nina. Familieberichten. De rouw-advertentie van Henriëtte staat erin. Eigenlijk wil ze het niet lezen, ze heeft haar "held" nooit ontmoet. Op een bepaalde manier voelt ze zich toch verbonden met deze vrouw door het lot dat hen beiden die dag trof. Uit de advertentie maakt ze op dat Henriette een man, twee kleine kinderen en een hond achterlaat, Goofy. Als ze de ge-boortedatum in jaren terugrekent, blijkt dat ze slechts 32 jaar oud is geworden, ongelooflijk.
Het wordt Sofie teveel, ze gaat op zoek naar een tachtiger die is overleden, dat past beter bij de realiteit. Onderaan de pagina staat een opvallend bericht, een gedicht eigenlijk. Niet zwart omlijnd, zoals alle andere rouwadvertenties, maar roze. Nieuwsgierig begint ze te lezen:

Het spijt me
Voor alles wat ik niet tegen je heb gezegd
Het spijt me
Dat ik je zoveel verdriet en pijn heb aangedaan
Het spijt me echt
Maar spijt is altijd te laat...
Want deze twee mensen die we kwijt zijn

door ons toedoen
Die halen we niet meer terug
Nogmaals het spijt me
Ik had moeten ingrijpen
Dan hadden zij nog geleefd

Ze wil het wegleggen, maar pakt het opnieuw voor zich. Dit is geen gewoon gedichtje, meer een schuldbekentenis. Naarstig zoekt ze naar de afzender maar er is geen naam bij vermeld. Met een vreemd gevoel maakt ze zich los van de krant, maar de zinnen blijven hangen. Er komt een vlotuitziende man de kamer in. Hij stelt zich voor als Michael, de psychiater.

Hij neemt plaats op een stoel naast het bed en lacht vriendelijk, uit beleefdheid lacht ze terug. Nu gaat het gebeuren en ze zet zich schrap.

'Sofie, ik weet dat je niet met mij wilt praten.'

Wat een intelligente psychiater, dat heeft hij snel door.

'Ik begrijp wel waarom.'

Ze houdt zich stil, hij komt eerst maar met een goed verhaal over de brug, zij heeft de tijd.

'Zou je willen dat de daders van dit vreselijke drama verantwoording voor hun daden moeten afleggen?'

Nog altijd houdt ze haar kaken stijf op elkaar.

Als hij haar nogmaals vragend aankijkt en iets naar voren buigt, barst ze los.

'Já, natuurlijk! Maar u moet begrijpen dat ik nu al geen hap door mijn keel krijg. 's Nachts word ik badend in het zweet wakker. Ik schrik op bij ieder onverwachts geluid, het gooit mij terug in de tijd, naar die dag… Ik wil dat mijn leven weer wordt zoals het was en niet nog meer emoties oprakelen.'

Michael luistert aandachtig en maakt een paar aantekeningen. Met zijn potlood tikt hij op het blocnote en dan richt hij zijn blik op.

'Sofie, ik moet je iets vervelends vertellen. Voorlopig wordt het niet beter, misschien wel een heel lange tijd. Op een dag, ergens in de toekomst, merk je opeens dat je er een poosje niet aan hebt gedacht. Daar zal je van schrikken, want dan besef je dat het bij je leven is gaan horen. Deze tragedie zal altijd een deel van je blijven, maar niet altijd overheersen.'

Ze weet niet wat ze had verwacht, maar deze woorden niet.

'Je bedoelt dat het nooit meer wordt zoals vroeger?'

'Het wordt anders. Misschien gaan de dingen moeizamer, of verbetert je flexibele instelling in je leven. De vraag is: Ben jij bereid om ermee aan het werk te gaan of besluit je om het weg te stoppen? Aan jou de keuze. Hier heb je mijn kaartje, je mag een aantal weken in de kliniek verblijven. Wellicht kunnen we een veilige omgeving creëren, waarin jij je mogelijk belangrijke details gaat herinneren. Het is vrijwillig, een tussenstop, om daarna naar huis te gaan. Niemand dwingt je hiertoe. Het blijft volledig jouw keuze.'

Hij overhandigt haar het visitekaartje. Misschien heeft hij gelijk en dan nog, wat heeft ze nog te verliezen? Spontaan zegt ze: 'Ja.'

'Ik ben zo trots op je.' Hans verschijnt met een stralende glimlach op zijn gezicht. Hij is zichtbaar opgelucht met haar keuze om naar de psychiatrische afdeling te gaan. 'Serieus Sofie, ik gun jou die opname. Normaal is er een wachtlijst van maanden, maar die rechercheur van jou, dat is echt een gouden kerel. Je laat hem niet lopen hé?'

'Wat bedoel je daar nou weer mee?' Ze hoopt dat ze zijn insinuatie zo snel mogelijk de kop in kan drukken. Haar "gevoelens" voor Daniël gaan niemand wat aan. Maar voelt ze eigenlijk?

'Hebben ze ook je ogen uitgestoken? Sorry, misplaatst. Luister, die Van Dam is helemaal hoteldebotel van jou. Meid, dat ziet toch iedereen.' Hij wappert irritant lang met zijn hand voor haar ogen heen en weer. 'Je bent absoluut blind. Niets meer aan te doen. Kom op, we gaan je eens mooi maken voor die kerel van je.' En ze gaan op weg naar de badkamer.

Ze is al ruim twee weken in het ziekenhuis en al die tijd heeft ze haar spiegelbeeld niet gezien. In de doucheruimte is de spiegel afgedekt met een handdoek, ze kijkt bewust weg. Voorzichtig wikkelt Hans het verband van haar polsen af, diepe groeven worden zichtbaar. Bemoedigend knijpt hij zachtjes in haar schouder en ontkleedt haar bovenlijf. Ze houdt haar adem in als het verband rondom haar ribbenkast wordt verwijderd. Haar tranen kan ze niet meer bedwingen. Hans merkt het op en gaat op zijn knieën naast haar zitten. 'Lieverd, dit is slechts de buitenkant, van binnen ben je nog steeds heel mooi.' Ziet ze het nu goed? Ja, Hans heeft ook tranen in zijn ogen.

'Wil je jezelf zien? Ik had voor de zekerheid eerst de spiegel afgeschermd.'

Ze knikt instemmend.

Met hulp van Hans komt ze voorzichtig overeind. Als hij de handdoek verwijdert, verschijnt haar gezicht in de spiegel, een kreet van pure verafschuwing kan ze niet onderdrukken. Voorzichtig glijdt ze met haar vingers langs de snijwonden, haar linkeroog is gezwollen en haar lange bruine lokken, ze zijn weg!

'Hans, wat is er met mijn haar gebeurd?'

'Sorry schat, Astrid heeft een kapper laten komen om het op gelijke lengte te laten knippen. Lieverd, je was één hoop ellende toen je hier binnenkwam.'

'Wordt dit nog minder heftig?' Ze wijst naar de langwerpige korsten op haar voorhoofd en wangen.

'Eerlijk schat? Ja, het zullen lelijke littekens blijven.'

Ze zou willen dat ze het allemaal niet had gezien. Lijdzaam laat ze zich zakken op de douchekruk en als het water begint te stromen, vloeien haar tranen met de stroom mee.

Liefdevol droogt Hans haar af. Zijn gebruikelijke grapjes heeft hij achterwege gelaten. Hij heeft dus wel grenzen.

Ze mag kiezen uit een Mickey Mouse of een effenkleurige pyjama. Voor ze een keuze kan maken gooit Hans de muis met de zwarte oren resoluut terug in de tas.

'Wil je zelf je haar zelf borstelen?'

Ze schudt zachtjes haar hoofd.

Als ze klaar zijn, duwt Hans de rolstoel voort, terug naar haar kamer.

Naast het bed zit Daniël al op haar te wachten. Als hij haar ziet, veert hij enthousiast op van zijn stoel. Aan het zwenken van de wielen te voelen, schudt Hans heftig zijn hoofd.

'Kom Daniël, dan krijg je koffie van mij en laten we Sofie even bijkomen van al dat gebadder.' Met open mond staart Daniël haar aan, alsof haar ziel een glazen plaat is en haar kwetsbaarheid voor iedereen zichtbaar is.

Met moeite maakt hij zijn blik los en volgt Hans de kamer uit en dan blijft ze alleen achter. Ze trekt de dekens ver over zich heen. Ze is uitgeput van alle emoties, haar ogen voelen zwaar en ze geeft zich over aan de vermoeidheid.

Sofie schrikt wakker van gestommel op de gang.

Daniël zit naast haar bed met een grote bos bloemen op zijn schoot.

'Voor jou, omdat je de juiste beslissing hebt genomen.'

Ze waardeert het gebaar, mits er geen addertje uit het boeket komt kruipen. Aarzelend neemt ze de bloemen aan in afwachting van zijn tegenprestatie.

'Amar wacht vol verwachting op je.'

Haar sombere stemming klaart gelijk op. Ze wil Amar heel graag zien.

Als ze de kamer van Amar naderen, lopen de zenuwen steeds verder op. Hoe is hij eraan toe? Zou hij boos op haar zijn? Ze verwijt het zichzelf nog steeds dat ze hem de deur die naar alle rampspoed leidde, persoonlijk liet openen. Zenuwachtig plukt ze aan haar pyjama en dan ziet ze hem recht overeind in zijn bed zitten.

Hij ziet er opvallend goed uit, zonder verwondingen aan zijn gezicht en polsen. Er is meer bezoek in de kamer. Als ze opgemerkt worden, vertrekken de meesten. Eén vrouw blijft zitten bij het bed.

Sofie had verwacht dat ze elkaar in de armen zouden vliegen, troostende woorden zouden uitwisselen, maar niets van dat alles gebeurt. Ze staren slechts naar elkaar, op het moment dat het te ongemakkelijk wordt, rijdt Daniël de rolstoel naast het bed. Vriendelijk verzoekt hij de vrouw om met hem mee te gaan. Als de deur gesloten wordt, zitten ze zwijgend naast elkaar.

Uiteindelijk vindt Amar als eerste de moed om de ijzige stilte te verbreken. 'Hoe is het met je?'

Ze kijkt om zich heen, ze wil zeker weten dat Daniël haar niet kan horen. 'Slecht.' Haar blik wendt ze af en opkomende tranen slikt ze weg. 'En met jou?'

'Ja, het gaat wel. Ik kan mij niets meer herinneren.'

Indringend kijkt ze hem aan, de manier waarop hij deze woorden uitspreekt is zo gewoontjes, makkelijk en zeker niet geloofwaardig. Voor het eerst voelt ze een afstand tussen hen twee, eentje die er eerder niet was.

Teleurstelling overheerst. Ze had gehoopt in Amar een lotgenoot te vinden, iemand die haar door deze moeilijke tijd heen kon helpen. Daarentegen sluit hij zich voor haar af.

'Wat ruikt het hier zalig.' Ze kijkt naar een tafel in de hoek gevuld met afgedekte schalen. 'Verzorgd door mijn tante, ze kookt graag.'

'Waar zijn je ouders? Ik hoor je alleen over je tante. Je was ook al met je tante bij het tuincentrum?'

'Mijn ouders leven niet meer, Sofie. Ik ben opgevoed door mijn tante en een tijd door mijn oom.'

'Leeft je oom ook niet meer?'

'Jawel. Ik wil je niet verder vermoeien met mijn saaie levensverhaal.'

Weer een ongemakkelijke stilte.

'Ik hoor dat je veel bezoek krijgt.' Opnieuw probeert ze het gesprek op gang te krijgen.

'Jij toch ook? Zijn je collega's al geweest? Nina bijvoorbeeld?'

Nu wordt Sofie onrustig, hij lijkt haar uit te horen, maar waarom? Hij is bijna vier dagen geleden uit zijn coma ontwaakt. Daniël heeft hem gisteren verhoord, Amar weet heus wel meer over Nina. Ze besluit het spel mee te spelen, waarom weet ze eigenlijk nog niet.

'Ja, Nina is langs geweest met een prachtige bos bloemen. Anne en Michelle ook, mijn zus uiteraard elke dag.'

'Fijn voor je...dat je zoveel bezoek krijgt, bedoel ik.'

Ze weet niets meer te zeggen en Amar lijkt ook wel uitgepraat. 'Vind je het goed als ik morgen nog een keertje bij je kom kijken?'

'Tuurlijk Sofie. Gezellig.'

'Nou tot morgen dan.' Ze draait de rolstoel richting de deur.

'Sofie? Kun jij je nog iets herinneren? Stemmen of iets dergelijks?'

Alles in haar schreeuwt om de waarheid uit hem te trekken. Uiterst beheerst kijkt ze om en zo kalm mogelijk zegt ze: 'Nee, gek hé. Ik herinner mij ook helemaal niets.'

Hij kijkt haar recht aan, met een kille blik in zijn ogen. Dan verschijnt er een vervelende grimas op zijn gezicht. 'Hebben we toch hetzelfde lot getroffen.'

Daniël komt aangesneld en ze wijst driftig naar de deur, ze wil zo snel mogelijk weg uit deze kamer.

'Rustig aan.' Ondersteund door Daniëls sterke armen installeert Sofie zich weer in bed, de rolstoel zet hij in een hoek van de kamer.

'Daniël?'

'Ja, zeg het eens meissie.'

'Amar was zichzelf niet.'

'Wat bedoel je?' vraagt hij terwijl hij plaatsneemt aan het uiteinde van het bed. Voor het eerst laat ze hem zo dicht in haar zone komen.

'Ik weet het niet. Hij deed nogal vreemd…'

'Hij heeft een hoop meegemaakt, net als jij. Misschien verwachtte je wel te veel van het bezoek.'

'Nee, dat was het niet…Hij legde net iets teveel nadruk op dat hij zich niets meer kan herinneren van de overval. De dofheid in zijn stem… Het was vreemd, anders, net alsof hij mij ervan wilde overtuigen… Alsof ik het niet zou geloven dat hij niets meer weet. Klinkt dat logisch?'

'Wil je mijn professionele mening horen? Ik heb hem gisteren stevig ondervraagd. Het was inderdaad opvallend hoe snel hij iedere keer weer terugviel op het hetzelfde antwoord: "Ik kan mij niets meer herinneren". Hij wist bijvoorbeeld ook niet meer dat jij hem had gevraagd om de benedendeur te openen en volgens de psychiater zou dat stuk van zijn geheugen nog intact moeten zijn. Maar ieder mens reageert anders op een traumatische gebeurtenis.'

Ze probeert zich te focussen op het moment dat ze de schoten hoorde, dieper en dieper probeert ze in haar geheugen te graven.

'Sofie, waar denk je aan?' Zijn nieuwgierigheid is gewekt.

'Nou, Michelle vertelde dat er vlak voor negen uur schoten werden gelost. Dat was op het waardetransport en de geldloper, Henriëtte.'

'Ja, dat klopt. Daarnaast is er ook geschoten in het magazijn.'

'Ik weet het niet zeker, volgens mij werd er geschoten op Amar nadat… Nee, ik weet wel zeker. Er klonken schoten net voor ze definitief vertrokken, voordat de buitendeur dichtklapte.' Ze kijkt Daniël hoopvol aan, alsof hij haar verhaal enigszins kan bevestigen.

'Uit het ballistisch rapport valt niet te achterhalen, welke kogels als eerste werden afgevuurd. Er zijn verschillende wapens gebruikt. Op de parkeerplaats zijn hulzen gevonden van een automatisch Kalasjnikov machinegeweer.'

'Ja, vuurwerk. Ik hoorde een schotensalvo.'

'Weet je het zeker? Klonken de schoten die je hoorde in het magazijn, hetzelfde als buiten?'

'Nee, anders…Niet zo snel achter elkaar. Meer losse schoten, wél meerdere achtereenvolgens.'

'Hoeveel schoten heb je gehoord in het magazijn?' Verwoed haalt Daniël zijn aantekeningenboekje tevoorschijn en begint te schrijven.

'Ik denk…zeker zes, hooguit zeven.'

'Sofie, denk goed na. Ik moet het zeker weten.'

'Maar ik lieg niet, écht niet!'

'Dat weet ik, want Amar is neergeschoten door een revolver. Een Smith & Wesson L-Frame. Voor het onderzoek is het belangrijk om de cilindergrootte vast te stellen.'

'Het ging allemaal zo snel.'

'Je doet het geweldig. Écht!'

Daniël begint zijn gebruikelijke rondjes weer te lopen. 'De andere geldloper heeft verklaard dat hij niet eerder schoten heeft gehoord, anders had zijn collega nooit de wagen verlaten.' Sofie vindt dit scenario aannemelijk klinken. Opeens draait hij zich om, in zijn voorhoofd verschijnen diepe rimpels 'Dat betekent dus eigenlijk dat

Amar als laatste is neergeschoten, maar waarom? Wij gingen ervan uit dat Amar direct na het openen van de deur werd neergeschoten om hem te overmeesteren.'

'Nee, hij is zeker niet meteen neergeschoten.'

'Hoe weet je dat zo zeker?'

'Nou…omdat ik alleen geschuifel hoorde.' Ze schrikt van deze plotselinge heldere ingevingen.

'Wat gebeurde er precies? Probeer het voor je te halen. De deurbel ging en toen, wat deden jullie toen?'

'Eerst ging die telefoon weer. Karin mocht van mij niet opnemen, omdat er iedere keer werd opgehangen.'

'Wat bedoel je met iedere keer werd er opgehangen?'

'Heeft Anne je dat niet verteld?' Ze was er heilig van overtuigd dat Daniël al op de hoogte was van de eindeloze reeks telefoontjes.

'We werden zeker een week, misschien wel langer, lastiggevallen via de telefoon. Iedere keer als we opnamen werd de verbinding verbroken.'

'Machtig, waarom hoor ik dat nu pas.' Hij is zichtbaar geïrriteerd. 'Sofie, we hebben misschien de hele tijd op het verkeerde spoor gezeten, ons blind gestaard op Nina. Er is zoveel tijd verloren gegaan.' Haar hartslag versnelt door zijn plotselinge onstuimige houding, hij grist zijn telefoon uit zijn binnenzak en verdwijnt naar de gang.

Na een paar zenuwslopende minuten komt hij de kamer weer in. Opnieuw neemt hij plaats op het bed, nu mag hij wel meer afstand houden. Ze houdt haar hart vast op wat er nu komen gaat. Godzijdank is zijn toon milder, rustiger.

'Het spijt me. Ik had niet boos moeten worden. De druk vanuit het OM is enorm. Een drama van deze omvang… We moeten de daders vinden. Tel daar het hele mediacircus bij op, journalisten die antwoorden willen en de protesten in de buurt die steeds heviger worden…'

'Amar is niet neergeschoten toen hij de deur opende, dat weet ik zeker.'

'Ik geloof je oprecht. Luister, zojuist heb ik overleg gehad met het hoofdbureau. We schroeven de beveiliging weer op, niet opnieuw een arrestatieteam, slechts enkele collega's in burger. Ik zal proberen om je zo snel mogelijk over te laten plaatsen naar de psychiatrische afdeling, maar daar heb ik tijd voor nodig.'

Zijn woorden maken haar rustiger. Ze is hem gaan vertrouwen, of misschien wel meer dan dat.

'Nog één ding, er is zo een persconferentie, hier in het ziekenhuis. Het is beter om de televisie niet aan te zetten. Beloof je dat?' Ze knikt instemmend.

'Er zit een bezoeker op de gang te wachten, iemand die jou heel graag wil zien. Richt je daar op en laat mij mijn werk doen.'

'Daniël? Ga ik je nu minder zien omdat ik naar de andere afdeling ga?'

'Als dit voorbij is, neem ik je mee uit eten.'

'Over mijn lijk.' Voor ze het weet is het eruit.

'Nou inderdaad. Het scheelde niet veel of je had ijskoud bij mij op tafel gelegen, in zo'n zwarte kadaverzak. Persoonlijk vind ik zwart erg elegant, al denk ik dat een jurkje jou beter zal staan.'

'Charles, wat een verrassing!' Sofie is ontroerd om haar geliefde soulmate eindelijk weer te zien.

'O, meissie toch.' Zichtbaar aangeslagen valt hij haar in de armen. 'Laat me eens goed naar je kijken. Wat hebben die schoften je toegetakeld.' Hij heeft een brok in zijn keel, ze houdt het niet droog.

'Charles, we gaan ze krijgen. Echt!' Zelf lijkt ze er steeds meer in te geloven. Hij blijft naar haar gezicht staren, ongemakkelijk wriemelt ze aan de lakens. 'Zullen we samen naar het mediaspektakel kijken? Ik ben groot nieuws tegenwoordig.'

Charles kijkt haar bedenkelijk aan, toch neemt hij de afstandsbediening ter hand, hij heeft Sofie nog nooit iets kunnen weigeren.

'Welke zender?' Als een gek zapt hij langs alle netten.

'Geef mij dat ding eens. Ik denk op Nederland 1.' De aankondiging wordt net gedaan, dokter Van Rijs loopt naar zijn plek achter de tafel. Daniël neemt de middelste stoel en de burgermeester sluit de rij. De gebruikelijke instructies over het verloop van de persconferentie worden aangekondigd door een vrouw links in beeld. Er wordt een korte verklaring gegeven, achteraf is er gelegenheid om vragen te stellen.

Als eerste neemt de burgermeester het woord.

'Kan dat ding niet harder?'

Onder Sofie's duim moet het volumeknopje het ernstig ontgelden.

'Ik versta er nog steeds niks van.'

Geërgerd kijkt Sofie opzij, Charles heeft zijn gehoorapparaten weer niet in. Opeens vliegen de streepjes op het beeldscherm en het volume mee omhoog. Slechts de laatste woorden van burgermeester klinken kogelhard door de ruimte: '...intensief contact met de nabestaande. Dit drama kent alleen maar verliezers. In overleg met alle betrokkenen is besloten om de ontstane gedenkplaats bij het winkelcentrum te verplaatsen naar het gemeentehuis. De condoleanceregisters blijven nog zeker een aantal dagen open, iedereen krijgt een kans om zijn medeleven te betuigen. Als laatste kan ik u mededelen, dat één van de omgekomen slachtoffers gisteren in besloten kring is gecremeerd. De families van alle slachtoffers en gewonden vragen u om hun privacy te respecteren. Zij hebben tijd en ruimte nodig om alles te verwerken. Dank u voor uw tijd. Ik geef nu het woord aan de heer Van Dam.'

Ze wisselen van plaats, nu zit Daniël met de microfoons voor hem.

'Goedemiddag allemaal, daar zitten we weer. Dit alles naar aanleiding van de gewelddadige overval op de drogist en de poging tot het overvallen van het waardetransport, op donderdag 6 april jongstleden. Dit alles vond plaats aan de Kerkweg, omstreeks 8.45 uur. Zoals u weet, is er direct na de melding een grootschalig strafrechtelijk onderzoek gestart in samenwerking met het OM.

Omdat het onderzoek nog steeds in een beginstadium verkeert, weten we momenteel nog te weinig om een tijdslijn te creëren van de dramatische gebeurtenissen. Wat we wel weten is dat twee slachtoffers om het leven zijn gekomen: één slachtoffer door messteken, het andere slachtoffer is aan haar schotwonden overleden. Wat we u ook kunnen mededelen is dat er nog twee slachtoffers in het ziekenhuis verblijven, dokter Van Rijs zal straks nog iets over hun toestand mededelen.

Afgelopen week hebben we mevrouw Van Amstel als verdachte gearresteerd. Ik wil hierbij vermelden dat we dat bewust hebben gedaan om haar een bijzondere status te verlenen. Als verdachte ben je niet verplicht tot antwoorden en heb je het recht om je door een advocaat bij te laten staan. Mevrouw Van Amstel heeft haar volledige medewerking gegeven en ze is na het verhoor weer op vrije voeten gesteld. Ik wil u heel duidelijk maken dat zij niets met de overval te maken heeft. Zij is volledig gevrijwaard van elke verdenking. Als laatste wil ik u melden dat de drogisterij en het gebied eromheen vanmiddag wordt vrijgeven. De eerder ingestelde noodverordening blijft van kracht, mijn collega's zullen op de uitvoering toezien. We doen een beroep op iedereen om met elkaar de opgelopen gemoederen te sussen. Er is op dit moment geen enkele aanwijzing dat de zogenoemde "hangjongeren" verantwoordelijk zijn voor dit brute geweld. Iedereen die niets te zoeken heeft in het zuidelijke deel van het winkelcentrum, zal verwijderd worden. Niemand zit te wachten op ramptoerisme en…'

'Zullen we maar stoppen met kijken?' Charles legt bezorgd zijn arm op Sofies schouder, die bij iedere zin witter wegtrekt.

'Zo, een feestje aan de gang zonder mij?'

Opgeschrikt bekijkt Sofie Cathelijne, haar oranje gegipste arm is niet te missen. Als Sofie haar wenkbrauwen bedenkelijk optrekt, geeft Cathelijne een allerminst plausibele verklaring: 'Van de trap gevallen.'

'Nóg een cadeautje van Leonard?' Sofie toont geen genade, Anne heeft haar de waarheid omtrent het blauwe oog al verteld.

Cathelijne negeert de opmerking, onderzoekend bekijkt ze het vertrek. 'Aparte kamer?'

'Ik denk dat ik je morgen even bel. Dan kunnen we rustig verder praten.' Charles heeft de gave om op het goede moment te vertrekken, na een kus op Sofies voorhoofd verlaat hij de ruimte.

'Mag ik verder komen?'
De boosheid op Cathelijne smelt als sneeuw voor de zon, hun vriendschap zit te diep in haar hart. 'Als we eerst eens goed met elkaar praten.'
'Ja, dat wordt wel tijd. Hoe is het met je?'
'Eigenlijk weet ik het niet zo goed. Ik denk dat we allemaal de klok wel willen terugdraaien. Heeft Leonard je zo toegetakeld?'
'Hij is compleet de weg kwijt, ik ook. Sofie, ik heb zulke slechte dingen gedaan.' Cathelijne ziet er kwetsbaar uit, het doet Sofie pijn om haar zo te zien.
'Waarom ben je niet naar mij toegekomen?'
'Omdat sommige dingen onvergeeflijk zijn. Jij zou het nooit begrepen hebben, ik zelf trouwens ook niet. Dat ik zo laag zou zinken...' Cathelijne is zichtbaar ontdaan.
'Praat met me Cat. Ik wil je helpen.'
'Ik heb die 750 euro gestolen...'
'Wat! Waarom in hemelsnaam? Machtig, dit mag je aan niemand vertellen, ze zullen denken dat je achter die overval zit.'
'Ja, alsof ik dat niet weet. Ik zou het geld gewoon terugleggen, de dag voor de overval. Toen de politie kwam, durfde ik niet meer vanwege de ravage met die gasten. Nu krijg ik het nooit meer ongemerkt in de kluis, iedereen ligt onder een vergrootglas.'
'Je hebt dat geld toch helemaal niet nodig...Ik begrijp het niet.'
'Het begon allemaal een paar maanden geleden met Leonard. Hij heeft een bipolaire stoornis. Al jaren slikt hij trouw zijn medicatie en dan gaat het heel goed. Sinds wij een relatie hebben, voelde hij zich altijd wat minderwaardig tegenover mij, zo heb ik het trouwens nooit gezien. Na het huwelijksaanzoek heeft hij het in zijn hoofd gehaald dat hij een échte man voor mij wil zijn. Ik heb hem gesmeekt om het niet te doen maar in december is hij resoluut gestopt met het innemen van zijn medicatie en toen ging het steeds slechter.'
'Slechter in de zin van agressie?'
'Nee, eerst niet. Hij wilde mij de perfecte bruiloft geven, eentje waarvan ik altijd al droom. Trouwen op het strand bij een ondergaande

zon. Blootsvoets door het warme zand op een pad van rozenblaadjes richting het prieeltje waaraan trossen exotische bloemen prijken. Leonard zien staan tussen de brandende vuurkorven en de zee als achtergrond…Dus we lieten zo'n weddingplanner komen. Leonard wilde geen enkele compromis sluiten. Trouwen is zeker niet goedkoop. Uiteindelijk kwam de offerte binnen. Soof, het zou rond de 15.000 euro gaan kosten, abnormaal veel geld. Leonard wilde per se dat geld bij elkaar krijgen, ik wist dat we dat nooit konden opbrengen en een kleinere bruiloft vond ik ook prima.'

'Crisis Cat, wat dacht je? Dan jat ik het geld maar op mijn werk?'

'Néé, zo ging het helemaal niet. Ik heb er zelfs een schoonmaakbaan bijgenomen, dat je zo laag over mij denkt. Van jou had ik dat niet verwacht. Ik heb altijd gewerkt voor mijn geld.'

'Leg het dan uit. Zit Leonard soms achter die overval?'

'Néé, natuurlijk niet! Soof, je bent compleet paranoia geworden. Leonard is gaan gokken, in het begin ging dat goed. Naarmate hij langer van de medicatie af was, verloor hij steeds meer geld. Hij maakte steeds meer schulden bij de verkeerde mensen. Uiteindelijk werd die stress hem te veel, hij werd agressief en jaloers. Hij was bang dat ik hem zou verlaten. Zelfs met twee banen lukte het mij niet om de schuldeisers op tijd te betalen.'

'Daarom was je steeds te laat, door je bijbaan?'

'Ja, ik ben je dankbaar dat je dat door de vingers zag.'

'Dus je houdt nog van hem?' Het is iets wat Sofie momenteel ondenkbaar acht. 'Je verdient echt beter.'

'Ja, ik hou van hem. Zelfs na wat hij jou heeft aangedaan, hier in het ziekenhuis komen met een klappertjespistool. Je moet mij geloven, hij wilde je echt geen pijn doen.'

Sofie slaat haar ogen neer. Door de actie van Leonard is haar gevoel van veiligheid nog meer afgenomen, maar Cathelijne heeft het al zwaar genoeg, dus ze zwijgt.'Waarom ben je dan een affaire met Gerard begonnen?'

'O, dat weet je dus al. Ook zo'n idiote actie van mij.'

'Hoe heb je Nina dat aan kunnen doen?'

'Gerard is een lul! Nina is beter af zonder hem. Hij zit vast op ver-
denking van belastingfraude, wist je dat?'
'Ja, maar ik wist niet waarom hij vastzit.'
'Gerard had Nina al maanden geleden verlaten. Ze heeft het voor
zich gehouden, ik wist het wel.'
'Jij wist dat al? Hoe dan?' Sofie begrijpt er werkelijk niets meer van.
'Nina kwam bij mij om geld te lenen, maar ik zweer dat ik niet wist
waarom ze het nodig had. Ik heb haar verteld dat ik het niet kon
missen en toen heeft ze er niet meer om gevraagd.'
'Cat, ze kwam bij jou geld lenen, omdat ze ergens moest overnachten.
Er schijnt zelfs beslag op haar salaris gelegd te zijn.'
'Dat meen je niet! Heeft Gerard haar berooid achtergelaten?'
'Blijkbaar. Jij was close met Gerard. Op die intieme momenten heeft
hij toch wel dingen verteld?'
'Soof, ik kwam op betaling bij Gerard...'
'Wát! Je bedoelt als hoer?'
'Waarom maak jij alles zo smerig! Ja, ik prostitueerde voor Gerard,
puur en alleen voor het geld.'
'Machtig Cat, je hebt er wel een zooitje van gemaakt. Ik begrijp wel
dat Leonard des duivels op je is. Niet dat hem dat het recht geeft om
je in elkaar te timmeren.'
'Hij weet het niet van Gerard en jij houdt je mond!'
'Wat heb je hem dan verteld? Je zat in de bak, natuurlijk ben je hem
een uitleg verschuldigd.'
'Dat weet hij ook niet. Ik heb hem verteld dat ik een paar dagen bij
Anne was en dat was ook zo. We hadden ruzie gehad de morgen
van de overval. Ik eiste dat hij weer aan de medicatie ging en om dat
kracht bij te zetten ben ik mijn koffers gaan pakken. Hij deed het
niet expres, hij was zo bang om mij te verliezen...En toen haalde
hij uit. Vlak daarna belde Isabella met de mededeling dat de winkel
overvallen was. Ik heb het huis verlaten, zonder nog een woord tegen
Leonard te zeggen.'

Sofie moet zich losmaken van al deze schokkende feiten. Voorzichtig komt ze overeind, pakt haar sigaretten en schuifelt richting het dakterras. 'Ga je mee?'

Cathelijne volgt met een gebogen hoofd.

Sofie inhaleert haar sigaret diep in, wanhopig probeert ze de beelden van een naakt hoerende Cathelijne te verdringen. Wat is toch de aantrekkingskracht van "bad boys" zoals Gerard en Leonard? 'Cat, je moet je mond houden tegen de politie en tegen Leonard. Kan je niet een paar dagen naar je moeder? Niemand mag weten van die 750 euro en laat dat geld verdwijnen.'

'Ik heb haar al gebeld, maar ik moest jou eerst zien. Leonard heeft beloofd om weer aan de medicatie te gaan. Alles komt goed.'

Sofies zesde zintuig speelt op. Leonard is een wolf in schaapskleren en Cathelijne het blinde lam. Toch mag ze zich niet bemoeien met de keuzes die Cathelijne maakt. Ze kan alleen een herberg zijn, een schuilplaats, waar Cathelijne haar heil kan zoeken als donkere tijden aanbreken.

'Soof, weten ze al wie er achter die overval zit? Zijn het die jongens die Amar aanvielen in de winkel?'

'Nee, volgens mij zit de politie op een dood spoor. Al die tijd zijn ze met Nina bezig geweest, deels mijn schuld.'

'Heb jij ze op onze heilige Nina afgestuurd? Nee, dat zou je nooit doen, toch?'

Sofie schiet in de verdediging. 'Nina kwam de dag voor de overval met een zwarte tas naar het werk en na de overval was diezelfde tas weg, verdwenen.'

Cathelijne schatert het uit. 'Luister, na de overval zijn we allemaal gebeld door Isabella. Onder geen geding mochten we naar de winkel komen, alleen Anne. We waren in shock over wat er gebeurd was. Al snel werd duidelijk dat er mensen waren omgekomen, alleen werd niet verteld wie het waren. Totaal overstuur ben ik naar Frederique gegaan en daar was Nina. We hebben met zijn drieën uren voor de televisie gezeten om het nieuws te volgen en toen kwam Dennis thuis. Die vertelde ons...'

'Dennis? Was Dennis niet thuis toen jij daar aankwam?'
'Nee, hij was onderweg om spullen naar het magazijn te brengen. De overval was toen al aan de gang.'
'Hoe wist hij dat?'
'Weet ik veel, vast gehoord van de politie. Maar goed, hij kwam thuis en hij boekte direct een ticket. Frederique vertrok met het eerste vliegtuig richting Denemarken, dat was wel raar. Mijn aandacht ging alleen uit naar Nina. Die ging compleet door het lint toen Dennis thuiskwam. Waarom is mij een compleet raadsel, opeens was ze weg en sindsdien heb ik haar niet meer gezien. Ik denk dat ze in paniek raakte. Niet jij, maar zij had die morgen moeten werken. Ze had haar dienst geruild omdat ze een afspraak met de gemeente had over schuldsanering. Natuurlijk wist ze dat de politie de lege sieradendoosjes zou vinden. Neem één ding van mij aan, die wilde ze gewoon betalen. Hoe kon zij nou weten dat Gerard haar zo bedonderd had.'

Sofie hoort niet eens meer wat Cathelijne allemaal ratelt, Dennis was bij de winkel tijdens de overval. Waarom heeft hij de politie een ander verhaal verteld? Voor het eerst klinkt het verdacht dat Frederique de dag van de overval vertrokken is naar Denemarken. Misselijkmakende spijt voelt ze over alle verdenkingen die ze gemaakt heeft aan het adres van Nina.

Uit de kamer komen vrolijke klanken, vlak daarna komt Astrid het dakterras oplopen.
'Als ik het niet dacht! Je moet stoppen met dat roken, het is slecht voor het genezingsproces.'
'Ik kom er zo aan. Ik neem even afscheid van Cathelijne.' Koortsachtig denkt ze na, wat moeten ze doen?
'Luister Cat, we praten niet meer over die 750 euro. Niemand hoeft dat te weten en zorg dat je veilig bent. Ga zo snel mogelijk naar je moeder. Beloofd? Wordt er trouwens goed voor Jackie gezorgd?'
'Leonard is een echte dierenvriend, Jackie is in goede handen. Ik ga

er een paar dagen tussenuit en dan ga ik terug naar Leonard. Zorg jij ook goed voor jezelf? Voor je het weet staan we weer samen in de winkel.' Sofie kijkt Cathelijne na en beseft dan dat het tijd is voor haar volgende stap, de psychiatrische afdeling.

Het is een hele drukte in de kamer. Eerst vliegt Bernadette haar om de hals. 'Het spijt me zo. Ik kon echt niet eerder komen. Nog nooit heb ik zo'n hardnekkig griepvirus gehad, maar ik heb niet stilgezeten. Astrid en ik hebben een verrassing.'
Sofie zet zich schrap voor het ergste.
'We hebben je hele appartement schoongemaakt: gordijnen gewassen, kasten uitgemest, een nieuwe krabpaal voor Jackie gekocht en vers groen in de vensterbank geplaatst.'
Snel tovert Sofie een stralende glimlach op haar gezicht. Haar hoofd zit nog vol afschuw over Cathelijnes daden. Het vooruitzicht om straks in een schoon huis te komen maakt haar wel oprecht blij. 'Kom hier lieverds.' Ze knuffelt zowel Bernadette als Astrid. 'Ik betaal natuurlijk alle kosten.'
Direct sneert Bernadette er overheen: 'Geen sprake van, we hebben allemaal gelapt, zelfs Charles en Leila. Je hebt het verdiend, lieve schat.'
Daniël verschijnt in de kamer al lijkt de aanwezigheid van de dames hem snel te veel te worden.
'Astrid, kun je mij hier missen? Daniël wil mij nog wat vragen stellen.'
'Als jullie je maar gedragen.' Astrid en Bernadette giebelen als een stel pubermeisjes. Sofie zou het liefst ter plekke door de grond zakken.
Daniel is deze fase duidelijk voorbij en dat maakt het nog een stuk gênanter. Na een ongemakkelijke stilte duwt Daniël de rolstoel de kamer uit.
In de gang excuseert hij zich en loopt naar de aanwezige agent. Door het onverstaanbare gefluister kan ze niet volgen waar het gesprek over gaat. Als ze zachtjes op haar schouder wordt getikt, lijkt er een explosief in haar lijf af te gaan, die al haar bloed naar haar hoofd stuwt. Met een ruk draait ze zich om, een golf van opluchting volgt

als het de tante van Amar blijkt te zijn.

'Hoe gaat het met je? Sofie was het toch?'

'Eh…beter. Ik mag vandaag naar een andere afdeling.'

De tante gaat helemaal op in haar eigen wereld. 'Ik maak mij zorgen om Amar. Wil jij niet nog een keertje met hem praten? Misschien zonder die rechercheur erbij?'

Sofie voelt zich niet geroepen om hier gehoor aan te geven, de vorige keer werd ze nogal koeltjes ontvangen. Voor haar staat een liefdevolle vrouw die kennelijk veel om Amar geeft. Ze wil eerlijk tegen haar zijn. 'Hij kan zich niets meer herinneren, het lijkt mij beter om dat zo te houden.'

'Nee, ik ben ervan overtuigd dat hij zich juist wel dingen herinnert. Hij is zo schrikachtig, zo stil. De hele dag staart hij voor zich uit…Dit is niet de jongen die ik ken.'

Sofie weet niet wat voor soort "jongen" Amar is, ze heeft al zoveel kanten van hem gezien.

'Amar wil met niemand praten. Al mijn hoop is op jou gevestigd. In zijn slaap mompelt hij jouw naam…' Wanhopig draait ze met haar vingers haar ketting heen en weer. Sofie vindt het een mooi, opvallend exemplaar. Er hangt een gouden hartje aan met drie ingezette zirkonen. Gefixeerd kijkt ze naar het prachtig gevormde hangertje. Die ketting! Ze wist dat ze hem ergens van kende, dit item komt uit de sieradencollectie. De nieuwste serie speciaal gemaakt voor Moederdag, maar het is nog niet te koop! Radeloos kijkt Sofie om zich heen. Hoe komt ze aan deze ketting? Zou Amar hem stiekem hebben meegenomen?

'Gaat het wel, Sofie? Je ziet zo bleek.'

'Ik zal met Amar praten, dat beloof ik u.' Ze moet antwoorden hebben. De daders moeten gestraft worden en daar gaat ze persoonlijk voor zorgen. Na wat ze Nina heeft aangedaan, kan ze Daniël niet meer helpen. Er is al zoveel persoonlijk leed. Harde feiten moet ze hebben en die zal ze krijgen. Ze kan en mag niemand meer zomaar beschuldigen.

'Pas je goed op jezelf. Ik weet zeker dat Amar je graag nog eens ziet.'

Als Daniël terugkomt, loopt de tante snel weg. Zonder een woord te zeggen duwt hij de rolstoel naar de lift en gaan ze op weg naar het restaurant.

'Zo, eens even kijken wat de menukaart allemaal voor ons in petto heeft.' Daniël bestudeert de gelamineerde kaart aandachtig. Sofie wil alleen een tosti en gunt haar menukaart geen blik waardig.
'Ik betaal hoor, dus zoek gerust iets lekkers uit.' Dan legt hij de kaart neer en een ernstige blik volgt: 'Sofie, wat is er aan de hand? Zie je op tegen de opname?'
De perfecte uitvlucht. 'Ja, ik weet niet of ik er wel goed aan doe.'
Bemoedigend legt hij zijn hand op de hare. 'Het komt goed meis, echt waar.'
De serveerster komt de bestelling opnemen, daarna pakt hij een dossiermap en legt hem voor zich op tafel. 'Ik wil je graag op de hoogte brengen van het onderzoek. Ik heb helaas slecht nieuws, er zijn geen nieuwe aanknopingspunten meer.'
Sofie kijkt naar het omvangrijke dossier. Wat zou ze het graag van tafel grissen en ergens in een hoekje bestuderen. Wat zal er over haar collega's instaan? Wie staan er op de verdachtenlijst? Uiterlijk kalm wacht ze op wat er komen gaat.
'De daders hebben handschoenen gedragen, logisch. Maar tot onze verbazing hebben we wel één volledige vingerafdruk gevonden op de tyrips die jij om had.'
Automatisch kijkt ze naar de groeven in haar polsen, snel trekt ze haar mouwen er over heen. 'Weten jullie van wie die vingerafdruk is?' vraagt ze terwijl ze eigenlijk al weet wat hij gaat zeggen, want er zijn geen nieuwe verdachten aangehouden.
'Nee, dat betekent dat deze persoon nog niet eerder strafrechtelijke feiten heeft gepleegd. En we hebben een handafdruk op de buitendeur gevonden. Ook hierin hebben we geen geluk, weer onbekend.'
'Heb je ook nog goed nieuws?' Ze wordt ongeduldig bij het zien van de dikke stapel papier. 'We zijn nog bezig om alle telefoonnummers na te trekken van iedereen die naar jullie toestel heeft gebeld, van…

even kijken. Ja, tot twee weken voor de overval. Er is één nummer dat 129 keer op de lijst voorkomt.'
'Laat me raden, je weet niet van wie het is. Jullie zijn toch dé politie. Jullie kunnen die nummers toch traceren?'
'Ja, maar het nummer hoort bij een prepaid telefoon, de eigenaar is onbekend.'

Gelukkig komt de serveerster terug met de bestelling. Sofie zet haar tanden gulzig in de portie aangebrand brood met gesmolten kaas.
'Kijk en ze eet.' Daniël is zichtbaar trots op zijn idee om haar mee te nemen naar het restaurant. 'Sofie, eigenlijk hebben we helemaal niets. Ja, we weten welk soort wapens er gebruikt zijn. Helaas komen ze niet voor in onze database, ze staan dus nergens geregistreerd en op het mes dat ze verwijderd hebben uit jouw borstkas…'
'Crisis man! Ik probeer iets te eten!' Nijdig gooit ze het stuk tosti terug op het bord, haar eetlust is gelijk weg. 'Geen vingerafdrukken, geen verdachten, geen…God weet ik veel. Wat hebben jullie de afgelopen weken eigenlijk gedaan?' sist ze hem toe. 'Jullie hebben helemaal niets, niemand!'
Daniël vertrekt geen spier. 'Dankzij jou weten we dat Nina niets met de overval te maken heeft en staat het vast dat Amar als laatste is neergeschoten. We gaan zo naar jouw nieuwe afdeling…' Hij haalt een schrijfblok en een vulpen uit zijn tas. 'Ik hoop dat je deze middelen wilt gebruiken en alleen aan mij terugkoppelt.'
Verbaasd kijkt ze naar het ouderwetse "pen en papier". 'Ik kan toch gewoon mijn laptop gebruiken en je mailen?'
'Néé!' Ze schrikt van Daniëls felle reactie. 'Luister Sofie,' argwanend kijkt hij om zich heen, 'ik wilde je dit niet vertellen, juist omdat ik bang ben dat je nog verder dichtklapt. Het rechercheteam, samen met het OM denkt dat deze gewapende overval een zogenaamde "inside job" was. Dat betekent…'
'Ja, ik weet wat je bedoelt.' Wanhopig probeert ze haar gezicht in de plooi te houden, maar hij kent haar inmiddels te goed.
'Hou jij dingen voor mij achter?'

Ze kijkt hem bewust niet aan.

'Heeft één van jouw collega's gepraat?' Zijn toon is scherp, professioneel en zeker niet bemoedigend om te gaan praten.

'Gaat je niks aan.' Stellig slaat ze haar armen over elkaar.

'Ik begrijp niks van jou.' Hij heeft een punt, ook zij begrijpt niks meer van zichzelf. Tot een paar weken geleden was ze het toonbeeld van eerlijkheid, nu zijn er meer leugens dan de waarheid aan kan.

'Cathelijne en Charles zijn bij jou geweest, hebben zij jou informatie gegeven? Of heb je nieuwe herinneringen?' Weer die tweestrijd. Waarom heeft ze het idee dat met welke keuze ze ook maakt, ze iemand zal kwetsen. 'Sofie, zou het je helpen om met de man van Henriëtte te praten of de ouders van Karin? Zou het je over de streep trekken om álles met mij te delen, zodat ik verder kan met het onderzoek?'

'Nee, ik kan deze mensen toch niet onder ogen komen. Wat ga ik zeggen dan. Sorry, maar je vrouw of kind is dood, omdat ik opdracht gaf om de buitendeur te openen.'

'Je moet stoppen jezelf de schuld te geven, daar help je niemand mee. Ik denk, althans dat vermoed ik, dat het sowieso was gebeurd...' Ruw slaat hij het dossier dicht.

'Ik zat fout man! Zeker wat Nina betreft en ik ben bang om opnieuw personen vals te beschuldigen. Het kost mensen hun reputatie, zeker omdat de media overal bovenop zit.' Verwachtingsvol kijkt ze hem aan, zou hij er begrip voor hebben?

'Ja, ik begrijp jouw standpunt wel. Maar luister, we hebben hier te maken met serieuze gasten. Overduidelijk deinzen ze niet terug voor een moord hier of daar. Ze hebben één doel: pure cash! Alles wijst erop dat ze de informatie uit een zeer betrouwbare bron verkregen hebben. Dat betekent dat iemand van jullie personeel heeft gepraat.'

Sofie verschiet van kleur, als hij het zo zwart wit stelt, is het eigenlijk best beangstigend.

'Sofie, ik zeg niet dat het bewust is gedaan, met een flinke borrel op zeggen mensen vaak de domste dingen.'

'Dennis. Cathelijne vertelde over Dennis.' Voor ze het weet gooit ze de naam eruit.

Daniël slaat het dossier weer open, ze bespaart hem het zoeken.

'Je vertelde dat je collega's met Dennis hebben gepraat. Hij zou de ochtend van de overval verhuisdozen komen brengen.'

Opeens herinnert hij het zich weer. 'Inderdaad ja, later zijn we nog bij de woning geweest, toen we alle getuigen nogmaals wilde horen. Het huis was leeg, onbewoond.'

Sofie probeert deze openbaring op de juiste waarde te schatten. 'Leeg? Maar dan zijn ze allebei al in Denemarken. Waarom zo snel?'

Daniël heeft zichtbaar moeite haar gedachtegang bij te houden. 'Vertel op.' Zijn stem trilt van opwinding.

'Cathelijne vertelde mij dat Dennis pas uren na de overval weer thuis kwam. Hij was die morgen helemaal niet in zijn woning aanwezig, zoals hij aan jouw collega's heeft verklaard. Frederique is dezelfde dag nog naar Denemarken vertrokken. Nu Dennis ook weg is…Hij heeft een bedrijf hier…'

Ze probeert een profielschets van de twee te maken, maar ze kan geen enkele gegronde reden bedenken voor hun betrokkenheid bij de gewapende overval. Frederique was al maanden ziek thuis, Dennis is een hardwerkende zelfstandig ondernemer. In hun vrije tijd spelen ze graag een potje tennis en Dennis golft, hij schijnt er bedreven in te zijn. De overstap van golfbal naar een scherper kaliber lijkt ondenkbaar.

Daniël is ondertussen gaan bellen een paar tafeltjes verderop. Ze laat haar blik het restaurant rondgaan. Voor het eerst bevindt ze zich weer in het "gewone" leven. Een ouder echtpaar zit aan een tafeltje, de vrouw prikt een stukje taart aan een vork en voert de man liefdevol. Verderop windt een moeder zich enorm op over het niet stil willen zitten van haar zoontje. Ze geniet ervan om deze kleine normale voorstellingen weer te zien.

Wanneer iemand een dienblad laat vallen, verstijft ze van angst. Ze probeert rustig te blijven ademen. Het wordt beter, ooit. Als de serveerster een helpende hand biedt, ziet ze de onbekende staan, net verscholen achter de frisdrankautomaat. Met haar ogen zoekt ze

Daniël, hij is nog druk aan het telefoneren. Van angst knijpt ze in haar bovenbenen.

Zal ze zich nogmaals omdraaien? Weet ze wel zeker wie ze heeft gezien? Als ze voldoende moed verzameld heeft, kijkt ze nogmaals richting de automaat.

Ja, daar staat de "leider".

Eén vinger tegen zijn slaap, zijn duim gestrekt omhoog, hij kijkt haar recht aan.

Ze begrijpt zijn gebaar: als ze praat, is ze dood.

Daniël neemt opgetogen weer plaats aan de tafel. 'Dennis is twee dagen na de overval met de auto vertrokken naar Denemarken. Er wordt contact gelegd met de autoriteiten ter plaatste, ze gaan hem stevig aan de tand voelen. Sofie, ik ben zo trots op jou.'

Uit alle macht probeert ze een normale houding aan te nemen. 'Dat klinkt veelbelovend…Zullen wij gaan kijken of de dames mijn spullen al hebben verzameld?' Daniël is zo in zijn nopjes met de nieuwe ontwikkelingen, dat het hem totaal ontgaat dat zij zit te trillen als een rietje.

Astrid en Bernadette zitten al ongeduldig te wachten op de gang. Voor het eerst vindt Sofie het niet verwonderlijk dat mensen regelmatig vragen of de twee zusjes van elkaar zijn.

Wat een gelijkenis! Geen zusjes, wel nichtjes. Astrid heeft wel meer plooitjes rond haar ogen en mondhoeken. Toch ziet ze er opvallend goed uit, zeker gezien het leven dat ze achter de rug heeft. Plotseling werd haar jeugd haar afgenomen, de dag dat hun ouders omkwamen. Sofie weet ieder detail nog van die bewuste dag. Astrid en zij zaten naast elkaar in de ambulance, uit het zicht van toegesnelde ambulancebroeders, die alles op alles zetten om hun ouders leven in te blazen. Mama was op slag dood, papa niet. Hij bloedde dood onder hun vakkundige handen.

Had hij de dood voelen naderen, net als zij toen ze in het kantoor lag?

Astrid had geen traan gelaten toen een politieagente hun het noodlottige nieuws kwam brengen. Sofie wel, ze was ontroostbaar. Ze was blijven roepen om haar mama, als troost kregen ze allebei een knuffelbeer.

Voordat de agente de pluizige beren kon bevrijden uit de plastic verpakking, krijste Sofie om haar Snuggels. Uiteindelijk gaf de agente toe om Snuggels te halen. Met plastic handschoenen probeerde ze zoveel mogelijk bloed uit het eenogige knuffelkonijn te wringen, het ontsnapte bloed dekte ze snel af met een deken. Blijkbaar was ze vergeten dat zij en Astrid bijna acht minuten met hun ouders in het autowrak hadden gezeten. Mama had geen gordel gedragen en hing half door de gebarsten voorruit. Sofie had gebiologeerd naar de grijze massa die uit mama's hoofd puilde, gekeken. Pas toen ze in groep zes zat, kwam ze erachter dat het hersenen waren. Dagenlang kreeg ze geen hap meer door haar keel.

Als door een wonder hadden zij en Astrid het ongeluk overleefd. Waren zij een soort uitverkorenen? Maakte zij deel uit van een groter geheel? Was hun tijd nog niet gekomen omdat ze eerst hun missie op aarde moesten volbrengen? Hadden zij de Waxi Taxi moeten uitvinden voordat Jos Groeneveld dat in 2007 deed, of de stamcelrevolutie moeten aanvoeren? Astrid heeft ondertussen haar ultieme, eervolste doel al bereikt: het moederschap. Sofie is nog altijd doelloos. Die realiteit dringt verstikkend tot haar door als ze haar armoedige bezittingen ziet liggen op de ijzeren kar. De moed om daadwerkelijk naar de volgende fase te gaan, zakt haar in de schoenen. Kort kijkt ze richting de kamer van Amar, de tante houdt haar hand troostend op zijn voorhoofd. Als ze naar deze twee kijkt, ziet ze pure menselijkheid, geen monsters die levende wezens afslachten. Ze moet Michelle spreken, zij was de dag aanwezig toen de "leider" en de "volger" Amar in de glazen stellingen duwden. Cathelijne trouwens ook, hebben die twee dingen gezien die zij gemist heeft? Eerst moet ze weg van deze beveiligde plek, ze heeft meer speelruimte nodig om achter de waarheid te komen.

'Zullen we gaan?' Iedereen schiet overeind, alsof ze wachtten op haar startsein en dan komt de trein in beweging. Daniël duwt de rolstoel voort, terwijl Astrid en Bernadette volgen met de kar.

Bij de lift neemt Bernadette verrassend genoeg afscheid. 'Neem alle tijd die je nodig hebt. Ik ben er voor je als weer naar huis komt.'

'Kom je niet meer op bezoek?' Teleurgesteld kijkt Sofie haar aan. Typisch iets voor Bernanette, weglopen als het moeilijk wordt, net als haar moeder. Ze kijkt Bernadette na tot de liftdeuren zich openen. Samen met Astrid en Daniël gaat ze op weg naar de begane grond. Als ze voor de twee grote glazen deuren staan, is ze verrast over de warme ambiance die de afdeling uitstraalt. Geen muffige, bedompte sfeer, maar veel lichtpartijen en de muren zijn voorzien van een sfeervol kleurenpalet.

Als een vrolijke jongedame de deur opent, is ze al haar vooroordelen abrupt vergeten. De vrouw stelt zich voor als Jolien en ze gaat hen voor naar een aparte ruimte.

Al snel komt Michael, de psychiater, de kamer binnen. 'Wil iemand wellicht iets drinken?' Sofie schudt heftig haar hoofd, Daniël en Astrid willen graag koffie.

Jolien gebaart Michael te gaan zitten en verlaat de kamer.

'Sofie, welkom op de psychiatrische afdeling. Dan richt hij zijn blik op Astrid. 'Mijn naam is Michael. We noemen hier iedereen bij zijn voornaam anders is het allemaal zo formeel.' Hij steekt een heel verhaal af, Sofie ziet Astrid af en toe knikken. Ondertussen dwalen haar gedachten af naar de "leider" en het dreigement dat hij uitte. Ze is er opvallend rustig onder, zolang ze niets tegen Daniël zegt, is ze veilig. Met haar vingers speelt ze met de blaadjes van het blocnote dat ze van Daniël heeft gekregen, ze kan niet wachten om straks alleen op haar kamer te zijn.

'Sofie? Vind je het een goed idee?' Iedereen staart haar aan, het is haar totaal ontgaan wat de vraag was.

'Sorry, maar wat zei u?'

'Ik vroeg mij af of je gebaat zou zijn bij kalmerende medicatie. Het zal je in het begin wat suf maken, toch zou ik het je wel aanraden. Ik heb van je arts vernomen dat je slecht slaapt en nogal schrikachtig bent.'

'Dat is toch heel normaal?' Opeens voelt ze zich de mindere in dit gezelschap, alsof er iets gruwelijks mis is met haar.

'Zouden jullie misschien in de huiskamer de koffie willen nuttigen? Over dit soort dingen praat ik liever met de persoon in kwestie.' Als Michael de deur achter hen sluit, richt hij zich weer op het onderwerp: de medicatie. Als ze alle voors en tegens hebben afgewogen, stemt ze ermee in, ze kan een goede nachtrust wel gebruiken.

'Sofie, niemand weet dat je hier bent. Ik heb begrepen van de rechercheur dat de politie-beveiliging niet meer nodig is. Eerlijk gezegd ben ik daar blij om, het zou andere cliënten ook onrustig maken. Je bent in principe vrij om te gaan, ik zou je zelfs aanmoedigen om weer naar buiten te gaan. De komende twee weken bepaal jij wie er langs komt en waar je heen gaat. 's Morgens is de dagopening om negen uur en die is verplicht voor alle cliënten. Als je niet deelneemt aan een maaltijd, meld je dan even af bij één van de sociotherapeuten. Na deze eerste termijn kijken we wat je nog van ons nodig hebt. Oké?'

Het is een hoop informatie, het meeste is opgeslagen in haar haperende geheugen. Ze knikt instemmend en daarmee is het gesprek ten einde. Jolien haalt haar op en aan het einde van een lange gang is dan haar kamer. Astrid is uiteraard alweer druk met uitpakken. Sofie hoopt vurig dat er ergens een rol plakband te regelen valt om de spierwitte muren wat op te fleuren. Daniël verschijnt nog even en neemt haar apart.

'Sofie, je hebt mijn nummer. Bel me als ik iets voor je kan doen. Ik kom over vier dagen bij je kijken.' Het voelt raar om afscheid te nemen, maar ze is ervan overtuigd dat dit momenteel de beste plek voor haar is.

'Neem je me dan mee uit eten? Naar het restaurant?'

'Is goed meissie. Nou dan ga ik maar…' Stuntelig vertrekt hij.

Een ogenblik kijkt ze hem na, hij heeft toch wel een bepaalde aantrekkingskracht.

Sofie zit aan het bureau op haar nieuwe verblijfplaats. Astrid is naar huis en heeft de rolstoel meegenomen, het wordt tijd om letterlijk op eigen benen te gaan staan. Jolien heeft gevraagd of ze rond drie uur thee komt drinken, zodat ze ook met de andere cliënten kennis kan maken. Ze heeft nog precies twintig minuten en ze slaat de eerste lege pagina van het blocnote open. Minutenlang staart ze naar het blanco vel. Tenslotte schrijft ze bovenaan in grote letters "INSIDE JOB". Iemand heeft informatie gelekt, maar wie?

Als een gek schrijft ze alle namen op van haar collega's, ze twijfelt of Amar ook onder deze categorie valt. Uiteindelijk zet ze zijn naam erbij, hij is net zo goed slachtoffer geworden.

Frederique omcirkelt ze, de rest valt af.

Op de volgende pagina zet ze "leider" en "volger" neer. Waarom zij haar bedreigen, begrijpt ze niet. Niemand schijnt iets belastends over die twee gezegd te hebben, of zou Michelle toch met de politie hebben gepraat? Er is maar één manier om daar achter te komen, ze belt Michelle: voicemail. Nu hopen dat Michelle snel terugbelt en bereid is om vanavond met haar te gaan dineren in het restaurant.

De klok staat op de drie, tijd voor thee. Halverwege de lange gang heeft ze spijt dat ze afstand heeft gedaan van de rolstoel. Gelukkig is daar Jolien, die haar ondersteunt richting de woonkamer. Het is een drukke, gezellige bedoening. Sofie had versufte, kwijlende medecliënten verwacht, niets is minder waar. Toch laat het uiterlijk de duisternis van binnen niet altijd zien. Er volgt een voorstelrondje. Al snel is het de anderen duidelijk dat ze zich in gezelschap van de nieuwste BN'er bevinden, dit tot groot ongenoegen van Sofie. Jolien treedt op als haar reddende engel en verzoekt om geen verdere vragen over de overval te stellen.

Er schijnt een jarige te zijn. Een mollige vrouw komt luidkeels zingend met een taart vol brandende kaarsjes de woonkamer binnen. Aan haar broekriem bungelt een sleutelbos, dat zal de afwisseling van de wacht wel zijn. Als de taart veilig op tafel staat, krijgt Sofie een hand. 'Dag Sofie, mijn naam is Ollie.'

Sofie moet gelijk aan de leesboekjes van Olivier Dunrea denken. Het kleine gansje Ollie speelt de hoofdrol en ze heeft ze al ontelbare keren voorgelezen. Ollie overhandigt haar de toegangspas tot de afdeling en daarna volgen de cadeaus voor de jarige. Sofies mobiel gaat over, ze excuseert zich en bestudeert het nummer. Ondanks dat ze het nummer niet herkent, neemt ze op.

'Met Leonard. Luister eens even goed naar mij. Jij gaat mij nu vertellen waar Cathelijne is en geen gelul. Ik heb al genoeg problemen dankzij jou en die bemoeizuchtige collega van je.'

Ze is totaal overdonderd. Hoe komt die vent aan haar 06-nummer? Resoluut drukt ze de telefoon uit. Als de telefoon direct weer gaat, probeert ze een rustig plekje te vinden. 'Wat wil je Leonard? Ik weet niet waar Cathelijne is', fluistert ze.

'Ik heb je nooit gemogen. Kutwijf.' Bij die woorden wordt ze razend, "kutwijf", dat zei die overvaller ook de hele tijd. Eigenlijk moet ze Leonard bedanken voor deze fraaie flashback, maar ze moet hem snel lozen. Als ze denkt dat hij ophangt, barst hij in janken uit, hij brabbelt van alles. Ze kan er geen touw aan vast knopen, wanhopig is hij zeker. Wat zal ze doen? In geen geval gaat ze vertellen dat Cathelijne bij haar ouders is.

'Ik heb al overal gezocht. Ik moet haar zien, Sofie. Help mij alsjeblieft. Kun jij haar niet bellen en vragen of ze contact met mij opneemt?' Dat klinkt niet als een onredelijk verzoek.

'Ik ga mijn best voor je doen, maar je moet stoppen met bellen. Beloof je dat?'

'Oké, ik beloof het. Laat je het mij weten als je haar gesproken hebt?'

'Ja, ik moet nu gaan.' Ollie komt controleren of alles in orde is, ze knikt en voegt zich weer bij de feestgangers. Er worden schunnige grappen verteld, om de laatste grap moet ze erg lachen. Eerst schrikt ze ervan, dan dreunen de woorden van Michael door: "Er komt een dag dat je een moment niet aan de overval hebt gedacht."

Sofie zoekt alvast een tafeltje achter in het restaurant, ze moeten zo min mogelijk opvallen. Als de serveerster voor de tweede maal aan haar tafel verschijnt en haar vertelt dat een consumptie verplicht is, bestelt ze geïrriteerd een cola.

Eindelijk verschijnt Michelle, ze verontschuldigt zich over de vertraging onderweg. Sofie wuift het weg, ze is allang blij dat Michelle er is.

'Hier, van ons allemaal.' Michelle schuift haar een klein zakje toe. Het blijkt gevuld met make-up en twee polsbandjes.

'Dank je wel.' Nu kan ze de sporen van de overval enigszins camoufleren.

De komst van Michelle wordt direct opgemerkt door de serveerster. Ze zijn er snel uit: 'Doe maar tweemaal menu vier.' En ze zijn weer alleen aan tafel.

'Ik ben hier niet zonder reden, hè?' Dat is Michelle, alles wat ze op haar hart heeft, gooit ze er meteen uit.

'Nee, dat klopt.' Sofie scant de omgeving af om er zeker van te zijn dat ze zich nog steeds onder de radar bevinden.

'Ik ben bedreigd.' Michelle slaat haar ogen neer, de bevestiging voor Sofie dat ze met de politie heeft gepraat. 'Wat heb je ze verteld?'

'Het spijt mij Sofie…Ik heb verteld wat ik heb gezien, over de dag dat die gasten bij jullie in de winkel waren en dat ik er vrijwel zeker van ben dat het bekenden van Amar waren. Die politieagent vroeg of ik één van die mannen herkend had, de dag van de overval, maar de overvaller was veel langer en slanker.'

Dat was nou precies waar Sofie bang voor was, weer geen aanknopingspunt. Bijna had ze Amar opgeofferd als volgende verdachte, maar die gasten hebben de overval niet gepleegd. De vraag blijft wel: Waarom moet ze zwijgen?

'Volgens Daniël heeft een bekende de overvallers geholpen.'

Michelle slaat met haar vuist hard op tafel, het colaglas draait gevaarlijk om zijn as. 'Ik wist het! Sofie, heb jij er weleens aan gedacht dat Amar toch meer weet?'

'Ja, maar je zei het net zelf, die gasten uit de winkel waren het niet… Het rijmt gewoon niet en als hij een "partner in crime" was, waarom lieten ze hem dan voor dood achter? Toch heb ik wel wat dingen ontdekt die het daglicht niet kunnen verdragen, mijn andere collega's hebben ook geen brandschoon blazoen meer.' Michelle schudt bedachtzaam haar hoofd.

'We moeten eerst de namen weten van de "leider" en de "volger", dat is het belangrijkste. Als tweede moeten we de reden achterhalen waarom ik een bedreiging voor hen zou zijn.' Sofie is vastbesloten.

'Je bent gek, dit is een krankzinnig idee. Maar…' Michelle blijkt toch wel in voor wat avontuur.

'Ik heb je hulp nodig Michelle. Ik kan dit niet zonder jou.'

'Wat is je plan Soof?'

'Eerst gaan we bij de Juwelenflat kijken. We moeten weten of die gasten daar vandaan komen en anders checken we het verlaten fabrieksterrein. Kan jij contact leggen met die klant van jou. Misschien kunnen we haar balkon gebruiken als observatiepost. Je moet dan ook langs mijn appartement, haal wat donkere warme kleding voor mij. Ben ik iets vergeten?'

Michelle voegt nog een verrekijker aan de lijst toe, dan wordt de schotel met hete kip uitgeserveerd en genieten ze in stilte van de dampende vette hap.

Sofie sluipt op haar tenen de afdeling weer op. Ze schrikt zich wezenloos als Ollie met een grote stap haar de weg verspert.

'Was het leuk met je vriendin?' vraagt ze, waarna ze nonchalant een hap uit een appel neemt.

'Ja…zeker. Ze vroeg of ik morgen meega de stad in…Als jullie dat natuurlijk goed vinden.'

'Prima, na de dagopening kun je vertrekken. Loop je even mee voor de oxazepam?'

De medicatie blijkt op de best beveiligde plaats van het hele ziekenhuis te zijn opgeborgen. Uiteindelijk wordt het kleine witte pilletje bevrijd uit zijn blister en onder toeziend oog van Ollie moet ze het innemen.

'Ik ga maar eens proberen te slapen.' Ze maakt zich snel uit te voeten, die blik in Ollie's ogen werkt op haar zenuwen.

Een paar meter van haar slaapkamer vandaan hoort ze de ringtoon van haar mobiel. Als ze de kamerdeur heeft ontgrendeld en haar mobiel van het bureau grist, is ze al te laat. Voicemail van Bernadette, slechts dertig seconden met een hoop geruis. Het beeldscherm geeft zeven gemiste oproepen aan, direct licht het scherm weer op, nu is het Michelle.

'Sofie, ik ben bij je appartement. Niet schrikken, maar er is ingebroken. Bernadette wil je graag spreken, ik geef haar.'

'Dank je.'

'Sofie, wat ben ik blij dat ik je te pakken heb. Geen zorgen, Daniël en Astrid zijn je hele huis doorgegaan, er lijkt niets verdwenen.'

'Geef Daniël aan de lijn!'

Gevoelsmatig duurt het een eeuwigheid voordat Daniël aan de telefoon komt, aan zijn gehijg te horen is hij volledig buiten adem.

'Hey Sofie, geen zorgen, mijn mensen zijn ter plaatse. Als de daders DNA hebben achtergelaten, zullen we het vinden.'

'Jouw DNA zit nu aan mijn ondergoed!' Ze schaamt zich kapot dat juist Daniël in haar privé- vertrekken is geweest.

'Absoluut en ik zal alles mee moeten nemen voor verder onderzoek.'

Het irriteert haar dat het hem kennelijk amuseert.

'Ik moet je spreken.'

'Kan het wachten tot morgen? Ik ben hier nog wel een paar uur zoet.'

Eigenlijk kan ze niet wachten, maar blijkbaar heeft ze geen keus.

'Morgenochtend heb ik het druk met …eh therapie, zie ik je in de middag?'

'Tuurlijk. Soof, ga maar lekker slapen. Ik zorg dat het hier in orde komt, er is al een sleutelmaker onderweg.'

Ze krijgt spontaan een brok in haar keel, hij heeft haar bij haar koosnaam genoemd.

'Daniël? Ik ben je echt dankbaar.'

'Ik zou alles voor je doen. Tot morgen.'

Is dit echt gebeurd, heeft hij een eerste stap gezet? Wil ze dit eigenlijk wel. Ze kan niet meer helder nadenken. Die pil begint zeker te werken, want opeens voelt ze zich afgepeigerd. De kracht om zich om te kleden heeft ze niet meer. Ze kruipt onder de dekens en al snel valt ze in een diepe, onrustige slaap.

Sofie wordt om acht uur gewekt door de eentonige klanken van het wekkeralarm. Haar nek voelt stijf aan en een knallende koppijn komt opzetten. Zachtjes wordt op de kamerdeur geklopt.
'Sofie, hoe laat wil jij douchen? Kan ik eerst?' Het is de buurvrouw, haar naam is ze alweer vergeten.
'Ga maar! Ik wacht wel tot jij klaar bent', roept ze haar toe.
Na een half uur heeft ze spijt van haar beslissing. Bertha is al meerdere keren door Jolien verzocht om op te schieten. Onverstoorbaar zingt Bertha door onder begeleiding van radio 538: Evers staat op. Als ze Adèle probeert te evenaren, druipt Sofie geërgerd af. Vanwege de bezuinigingen hebben ze één handdoek per dag tot hun beschikking en de hare ligt klaar, bij Bertha, in de badkamer. Dat wordt improviseren. Uiteindelijk blijken de door Astrid aangekochte pyjamabroeken, uiteraard van biologisch katoen, voldoende vocht absorberend te zijn.
Even voor negen uur gaat ze op weg naar de dagopening. De woonkamer is op Jerry na nog helemaal leeg. Hij zit op het puntje van zijn stoel het ontbijtnieuws te kijken. Er wordt een item uitgezonden over het passend onderwijs voor autistische kinderen, ze moet gelijk aan Ruben denken.
Aangezien de dagopening bijna begint, besluit ze om alvast plaats te nemen op de bank. De gewapende overval is blijkbaar geen hot item meer, een week geleden domineerde de dramatische gebeurtenissen de actualiteiten nog volledig, nu is er weer ruimte voor ander nieuws. Jan de Hoop komt in beeld, haar vertrouwde Jan. Ze lacht even naar hem en hij lacht terug terwijl hij het volgende bericht de ether in slingert: de begrafenis van Henriëtte. Sofie wordt onwel bij de aanblik van de begraafplaats waar een verslaggever uitgebreid het dagprogramma onthult. Een stoet van wagens van waardetransporten vanuit het hele land zal Henriette begeleiden

naar haar laatste rustplaats en dat hier in de stad! Naarstig probeert ze het dichtstbijzijnde toilet te bereiken, maar de afstand is te ver. De zure lucht houdt de andere cliënten op gepaste afstand. De ritmisch opkomende golven met puur gal, branden in haar keel. Op wankele benen, ondersteund door Jolien, begeeft ze zich naar de doucheruimte. Ze krijgt zelfs een extra handdoek om het ergste braaksel te verwijderen. Met de boventallige baddoek dekt ze de spiegel af, ze kan haar evenbeeld nu even niet onder ogen komen. De warme waterstraal werkt therapeutisch, ze verzamelt moed voor de komende dag. Vandaag begint de onderzoekingstocht naar de waarheid!

Rusteloos zit Sofie op een plastic kuipstoeltje bij de ingang van het ziekenhuis. Het is nog vroeg, al verraadt de oneindige mensenstroom de tijd niet. Dit is een 24-uurs bedrijf, hier wordt gevochten tegen de dood en nieuw leven onthaald. De cirkel van het leven, van het eerste levenslicht tot de laatste adem. Nogmaals checkt ze de inhoud van haar beautycase, tegenwoordig in gebruik als handtas. Geen gemiste oproepen, dat betekent dat Leonard terug in zijn hok is. Ze besluit om in het begin van de middag Cathelijne te bellen, dat is ze hem verplicht.

De grote draaideur stopt, zeker weer iemand die zich op het laatste moment tussen de menigte wilde wringen. Nieuwsgierig kijkt ze op naar de schuldige. 'Anne?'

'Hey Sofie, ik wilde net vertrekken. Ik kwam bij je op bezoek. Je kamer is leeg en niemand wilde mij vertellen op welke afdeling je nu ligt.' In haar hand heeft ze een bos met witte bloemen. Een bolvormig boeket met rozen, gerbera's, aangevuld met gipskruid.

'Dus je zocht in het mortuarium? Sorry...' Dat had Anne niet verdiend.

'Gelukkig ben je je gevoel voor humor niet verloren. Hier voor jou.' Met enige aarzeling pakt Sofie de bloemen over.

'Stiekem kwam ik niet alleen voor jou, kijk, de eerste echo.'

Gewillig bekijkt Sofie de kleurloze afbeelding. Al doet ze nog zo haar best, een baby kan zij niet onderscheiden.

'Wanneer mag je naar huis? Ik kwam Amars tante tegen en hij wordt vandaag ontslagen.'

Sofies humeur betrekt gelijk, haar kans is voorbij. Ze wilde Amar onder druk zetten om te gaan praten. De ketting die zijn tante droeg, was haar wapen in de strijd om zijn eerlijkheid te testen. Ze zal nu een andere manier moeten vinden om in zijn nabijheid te komen.

'Taxi!' Michelle is luidkeels gearriveerd.

'Ik moet gaan, maar eerst een foto!' Liefdevol legt Sofie haar hand op Annes licht opbollende buikje. 'Zo, de eerste voor het nieuwe nageslacht.' Een innige omhelzing volgt, waarna Sofie vertrekt met de bloemen en de beautycase richting Michelles auto.

'Is het je nog gelukt om kleding mee te nemen?'

Michelle heeft geen tijd om te antwoorden, zij probeert al scheldend en tierend de parkeerplaats af te komen. Als ze uiteindelijk voor de slagbomen staan, vertelt ze dat ze met enige moeite een deel van de garderode heeft meegekregen van Daniël. 'Hij moest natuurlijk weer weten waar je die kleren voor ging gebruiken. Pittig mannetje hoor, hij laat niets aan de toeval over.' Sofie houdt wijselijk haar mond, Michelle is duidelijk niet in goeden doen.

Sofie twijfelt of de opkomende misselijkheid aan de beroerde rijstijl van Michelle ligt of aan het feit dat ze al een tijdje niet meer zo snel voortbewoog. Prettig is het op zijn minst. Opeens gooit Michelle het stuur om en komt een wegrestaurant in zicht. 'Zo, eerst koffie en jij moet uit die pyjama.'

Binnen de kortste keren staan ze in het damestoilet en begint de metamorfose. 'Je moet nodig naar de kapper, maar dat doen we wel een andere keer. Doe die polsbandjes om, dan bestel ik alvast koffie. Wil je er nog wat bij?' Sofie schudt heftig haar hoofd en gebaart naar haar maag. Michelle knikt en verlaat de geïmproviseerde kleedkamer. Met koud water dept Sofie haar voorhoofd, ze zweet als een bezetene. De steken in haar zij worden steeds feller, onder in de beautycase grabbelt ze naar het potje met pijnstillers. Met haar hand maakt ze een kommetje om water op te vangen, het vocht is net voldoende om de pillen mee weg te spoelen.

'Kom je nog?' Michelle houdt duidelijk de vaart erin en Sofie strompelt volgzaam de toiletruimte uit.

Ze nemen een tafeltje bij het raam, en terwijl Michelle zich te goed doet aan een mega appelpunt met een dot slagroom, prijst Sofie zich gelukkig dat ze haar cappuccino binnen kan houden. Na een paar minuten veert Michelle alweer op.

'Mevrouw Polak verwacht ons. Ga je mee? Op naar de Juwelenflat!'

Na een helse rit komt de Juwelenflat in zicht, een grote kolos van massief, wit gepleisterd beton. De raampartijen zijn smal en recht onder elkaar geplaatst. Hier geen galerijen en balkons, maar loggia's met azuurblauwe borstweringen.

Sofie vindt het een protserige bedoening, zeker als ze de roestvrijstalen bogen op het dak bekijkt. Iemand heeft erg zijn best gedaan om het Empire State building na te bootsen, maar de flat is compleet mislukt en misplaatst in deze omgeving. Het lijkt wel een verdwaald object tussen verder troosteloze portiekwoningen.

Er kan bijna geen groter contrast tussen arm en rijk bestaan als in deze buurt. De elite kijkt letterlijk neer op de kanslozen in de samenleving.

Om op de parkeerplaats te komen, leidt de weg hen tussen twee rijen portiekwoningen door. Een man op een ladder probeert tevergeefs leuzen van de gevels te verwijderen: "Rot op naar je eigen land!", "Kut Marokkanen" en "Voor geld moet je werken!" Sofie voelt plaatsvervangende schaamte opkomen bij het aanzicht van deze aangebrachte vernederende woorden. Ze kijkt opzij naar Michelle, haar blik is strak op de flat gericht.

De lift brengt hen naar de vijfde etage. Sofie herkent het smalle kokertje aan de deurpost: een Mezoeza, het teken van de constante herinnering van Gods aanwezigheid. Michelle belt aan en een uiterst vriendelijke mevrouw Polak opent de deur.

'Dames, kom er in.' In de woonkamer is het overduidelijk dat mevrouw Polak Joods is. De menora, een zevenarmige kandelaar, siert de salontafel en er hangen diverse, geborduurde davidssterren aan de muur. Mevrouw Polak is zeer gastvrij, ze krijgen thee en koekjes aangeboden. 'Sofie was het toch?'
'Ja.' Ze bereidt zich voor op de stroom medelijden die ze over zich zal krijgen.
'Lieve schat, wat een gruwelijk drama heb jij meegemaakt en dat gewoon hier om de hoek. Onbegrijpelijk. Ja, mijn man is ook omgekomen in de oorlog, ze zeggen dat het slijt. Meissie, geloof mij, de pijn gaat nooit helemaal weg.'
Michelle grijpt snel in en legt nogmaals uit waarvoor ze zijn gekomen. Mevrouw Polak gaat hen voor naar de loggia. Sofie neemt plaats op een houten krukje, met perfect zicht op de speelplaats die naast het parkeergedeelte ligt. Terwijl de vrouwen druk in gesprek zijn, speurt Sofie het terrein af. Een zestal jongetjes zijn met een versleten leren bal in de weer. Meisjes met hoofddoekjes zwieren op de schommels. De gemiddelde leeftijd komt niet boven de dertien, schat ze in. Een nieuwe ronde met thee volgt, Sofie slaat beleefd af.
Na twee uur posten is de zon van de westkant weggedraaid en wordt het fris. Eigenlijk hebben ze de hoop al opgegeven, maar mevrouw Polak houdt vol dat ze ieder moment kunnen arriveren. Wanhopig kijkt Sofie naar de klok, over één uur moet ze terug zijn bij het ziekenhuis.
Opeens begint mevrouw Polak druk te wijzen naar de ingang van de parkeerplaats. Een Ferrarirode Mustang komt aanrijden en niet veel later volgen vier scooters. Aandachtig houdt Sofie haar ogen op de Mustang gericht, zal de "leider" of de "volger" uit stappen? Michelle concentreert zich op de scooterrijders. Als ze dichterbij komen, laat ze teleurgesteld haar hoofd hangen. Hun allerlaatste hoop vervliegt als een jongeman met een blanke huid uit de auto stapt: lang, slank postuur en zijn haren strak naar achter gekamd. In de verste verte lijkt hij niet op de personen die zij zoeken.
Ze nemen afscheid van mevrouw Polak en gaan teneergeslagen terug

naar het ziekenhuis. Michelle parkeert in de Kiss and Ride zone en kijkt naar Sofie. 'Zal ik met je mee naar binnen lopen?'

'Nee, ik red het wel. Heb je morgen misschien tijd om met mij mee te gaan? Ik wil een bezoek aan Amar brengen.'

'Ik regel wel wat op mijn werk. Eind van de dag?'

'Prima, ik ben allang blij dat je zoveel voor mij doet.' Daarna stapt ze uit en pakt het verlepte boeket van de achterbank.

'Tot morgen Michelle.' Michelle steekt haar hand op, zet de auto in zijn achteruit. Sofie kijkt haar na tot ze de bocht om gaat, even wankelt ze op haar benen. Ze omklemt haar hand stevig om het hengsel van haar beautycase en begeeft zich naar de hoofdingang.

Als ze de grote draaideur door is, komt Daniël direct op haar af. 'Waar ben jij geweest? Geef mij dat ding, dat moet jij nog niet dragen.' Hij klinkt streng en liefdevol tegelijk. Dankbaar overhandigt ze hem de bagage. 'Nou, waar ben je geweest?'

'Ik wist niet dat we getrouwd waren.' Daniël moppert onverstaanbaar en zet de achtervolging in. Haar hoofd duizelt tegen de tijd dat ze de glazen deuren van de afdeling heeft bereikt. Ze grijpt naar de metalen deurknop om in evenwicht te blijven. Daniël kan net voorkomen dat ze op de grond smakt. Hij klopt hard op de deur voor hulp en die komt in de vorm van Ollie. 'Man, laat die tas liggen. We brengen haar eerst naar haar kamer en ik bel een dokter.' Het laatste wat Sofie voelt, zijn sterke armen die haar laten zweven.

Sofie schrikt wakker, nog meer omdat Daniël naast haar ligt te slapen. Niet voor lang dankzij haar strelende vingers op zijn wang.

'Sorry.' Snel klimt hij het bed af en pakt de bureaustoel, slaperig wrijft hij in zijn ogen.

'Ik kon best aardiger voor je zijn.' Haar manier om excuses te maken.

'Het is goed Sofie. Hoe voel je je?'

'Beter, dank je.'

'De dokter is langsgeweest. Hij heeft een middeltje tegen de misselijkheid voorgeschreven en je moet meer rust nemen.'

'Ik heb honger als een paard. Zou het restaurant nog open zijn?'
Daniël checkt zijn horloge. 'Ja, maar dan moeten wel nú vertrekken.'
Voorzichtig komt ze overeind. Ze heeft een stevige maaltijd nodig, puur krachtvoer. Gearmd glippen ze de afdeling af, voordat Ollie de kans krijgt er een stokje voor te steken.

'Zal ik naast je komen zitten? Voor de zekerheid?'
'Grapjas. Ik kijk je liever aan.' Sofie schrikt van zichzelf, was dit háár eerste stap.
Direct is daar de serveerster weer. 'De keuken is eigenlijk al dicht. Een broodje of omelet kunnen we nog wel maken.'
'Twee keer een omelet?' Daniël kijkt haar vragend aan, ze knikt instemmend.
'Ik weet dat je mij wilde spreken, maar eerst wil ik je op de hoogte brengen over de inbraak. Ik ben gisteravond gebeld door mijn collega's. Je buurvrouw heeft de politie gebeld toen ze onraad vermoedde. De agenten ter plaatse gingen ervan uit dat deze inbraak gerelateerd zou kunnen zijn aan de gewapende overval. Mogelijk opnieuw een bedreiging aan jouw adres, vandaar dat de recherche werd ingeschakeld. Er is uitvoerig sporenonderzoek gedaan door een team van de forensische opsporing. Al snel vonden ze een koevoet in het trappenhuis. Geen vingerafdrukken, wel bloed. Normaal duurt een DNA-onderzoek ongeveer een week, een spoedprocedure tot voor kort achtenveertig uur. In zeer specifieke gevallen kunnen ze na zes uur met een uitslag komen. Vanmorgen vroeg kreeg ik de onderzoeksresultaten en je gelooft nooit met wie het DNA-profiel matchte...'
Ze houdt haar ogen strak op Daniël gericht, zal nu de naam onthuld worden van de "leider" of de "volger".
'Leonard Ponci in hoogst eigen persoon!' Gechoqueerd kijkt ze om zich heen, haar gedachten schieten alle kanten op. Cathelijne! Snel controleert ze haar broekzak, haar mobiel ligt nog op haar kamer. Daniël reikt haar zijn telefoon.
'Hallo?' Wat is ze opgelucht om de stem van Cathelijne te horen.

'Hey Cat, met mij.'
'Hoe kom je aan mijn nummer?'
'Van Daniël. Waar ben je?'
'Ik ben op een geheime locatie, het spijt me Sofie. Leonard is nu echt te ver gegaan. Dat hij zelfs in zou breken in jouw huis…Ik had nooit gedacht dat hij zo ver zou gaan.'
'Het is slechts materiële schade. Ben jij oké?'
'Gebroken rib, het valt mee. Ik moet ophangen…Ik bel je snel.'
'Hou je haaks lieverd, alles komt goed. Ik ga je helpen.'
'Tot gauw en bedank Daniël namens mij.'
'Zal ik doen.'

Roerloos blijft Sofie zitten, opeens is haar denkvermogen opvallend helder. 'Is Leonard opgepakt? Die hufter! Ik heb die casanova nooit gemogen.'
'Ja, hij zit vast op verdenking van diefstal door middel van braak. Een ernstig feit, gekwalificeerde diefstal. Meestal legt een rechter een onvoorwaardelijke gevangenisstraf op van drie maanden. Een goede advocaat lukt het vaak om dit om te zetten in een taakstraf. Het is even afwachten hoe het nu verder gaat, misschien komt hij overmorgen alweer vrij in afwachting van de zitting.'
'Dat kun je niet menen, na alles wat hij heeft gedaan!'
'Hij heeft ook rechten, die kunnen we niet negeren. Cathelijne is veilig en bereid te getuigen. Maar even iets totaal anders, jij wilde mij toch ook ergens over spreken?'
Met deze nutteloze informatie is ze onder geen beding bereid haar kaarten op tafel te leggen. Daniël kan haar plannen alleen maar dwarsbomen en dat mag niet gebeuren.
'Eh…ik wil graag het graf van mijn ouders bezoeken en mijn respect richting Henriëtte tonen.' Het lijkt een plausibel excuus. Gespannen wacht ze zijn reactie af, zou zijn bezorgdheid weer de overhand nemen?
'Het lijkt mij een goede stap in je verwerkingsproces. Schikt morgenochtend?'

'Om half tien kan ik weg. Zullen we dan eerst mijn persoonlijke spullen ophalen? Zonder mijn portemonnee kan ik geen bloemen kopen.'
'Ik regel je eigendommen, geen zorgen. Eerst gaan we eten, ik heb sinds gisteren geen fatsoenlijke maaltijd meer gehad.'

Na weer een onrustige nacht is Sofie vroeg wakker en ruimschoots voor Bertha aanwezig in de badkamer. Tijdens de dagopening is de sfeer gespannen, Jerry deelt openhartig mee dat hij het leven niet meer ziet zitten. Sofie heeft moeite om deze gedachtegang te begrijpen. Terwijl zij zo hard heeft moeten vechten om te overleven, zijn anderen blijkbaar vrijwillig bereid om deze wereld te verlaten. Ze luistert aandachtig naar zijn verhaal. Jerry zijn ogen zijn leeg, emotieloos, net alsof hij al uit zijn lichaam is vertrokken. Na afloop van de beladen sessie kijkt ze hem na, terwijl hij door de gang naar zijn kamer sloft. Tranen wellen op. Wat zou ze hem graag door elkaar schudden, hem vertellen dat het leven een gift is en dat niet iedereen de kans krijgt om er langere tijd van te genieten. Dat het bestaan in een oogwenk voorbij kan zijn, game over, geen herkansing. Maar ze weet dat een depressie geen keuze is. Het is een doolhof in duisternis gehuld, waar je eindeloos in verdwaalt, en dat kan je tot het uiterste drijven. Met één voet staat ze naar de glazen deuren gericht. Ze durft niet te vertrekken, bang om bij terugkomst te horen dat Jerry aan zijn laatste reis is begonnen. Michael ziet haar verloren staan, bemoedigend legt hij zijn hand op haar schouder. 'Sofie, leef! Ga naar buiten en misgun jezelf jouw tweede kans niet. Jerry vecht al zijn hele leven, hij is moegestreden. Soms is houden van juist laten gaan.'
'Je laat hem zomaar zelfmoord plegen? Jullie moeten iets doen!'
'We doen alles wat we kunnen. Als hij écht definitief de keuze maakt om te stoppen, laat hij zich door ons echt niet tegenhouden.'
Daniël is er weer. Enthousiast zwaait hij hen toe, terwijl hij trots haar handtas omhooghoudt. Michael geeft haar letterlijk een duwtje richting de uitgang. Nog één keer kijkt ze door de inmiddels lege gang en dan verlaat ze teneergeslagen de afdeling.

'Wat ben je stil, zie je op tegen vandaag?' Daniëls toon is gelaten.

De situatie rond Jerry zijn ontboezingen hebben Sofie lamgeslagen, zwijgend controleert ze de inhoud van haar tas. Alles is aanwezig, zelfs haar beschimmelde lunch, ze deponeert de stoffige, blauwachtige restanten in de eerste vuilnisbak die ze tegenkomt. Daniël vraagt niet verder en ze gaan op weg naar de begraafplaats.

'We moeten nog ergens stoppen om bloemen te kopen.'

'Geen zorgen, er is een tijdelijke kraam bij de ingang van de begraafplaats.'

De één zijn dood is de ander zijn brood, denkt Sofie verbitterd.

Het grind knarst onder de autobanden als ze de toegangsweg oprijden. De plaatselijke bloemist blijkt inderdaad een ludieke handel te hebben in overwegend witte boeketten.

Ze kopen twee bossen lange rozen en betreden eerst het oudere gedeelte van de rustplaats.

Ongewild glijden haar ogen langs de vele grafstenen. Een groot aantal zijn ten prooi gevallen aan de grillige weersinvloeden, anderen zijn volledig overwoekerd en onleesbaar. Het is nu bijna vijftien jaar geleden dat ze hier als klein meisje liep aan de hand van Astrid.

De takken van de grote treurwilgen staan op het punt te ontspruiten. Jonge blaadjes, die warmere seizoenen aankondigen. De lente staat symbool voor nieuw leven, maar hier op de grond zwerft de dood rond. De steen op het graf van haar ouders is eenvoudig, precies zoals zij waren. Ze knielt en drukt haar hand in de aarde om dichter bij haar ouders te komen. De grond onder het oppervlak is nog hard van de koude winter die achter hen ligt. Met haar andere hand schikt ze de rozen op het graf.

Ze had verwacht overmand te worden door verdriet en gemis, ontroostbaar te zijn, maar de plek is rustgevend. Nogmaals zuigt ze de namen van haar vader en moeder in zich op. Haar hart vult zich met liefde, liefde voor het leven, de liefde voor Astrid en de kinderen, voor de kinderen die ze zelf wil krijgen. Niet verdrietig, juist gesterkt door de liefde voor haar familie, neemt ze opnieuw afscheid.

Via een lange houten trap verlaten ze het oude gedeelte en gaan ze op weg naar de plek waar Henriëtte is begraven. Op dit nieuwere gedeelte van de begraafplaats is het aanzienlijk drukker, zijn de graven netter en leesbaar.

Sofie stopt bij een bankje, ze blokkeert en kan geen stap meer verzetten. Alles in haar schreeuwt dat ze de daders moet opsporen. Ze heeft iets goed te maken, dat is ze verplicht aan Henriëtte en Karin. 'Daniël? Heb je al nieuws vanuit Denemarken?'

'Ja,…al lijkt mij dit niet het goede moment om daar over te praten.'

Ze zucht diep en laat haar schouders hangen, hij heeft gelijk. Op deze plek maakt het niet meer uit wat er precies gebeurd is. Er is hier één grote overeenkomst, ieders leven is in de laatste seconde hetzelfde geëindigd. Toch is haar nieuwgierigheid ineens onhoudbaar. 'Ik moet het weten.'

'Sofie, toon wat respect. We kunnen straks…'

'Alsjeblieft Daniël.'

'Goed dan.' Even kijkt Daniël om zich heen, om zich ervan te verzekeren dat ze alleen zijn. 'Dennis is in eerste instantie vrijwillig gehoord door de Deense politie. Zijn getuigenverklaring rammelde aan alle kanten…'

'Zitten Dennis en Frederique achter de overval?'

'Laten we zeggen dat het op zijn minst verdacht is om op de dag dat twee personen omkomen en twee andere collega's zwaargewond raken, te vertrekken naar het buitenland. Automatisch krijg je dan alle schijn tegen. Dennis heeft uiteindelijk toegegeven dat hij rond negen uur op de parkeerplaats was. Hij wilde de verhuisdozen uitladen en toen kwamen de overvallers het pand uit, schoten op het waardetransport en vertrokken op scooters.'

'Wat bedoel je? Waarom "rammelt" zijn verklaring? Michelle heeft toch hetzelfde verklaard?'

'Sofie, de overvallers zijn niet vertrokken per scooter, maar met een auto. Michelle heeft ze zien wegrennen de parkeergarage in, zij heeft geronk van een auto gehoord. Helaas heeft ze geen beschrijving kunnen geven van het voertuig. Daarnaast is uit het forensisch onderzoek gebleken dat ze hoogst waarschijnlijk per auto zijn gevlucht. Na de overval is de hele omgeving afgezet. Eerst werd er ultraviolet licht gebruikt en toen het donker was, werd luminal ingezet en zo hebben ze het bloedspoor kunnen volgen. Het spoor leidde tot de eerste parkeerplaats achter het pand. Er heeft zich een anonieme getuige gemeld, die direct na de overval een rode auto hard weg heeft zien wegrijden. In hun vlucht hebben ze waarschijnlijk een pilaar in de parkeergarage geschampt, want op die staander troffen we resten van rode autolak aan. Alles wijst erop dat Dennis niet de waarheid spreekt. Waarom hij hierover liegt, is ons niet duidelijk.'

'Kan Michelle zich vergist hebben? Zij zat weggedoken achter haar auto.'

Daniël staat op en begint weer zijn inmiddels bekende rondjes te lopen. Ze zijn kleiner en sneller dan normaal, alsof hij iemand op de hielen zit. Uiteindelijk gaat hij weer zitten. 'Sofie, ik weet zeker dat de daders wisten wat ze deden. Ik wil je niet onder druk zetten…' Zweetdruppels verschijnen als pareltjes op zijn voorhoofd.

Zal ze hem de waarheid vertellen over de "leider" en de "volger"? Amar uitleveren aan de leeuwen om één kettinkje, is ze echt niet van plan, niet na alles wat hij heeft moeten doorstaan. Heeft ze überhaupt iets concreets, iets doorslaggevends, iets dat het onderzoek in een stroomversnelling brengt en de daders op een presenteerblaadje aanlevert? Nee, ze heeft niets.

Het bezoek aan mevrouw Polak bleek een waardeloze actie, al bleef de vrouw volhouden dat de blanke bestuurder de broer van Amar was. Mevrouw Polak kwam zeker niet warrig over, toch hebben zij en Michelle deze bizarre opmerking aan haar hoge leeftijd toegeschreven.

'Sofie, de dag van de overval werden de beveiligingscamara's bij de parkeergarage vervangen. Alle leden van de winkeliersvereniging zijn hiervan per brief de hoogte gesteld, jij ook. Heb je iemand die brief laten lezen?'

Ze probeert alle informatie te ordenen. Haar hoofd lijkt wel op een slecht potje memory, de kaartjes matchen niet met elkaar, geen enkele combinatie klopt. 'Nee, niemand. En Dennis?'

'Ik kan je niet meer vertellen. Je moet me vertrouwen, we zitten er bovenop. Kom we gaan eerst onze missie volbrengen.'

Sofie staart naar de vele bloemenkransen, de rouwlinten wapperen mee op het ritme van de zachte wind. Midden op het graf is een boom geplant, er hangen tekeningen aan en persoonlijke woorden op gekleurd papier. Een stukje verderop, uit een keurig gesnoeid buxusheggetje, steekt een blauw papiertje. Voorzichtig bevrijdt Sofie het uit zijn benarde positie. Door de eerder neergedaalde dauw is het papier broos, bijna doorzichtig aan de punten en de tekst is deels vervaagd: "Ik ga je zo mis…". Voorzichtig bevestigt ze het gehavende briefje aan een steel uit de bos met rozen.
Daniël pakt haar hand, samen leggen ze het boeket aan de zijkant van het graf en dan lopen ze terug naar de auto.
Tijdens de terugrit naar het ziekenhuis zijn ze allebei verzonken in hun eigen gedachten. Bij aankomst biedt Daniël aan om onder het genot van een kop verse cappuccino nog even na te praten.

Ze slaat het voorstel af, de gehele autorit hebben ongecontroleerde emoties de overhand gehad, een op drift geslagen kudde vee is er niets bij. Eén uur heeft ze, één uur om zichzelf bij elkaar te rapen en haar confrontatie met Amar voor te bereiden.
Terug op de afdeling loopt ze langs de binnentuin. Ze stopt als ze Jerry als een hoopje ellende op een bankje ziet zitten. Naast hem zit een vrouw met haar arm om hem heen geslagen.
Als de vrouw opkijkt, loopt ze snel door naar haar kamer. Jerry lijkt in goede handen en voor dit moment is dat genoeg.

Na de sentimentele achtbaan die deze dag tot nu toe bracht, heeft ze behoefte aan vaste grond onder haar voeten. Ze belt Anne, haar vertrouwde stem geeft Sofie de rust die ze zoekt.
'Hey Soof, je hebt mijn berichtjes gekregen?'
'Nee…maar ik ben net weer terug. Wilde je mij spreken?'
'Het spijt me, je hebt al genoeg aan jezelf. Het is Cathelijne, het gaat

niet goed met haar.'

'Hoezo? Ze is toch op een veilige plek en Leonard zit vast.'

'Ze is bij ons. Leonard is weer vrij en staat de hele dag te posten voor onze deur. Het gaat zo niet meer en de politie kan niets doen. Hij mag daar gewoon staan, het is een openbare plek.'

'Wat kan ik hier vandaan doen?'

'Nou, we dachten eigenlijk, nu jij daar bent, kan Cathelijne misschien tijdelijk in jouw appartement verblijven? Leonard zal daar niet meer gaan zoeken. Hij weet dat jij in het ziekenhuis bent.'

'Als jullie denken dat het de juiste beslissing is, vind ik het goed.'

'Lief van je. Kan ik Astrid om de sleutel vragen?'

'Ja, vraag dan gelijk of zij voldoende boodschappen brengt, dat regelt ze wel. Cathelijne moet wel binnen blijven. Leonard is net onkruid, hij duikt overal op.'

'Ik mis je Soof.'

'Ja, ik mis jullie ook…Hoe is het om weer aan het werk te zijn?'

'Vreemd en veel klanten blijven weg. Ik werk voornamelijk met onbekenden, telkens uit andere filialen. Nina is ontslagen en woont nu bij haar moeder. Isabella schijnt ingestort te zijn. Hoe het met haar gaat, wordt strikt geheim gehouden. Cat heeft alvast een overplaatsing aangevraagd en houdt zich momenteel schuil en jij…Ik hoop dat je snel weer terug bent.'

Sofie zwijgt, maar van binnen krijst het dat ze nooit meer terug wil naar de plek die veranderde in de hel op aarde.

Het telefoongesprek heeft haar onrustiger gemaakt. Snel kleedt ze zich om: Amar is aan de beurt.

Buiten trekken donkere wolken zich samen, regen klettert onheilspellend tegen de ramen. De rollende donder komt steeds dichterbij en bliksemschichten verlichten de kamer. Ze huivert, toch is terugkrabbelen geen optie. Bewapend met haar mobiel trekt ze de deur van haar kamer achter zich dicht.

Michelle navigeert haar in één keer naar het huis van de familie Tahiri. Als ze bijna bij het eindpunt zijn, blijkt het om een luxe appartementencomplex te gaan.

'Jij blijft in de auto!' Sofies toon is streng en Michelle biedt wonderbaarlijk genoeg geen tegenstand. Ze legt haar hand op Sofies bovenbeen en knijpt er zachtjes in: 'Doe in godsnaam voorzichtig.'

Sofie knikt, trekt haar capuchon over haar hoofd en verlaat de auto.

De plaatselijke wolkbreuk lijkt over zijn hoogtepunt heen te zijn, kleine druppels regenwater laten nog kringen achter in de plassen. Ze probeert die te ontwijken op weg naar de hoofdingang.

Vastberaden drukt ze op het belboord, nummer 40. Geen enkele reactie, nogmaals drukt ze langdurig op het zilverkleurige knopje. Er verschijnt een man met een dweilemmer uit de lift, vriendelijk verschaft hij haar de toegang tot het portaal. Na een vluchtig "Dank u wel" glipt ze tussen de al sluitende liftdeuren door en gaat op weg naar de bovenste etage. Als de liftdeuren zich weer openen, is ze verbaasd, het blijkt om een penthouse te gaan en de voordeur staat wijd open.

Dit lijkt een goed moment om weer te vertrekken, ze houdt één voet in de lift en wacht gespannen af. Hebben ze haar zien aan komen? Maar het blijft stil, niemand verschijnt in de deuropening.

Minutenlang blijft ze roerloos staan als een gespot prooidier. Met elke ademtocht pompt ze zichzelf meer moed in. Ten slotte trekt ze haar voet uit de lift, die zich direct achter haar sluit. Behoedzaam begeeft ze zich naar de deuropening. Bij gebrek aan een bel klopt ze zachtjes op de deurpost. Zonder verder na te denken, betreedt ze de woning. Ze komt terecht in een lange imposante gang. Drie grote druppelvormige koperen lampen hangen als niet te missen eyecatchers aan het plafond. Plots breekt de laagstaande middagzon door de wolken heen, de weerspiegeling op het koper doet de gang goudkleurig oplichten. Ademloos kijkt ze naar dit kleurenspektakel. Het getoeter van een voorbijrijdende auto doet haar opschrikken uit deze verwondering. Langzaam vervolgt ze haar weg, dringt ze dieper het appartement binnen langs gesloten mahoniehouten deuren. De gang gaat verder in een haakse hoek, een rilling gaat door haar heen.

Wie of wat bevindt zich om de hoek? Ze sluit haar ogen en spitst haar oren, alert op welk teken van leven dan ook.

Haar ademhaling versnelt, haar benen beginnen te trillen, paniek neemt de overhand, ze raakt de controle kwijt. Hier staat ze dan, letterlijk met haar rug tegen de muur, in het hol van de leeuw. Langzaam zakt ze door haar knieën, legt haar hoofd tussen haar benen. Naarstig probeert ze haar ademhaling weer in het ritme te krijgen, ze moet door, voor Karin, voor Henriëtte. Woede komt langzaam opborrelen, een emotie die ze door en door heeft leren kennen de laatste weken. Nu is deze emotie haar beste vriend. De adrenaline stroomt in no time op vol vermogen door haar aderen.

Met een ruk staat ze op en stapt ze opzij. Voor haar ligt een nieuw stuk gang, de geur van citrusvruchten en munt komt haar tegemoet. Ze is slechts enkele meters verwijderd van een enorme toog die toegang lijkt te verschaffen aan het woonvertrek. Nu moet ze doorzetten, ze wil geen angst of twijfel meer hebben.

Het vertrek lijkt wel een filmdecor uit één van de sprookjes van Duizend-en-een-nacht. Gigantische pilaren ondersteunen het dak. Aan de linkerzijde staan langs de wanden lange banken. De nog imposantere tegelvloer bevat allerlei geometrische patronen, van eenvoudige ruiten tot stervormen en ellipsen. Haar hoofd duizelt bij al dat moois: zilver en turquoise kussens en accessoires. In deze ruimte zijn zeker geen financiële concessies gedaan. De stilte daarentegen is angstaanjagend. Langzaam laat ze haar ogen door de ruimte gaan op zoek naar de bewoners van deze setting, personen die antwoorden moet geven op haar vragen. Maar deze plaats is leeg, verlaten.

De witte vitrage waait op en het geluid van een heiblok dat zich op de palen laat vallen, voert mee door de openslaande deuren. Woede maakt plaats voor schaamte, ze heeft echt psychische hulp nodig. Zomaar iemands woning binnendringen zonder toestemming. Zij is strafbaar, niet Amar of zijn tante. Zij komen vast zo terug met een kopje suiker of een rol vuilniszakken en het typisch Nederlandse weer is de reden waarom ze langer aan de praat zijn geraakt met hun buren.

Ze moet nu vertrekken, er is geen tijd meer. Weg van deze plek, ontkennen dat ze hier ooit geweest is en gewoon de telefoon pakken om een afspraak te maken. Zo geruisloos mogelijk verlaat ze het woonvertrek, voor haar ligt de gang als enige obstakel om veilig bij de voordeur te komen. Eén klik doet haar verstijven en langzaam sluit ze haar ogen, ze is betrapt. Als sigarettenrook haar bereikt, draait ze zich met een ruk om. Schichtig kijkt ze om zich heen, wie en waar is haar verscholen observator? Uit het niets komt een gedaante achter een pilaar vandaan en dan staat ze oog in oog met Amar, als aan de grond genageld kijkt ze hem aan.

'Ik wist dat je zou komen.' Zijn stem is rauw en schor.

Ze is overdonderd, geschrokken en kan geen woord uitbrengen.

'Wanneer wist je dat ik het was?' Hij zet een paar passen opzij en gaat zitten op een lange zwartleren bank. Zijn stem, de arrogantie in zijn stem. Ze kan alleen maar staren naar de vreemdeling voor haar. Hij begint te lachen, hard, angstaanjagend hard. 'Domme, domme Sofie! Je bent naïef, te goed voor deze verrotte wereld. Je wist het niet?'

Ze schudt lichtjes haar hoofd.

'Ik geef om je Sofie…' Ze moet hier weg, alles begint weer te draaien.

'Echt! Ik meen het, ik zou jou nooit pijn willen doen!'

Voorzichtig zet ze paar stappen naar achteren, hij merkt het en verspert haar snel de doorgang. Haar ademhaling versnelt als hij haar vastpakt, maar zijn greep is losjes.

'Kom, je moet even gaan zitten.' Het leer van de bank voelt koud aan, net als zijn zielloze voorkomen. Haar mobiel begint te trillen.

'Die heb je niet nodig.' Hij gebaart dwingend om hem af te geven, met tegenzin legt ze de telefoon in zijn uitgestoken hand.

'Hier, neem wat water.' In één vloeiende beweging slaat ze het glas uit zijn hand, haar ogen spuwen vuur.

'Mijn Sofie, temperamentvol. Een Italiaanse volbloed.'

'Halfbloed!' sist ze hem toe.

Plotseling knielt hij voor haar op de grond en pakt haar polsen, met zijn vingers wrijft hij over de vuurrode littekens. 'We zouden het goed kunnen hebben, wij samen.'

'Je bent gek!'

'Jij voelde ook wat voor mij!'

'Waarom? Waarom heb je het gedaan?' Hij trekt met zijn mondhoek, dit lijkt een gevoelig onderwerp. 'Er zou niemand gewond raken...'

'Nou, dat is dan niet gelukt.' Langzaam durft ze de woonkamer verder rond te kijken. Boven de gashaard prijkt een groot, statig portret met twee mannen erop. De oudere man heeft een donkergroen uniform aan en hij heeft zijn hand op de schouder van de bestuurder van de rode Mustang! Mijn God, waar is ze in terecht gekomen. 'Amar?' Ze legt zoveel mogelijk zachtheid in haar stem. 'Leg het me uit, alsjeblieft! Ik begrijp het niet.'

Langzaam zakken zijn schouders en ontspant hij iets.

'Ik wilde het niet, Sofie...' Tranen rollen over zijn gezicht. Dít is de Amar die zij kent. 'Er mocht jou niets overkomen.'

'Wie waren die jongens? Die gasten die jou duwden in de winkel? Eentje heeft mij bedreigd, in het restaurant van het ziekenhuis. Degene met het zwartlederen jasje.'

'Wát!' Opeens is daar weer een felle reactie. 'Je moet weg, het is hier niet veilig voor je. Hij kan zo thuiskomen.'

'Wie?'

'Mijn neef, Jarkov.' Kort kijkt hij naar het schilderdoek waar de autoritaire houding vanaf spat.

'Is dat jouw neef?'

'En mijn oom, hij is Russisch. Vandaar dat we qua uiterlijk verschillen.'

'Hebben jullie de overval samen...Nee, er was nog iemand.'

'We waren met zijn vieren. Jarkov, die jongens en ik. Eén van hen heeft jou bedreigd, dat kan niet anders.'

'Dus alles was van tevoren opgezet? Je hebt de drogisterij, onze mensen, uitgekozen als ultiem doelwit?' Vol afschuw kijkt ze hem aan.

'Néé, ik móést stage lopen. Een half jaar, voor mijn opleiding. Ik ben de hele stad afgegaan en uiteindelijk nam Nina mij aan en niet eens dankzij jou!'

Opeens schaamt ze zich voor haar gedrag tijdens zijn sollicitatie.

'Ik kon mijn geluk niet op. Ik had die stageplaats nodig om dit schooljaar over te gaan en ik wilde deze stage!

Al weken daarvoor stond Jarkov ineens op de stoep. Zonder enige uitleg trok hij weer bij ons in en direct pakte hij zijn "oude beroep" weer op. Zo lucratief als in het verleden was het niet meer. Andere dealers hadden "zijn" zones veroverd en hij was op zoek naar een nieuwe bron van inkomsten. Hij waarschuwde ons dat het geld snel op zou raken. Eerst nam ik hem niet serieus, ik had mezelf nooit hardop afgevraagd waar mijn tante al dat geld vandaan haalde. Het was er altijd, meer dan voldoende, tot de dag dat mijn tante met een volle kar met boodschappen in de Appie stond en haar banksaldo ontoereikend was. Pas toen drong de realiteit tot mij door…Jarkov was serieus van plan om snel te cashen, een gewapende overval zou ideaal zijn. Ik blufte wel mee, maar dacht dat het uiteindelijk wel goed zou komen… Dat het niet "zover" zou komen.'

'Waarom in vredesnaam? Hoor je jezelf wel praten? Jullie zijn gestoord! Een gewapende overval! Had hij geen baan kunnen zoeken… En waarom een baan, dit penthouse is gigantisch.'

'Ja, alleen maar pracht en praal en allemaal betaald door mijn oom. Jarkov kwam terug, er is iets gebeurd in Rusland en hij wil er pertinent niet over praten. Mijn oom heeft resoluut de geldkraan dichtgedraaid en mijn tante had opeens geen stuiver meer. Soms kreeg ze een beetje geld als Jarkov weer een "goede" avond had gehad.'

'Tuurlijk, dan haal je de rest toch gewoon ergens op. Waarom zou ik mij elke dag in het zweet werken voor een salaris.'

'Ja, jij wordt aangenomen, zonder pardon. Mijn tante heeft al zoveel sollicitaties gedaan. Ze is moslim, ze draagt een hoofddoek, niemand neemt haar aan.'

Langzaam laat ze haar hoofd zakken en slaat haar handen voor haar ogen, dit is te veel.

Met een ruk staat Amar op, hij rent het dakterras op en helt gevaarlijk ver over de balustrade. 'Sofie, je moet nú gaan! Jarkov komt eraan, hij denkt dat je geen gevaar meer bent. Als hij je hier aantreft...Kom! Vlug, je moet de brandtrap nemen. Schiet op!'

Sofie hoort hem niet, verslagen staat ze bij een bureau met in haar hand het gedicht uit de krant. Een slordig handschrift, maar ze herkent de tekst en begrijpt de woorden. De naamloze advertentie heeft opeens een afzender, de tante van Amar! Het kettinkje met het hartje ligt er ook. Snel steekt ze beide items in haar broekzak. Daniël zal niet geloven wat zij hem allemaal te vertellen heeft.

Eerst moet ze hier weg, snel kijkt ze naar de bank. Amar is weg en ze zet het op een lopen, de gang in op weg naar de lift. Als een bezetene drukt ze op de liftknop, dit duurt te lang, ze moet de trap nemen.

'Sofie, kom hier.'

Ze herkent Daniëls stem, maar ze ziet hem niet. Haar blik verplaatst zich van de liftdeuren naar de naastgelegen trap. Daniël zit gehurkt op de bovenste tree met een wapen in zijn hand. Vertwijfeld kijkt ze hem aan, wat doet hij nou…

'Op de grond. Op de grond. Nu!'

Hij heeft het niet tegen haar, maar tegen Amar. Sofie krimpt ineen bij het horen van die woorden. Opnieuw giert doodsangst door haar heen. Wanhopig kijkt ze door de ruiten neer op de politieauto's met flikkerende zwaailichten. Te midden van al dat blauwe schijnsel staat Michelle. Agenten overmeesteren Amar, zonder zich te verzetten laat hij zich lijdzaam afvoeren.

Daniël slaat een arm om haar heen. 'Lieverd, het is voorbij. Ben je gewond?'

Een schamel "nee" is het enige wat ze over haar lippen kan krijgen.

'Kom, we gaan naar de auto.' Samen lopen ze de trap af, onderaan staat Michelle met tranen in haar ogen.

Sofie valt in haar armen en laat haar tranen de vrije loop. 'Heb jij Daniël gebeld?' Michelle knikt enigszins beschaamd. 'Sorry, ik had je beloofd om in de auto te blijven, maar het duurde zolang. Ik begon mij zorgen te maken en ik besloot om polshoogte te gaan nemen. Ik heb alles gehoord, Sofie, en had toch nooit verwacht dat Amar de drijvende kracht achter de overval was.'

Daniël komt snel tussen beide: 'Ik neem Sofie mee, jij volgt met mijn collega. We zullen jullie getuigenverklaringen apart van elkaar op het bureau opnemen.'

Michelle loopt met een aangesnelde agent mee en Sofie neemt plaats in Daniëls auto.

'Ik moet nog even wat doorgeven en dan gaan we. Oké?'

'Is goed.' Sofie kijkt de auto rond. Daniël heeft het voertuig zichtbaar snel verlaten, al zijn spullen liggen er nog. Het journaal van 19.00 uur wordt aangekondigd, eerst volgen een aantal commercials. Hamsterweken bij de AH, deze week moet Nederland massaal aan de Dreft, de tweede flacon is gratis. Daarna komt de onmiskenbare stem van Anneke Blok, die de nieuwste HEMA-reclame wil delen. Voor Anneke de kans krijgt, draait Sofie het volume snel naar beneden. Met haar ellenboog stoot ze Daniëls portemonnee van het middenconsole. Respectvol raapt Sofie hem op, er vallen allerlei pasjes en bonnetjes uit, haar oog valt op een pasfoto. Op de foto staan Daniël en een vrouw met hun handen op de schouders van een jongetje. Gechoqueerd probeert ze het plaatje juist te interpreteren. Daniël is getrouwd! Hij heeft een vrouw, een zoon. Dit is meer dan ze aan kan. Ze opent het portier en rent weg, ze rent zo hard ze kan tot ze er letterlijk bij neervalt.

Uren heeft ze stevig en onafgebroken doorgelopen, zo ver mogelijk bij het appartementencomplex vandaan, weg van de harde realiteit. De miezerregen is eindelijk gestopt. De wolken zijn opengebroken en fonkelende sterren schitteren aan de donkere hemel.

Ze is moe, doorweekt en gaat kapot van de pijn. Bovenal heeft ze een gebroken hart.

Amar heeft haar gebruikt, doelbewust haar alle benodigde bedrijfsinformatie ontfutseld. Met open ogen is ze in die val gelopen, het is allemaal haar schuld. Een wereldverbeteraar, mijn reet. Twee vrouwen zijn in de bloei van hun leven weggerukt, omdat zij iets te bewijzen had. Je moet mensen altijd een kans geven, het voordeel van de twijfel? Nooit meer! Al zijn vragen over de geldstromen, de goudbestellingen, maar ook de beveiligingssystemen binnen en buiten het bedrijf, ze heeft het allemaal gedeeld, in de hoop dat het hem zou helpen om het perfecte stageverslag in te leveren. Ze had zich zelfs gevleid gevoeld door zijn interesse in haar persoonlijke leven. Gelooft ze de spijtbetuiging van Amar, dat hij dit allemaal nooit zo gewild heeft? Is hij gedwongen door zijn Russische neef? Het meesterbrein achter deze brute rooftocht blijkt gewoon een Rus te zijn! Hoe betrouwbaar is de bekentenis van Amar eigenlijk? Wat was precies zijn aandeel en dat van de "leider" en de "volger"?

Twee maanden geleden stond iedereen nog op een voetstuk, maar de Beeldenstorm is losgebarsten en heeft niemand gespaard. Nina, Cathelijne, Frederique, Dennis, Amar, alleen Anne staat nog op een voetstuk. Leonard houdt wel voet bij stuk, al heeft hij nooit een plaatsje in haar hart verworven.

Amar heeft zijn daden bekend, Daniël is misschien nog wel erger. Hij is getrouwd! Hij heeft een vrouw die thuis op hem wacht, waarschijnlijk staat hij elke zaterdagmorgen aan de zijlijn op het voetbalveld. Al die keren dat hij zogenaamd bezorgd om haar was? Ze mocht gewoon niet doodgaan, want Amar had de waarheid nooit verteld als zij niet meer had geleefd.

Haar besluit staat vast, ze wil naar huis, naar Jackie. Uitgeput zoekt ze steun bij een boom, die haar letterlijk de weg verspert. Ze zet haar nagels in de stam en duwt zo hard als ze kan om de pijnscheuten in haar borstkas te overtreffen. Fragmenten van de bast dringen diep door in haar huid onder het nagelbed. Bloed sijpelt langs haar vingers naar beneden, tranen springen in haar ogen en niet alleen van de pijn. Wanhoop neemt de overhand nu ze ontwaakt uit de roes die bezit van haar nam toen ze Daniël naast die prachtige brunette zag staan. Ondanks de heldere nacht is het zicht beperkt. Het weggetje dat ze al een tijdje volgde, werd steeds smaller, de omliggende begroeiing steeds hoger en wilder. Ze laat de boom los en recht haar rug, de wanhoop ebt weg als ze beroep doet op haar oriënterend vermogen. Ze moet in noordelijke richting zijn gelopen en ongemerkt heeft het uitgestrekte bosgebied haar omringd. In dit buitengebied is ze onbekend. Ergens moet de spoorlijn lopen die het noordelijke en zuidelijke deel van de stad met elkaar verbindt. Geluidsgolven voortgestuwd door voorbij suizende treinen, ontbreken. Slechts het afnemende tjilpen van de vogels is te horen, ook zij zullen spoedig een slaapplaats gaan zoeken.

Moedeloos besluit ze eerst wat uit te rusten. Al ruim een uur is ze niemand meer tegen gekomen. Eerst vond ze dat fijn, nu niet meer. Ze besluit even in de graskant te gaan liggen. Het gras is zacht. Ze mag niet in slaap vallen, wel even bijkomen. De vermoeidheid wint het van haar wilskracht en pas tegen de morgen ontwaakt ze. Al haar spieren voelen stijf aan en de pijn is adembenemend. Voorzichtig komt ze overeind en bestudeert de omgeving. In de verte is de bovenleiding van de spoorlijn te zien. Als ze nu in oostelijke richting loopt, komt ze weer in de stad. Verzwakt door honger en dorst gaat ze snel op weg.

Na een ruim uur lopen bereikt ze een buitenwijk in aanbouw.

De zon neemt alsmaar in kracht toe en brandt op haar huid. Ze ploegt zich door het mulle zand heen en in de verte verschijnen de eerste busjes met werklui. De afstand naar het ziekenhuis is zeker nog een paar kilometer, schat ze in, en dat redt ze echt niet meer te voet. Het eerste voertuig dat passeert, houdt ze tegen, terughoudend bekijkt ze de bestuurster. Een jonge vrouw met een klein meisje achterin, niet echt van die moordlustige types.

De vrouw stapt uit en helpt haar in de auto en ze rijdt direct door naar de spoedeisende hulp. Voor Sofie het weet ligt ze op een bed in een kleine kamer en wordt ze uitvoerig onderzocht. Niet veel later verschijnt dokter Van Rijs. 'Je bent net een boemerang, je komt altijd weer terug.'

Sofie schenkt hem een schamele glimlach, niet wetend of hij het sarcastisch of als compliment bedoelt. Ondertussen controleert hij zwijgend de wond en haar andere vitale functies. Zou hij haar gebroken hart ook ontdekken?

Na wat onverstaanbaar gemompel richt hij zich tot de verpleegster. 'Ze heeft alleen lichte uitdrogings- en uitputtingsverschijnselen. Mijn voorstel is haar op te nemen, één dag is meer dan voldoende.

Een combi van glucose en fysiologisch zout moet volstaan en we moeten de pijnstilling weer opstarten.' Onmiddellijk vertrekt hij weer, hij is een man van weinig woorden. Zodra de verpleegster de kamer verlaat, is Sofie ook weg. Suiker en zout heeft ze thuis wel in een keukenkastje staan. Ongezien verlaat ze de SEH, nu alleen nog haar tas en de pijnstillers ophalen en dan eindelijk naar huis.

De psychiatrische afdeling blijkt een onneembare vesting, alleen bereikbaar door de glazen deuren. Als ze aanbelt, heeft ze heel wat uit te leggen. De opname is vrijwillig, dus ze doet het. Ze haalt enkel haar spullen op en bedankt ze vriendelijk voor hun inzet. Even is ze bang dat Ollie dienst heeft, dan verschijnt Jolien aan de deur. 'Meid, kom binnen. We hebben ons zo'n zorgen gemaakt.'

'Jolien, ik kom alleen mijn spullen halen en dan…'

'Sofie!' Daar staat de laatste persoon op aarde die ze nu wil zien: Daniël. Ze had het kunnen weten.

'Ik ga naar huis Jolien, het spijt me voor de overlast.' Jolien trekt zich zwijgend terug in het kantoor en ze blijft achter met Daniël.

'Waar ben je geweest? Heeft hij je te pakken gekregen? Kom we gaan naar een dokter…'

'Ik ga helemaal nergens heen met jou! En nee, Amar heeft mij met geen vinger aangeraakt en het gaat je trouwens ook niets aan.' Furieus stiert ze hem voorbij.

'Ik heb de hele nacht naar je gezocht.' Ze hoort de kwelling in zijn stem, maar ze weigert om in te binden.

'Moest je je vrouw niet opwarmen?' Ze vraagt zich af waarom ze überhaupt nog reageert op wat hij zegt. Ze is helemaal klaar met deze man, eigenlijk met mannen in het algemeen.

'Getrouwd? Hoe kom je daarbij?' Weer die trillende stem. Stug loopt ze door naar haar kamer aan het einde van de gang. Als haar hand de deurklink omvat, bidt ze dat de deur van het slot is, precies zoals ze hem gisteren achterliet, anders zal ze terug naar Jolien moeten met Daniël op haar hielen. Dat zou pas een afgang zijn.

Ze slaakt een zucht van opluchting als de deur open gaat. Links op de grond ligt een weekendtas, ze er propt snel wat kleding en potjes pijnstillers in en maakt aanstalten om te vertrekken. De rest van haar spullen haalt ze later wel op.

Daniël blokkeert de deuropening en zoekt zichtbaar oogcontact. Die trucjes hebben geen vat meer op haar, ze kent inmiddels zijn werkwijze.

'Daniël, laat me met rust.' De woorden lijken uit haar tenen te komen.

'Ik wil je niet met rust laten…Ik heb je nodig.'

'Ja, als rechercheur had je mij nodig. Je hebt Amar nu, richt je daar op.'

'Ik heb je nodig, ook met Amar. Hij praat alleen met jou, maar ik wil je niet kwijt. Sofie, loop niet weg…Alsjeblieft?'

Ze wil weg, naar huis, weg van alles, maar de tederheid in zijn stem klinkt oprecht.

'Ik heb de foto gezien, in je portemonnee. Je hebt een vrouw, een kind…Wanneer was je van plan mij dat te vertellen. Op onze eerste date?'

'Mijn vrouw is overleden. En ja, ik heb een zoon. Ik wilde hem niet voor jou verzwijgen, maar waren we al op dat punt?'

Zijn woorden komen als een mokerslag aan. 'Het spijt me.' Het laatste wat ze wilde, is hem kwetsen.

'Kom, ik breng je naar huis, als dat is wat je wilt. Ik ben niet boos, je kon het niet weten van mijn vrouw. Vannacht werd ik gek van bezorgdheid, zo bang was ik dat jou iets was overkomen.' Als ze nu met hem meegaat, is ze verloren, maar ze wil mee. Ze kan het niet meer ontkennen, hij heeft haar hart veroverd.

Het is vreemd om het appartement weer te zien. Zoveel weken zijn er verstreken, maar alles is nog hoe het was. De graffiti bij de entree, de uitpuilende vuilcontainers, de overvolle fietsenrekken, zelfs haar oude Ford staat nog waar ze hem voor het laatst achterliet. Dezelfde herkenningspunten, alleen gesitueerd in een ander seizoen.

'Gaat het?' Daniël legt zijn hand voorzichtig op de hare, ze knijpt er zachtjes in. 'Wil je al naar boven? Cathelijne verwacht je ieder moment.'

'Kunnen we hier nog even blijven zitten', fluistert ze hem toe.

'Ja, zolang als jij nodig hebt.'

Ze vraagt zich af hoe de hernieuwde kennismaking met haar leven zal zijn, de woorden van Michael komen steeds weer terug: "Het wordt anders." Hoe anders? Ze zal het moeten ondervinden. Daniël doorbreekt hun verdere stilzwijgen.

'Mijn vrouw is gestorven aan kanker.'

'Wat erg. Het spijt me zo.'

'Mij ook.'

'Hoe oud is je zoon?'

'Max? Hij wordt volgende week 5 jaar. Hij wil het niet vieren, niet zonder zijn moeder.'

Beelden van háár moeder doemen op. Opeens voelt ze een verbintenis met Max. Ze weet hoe het is om moederloos, troosteloos en rusteloos door het leven te gaan.

'Sofie, zou jij met ons mee willen naar de speeltuin? Op zijn verjaardag?'

'Eh…als wat? Hij kent mij helemaal niet. Ik denk niet dat hij zit…'

'Als mijn vriendin.'

Haar hart maakt een sprongetje en een aangename tinteling verspreidt zich door haar lichaam. 'Jouw vriendin? Een vriendin?'

'Machtig! Waarom maak je het mij zo moeilijk? Vriendin.'

'Zullen we gaan?' Zonder antwoord te geven opent ze het portier en stapt ze uit.

'Nee, wacht! Dit kun je mij niet aandoen. Sofie, zeg wat!'

'Ik denk erover, oké? Ga je mee of moet je terug naar het bureau?'

'Het laatste. Het verhoor van Amar gaat zo weer verder. Ik moet je spreken vandaag, je getuigenverklaring is belangrijk. Zorg eerst goed voor jezelf, ik bel je.'

Als Cathelijne de voordeur opent, aarzelt Sofie om naar binnen te gaan. Gaat ze terug naar het beginpunt van dé dag? Het startmoment van waaruit het allemaal begon en het niet meer zou eindigen?

Ze kan Cathelijne niet te lang in het zicht laten staan, straks ontdekt iemand het onderduikadres. Even gaan haar vingers over de deurpost. Het houtwerk is verwrongen, gespleten onder de kracht van de koevoet die Leonard hanteerde. De vertrouwde geur vanuit de vertrekken zuigen haar naar binnen. Terwijl ze naar de woonkamer loopt, voelt ze zich toch een vreemde in haar eigen huis. Er is overduidelijk opgeruimd en grondig schoongemaakt. De vensterbanken zijn gevuld met blauwvaren afgewisseld met ficussen, een bos uitgebloeide tulpen op tafel is het enige dat uit de toon valt.
'Wil je wat drinken, iets eten?'
Sofie draait zich om en kijkt Cathelijne wat onwennig aan, die er op haar beurt wat stuntelig bij staat. 'Graag. Allebei?'
'Astrid heeft gisteren de koelkast weer aangevuld, dus je komt op het goede moment.'
In de keuken trekt Cathelijne van alles uit de kasten en is al snel druk in de weer.
Sofie neemt wat pijnstillers in en drinkt met grote slokken het glas water leeg. In de slaapkamer ontdoet ze zich van haar smoezelige kleding. Dan daalt een overweldigende vermoeidheid op haar neer. Ze gaat op het randje van het bed zitten en sluit haar ogen. God, wat mist ze Jackie. Tranen stromen over haar wangen, ze laat ze de vrije loop.
Klikkende hakjes naderen de slaapkamer, snel trekt Sofie de dekens over zich heen. Cathelijne klopt zachtjes op de deur, maar Sofie doet net alsof ze slaapt. Ze wil alleen zijn, even niemand om haar heen, niet nu.

Als de deurbel gaat, schiet Sofie overeind. Automatisch begint de adrenaline weer te pompen, ze wordt er moedeloos van. Met een bonzend hart opent ze de voordeur. Het bekende silhouet van Daniël had ze al herkend, maar haar lichaam heeft "gevaar" gedetecteerd en het kost tijd om haar lijf weer tot rust te laten komen.
Cathelijne kijkt om het hoekje van de woonkamer, ook zij leeft op gespannen voet. Daniël heeft gebak meegenomen en Cathelijne snelt

naar de keuken voor koffie en eetgerei.

Sofie neemt plaats op de bank, Daniël staat er opgelaten bij. Haar schuld, denkt ze, hij heeft haar eigenlijk de liefde verklaard en ze liep zo bij hem weg. Zonder een fatsoenlijk antwoord, zonder maar iets van haar gevoelens prijs te geven. Geen wonder dat ze nog nooit een relatie langer dan twee maanden heeft volgehouden. Ze is een ijskoningin, maar deze man wil ze niet kwijt.

'Kom.' Ze wrijft met haar hand op de lege plek naast zich. Daniël is duidelijk in tweestrijd, zij zal een move moeten maken, zich openstellen, kwetsbaarheid tonen. Als ze opstaat, kijkt Daniël weg. Voorzichtig benadert ze hem, bang dat hij ieder moment het hazenpad kiest. Met haar vingers streelt ze zijn wang, de stoppels zijn hét bewijs van zijn nachtelijke zoektocht naar haar. Verlangen groeit, haar lippen branden. Net als ze iets naar voren buigt, komt Cathelijne terug en is het moment voorbij.

Daniël slaat de lekkernij af, de koffie niet. Hij komt meteen ter zake. 'Michelle heeft een uitgebreide getuigenverklaring afgelegd. Ze heeft gehoord dat Amar heeft bekend betrokken te zijn bij de gewapende overval. Direct heeft ze mij gebeld en zijn we grootschalig op de melding afgekomen. Sofie, Jarkov is ontkomen.'

Ontgoocheld kijkt ze hem aan, waar heeft hij het over? 'Wat bedoel je? Ik heb Jarkov helemaal niet gezien.'

'Hij kwam net aanrijden bij het appartementencomplex. Waarschijnlijk hebben de sirenes hem afgeschrikt en is hij gevlucht. Ondanks onze inspanningen is hij nog steeds voortvluchtig.'

Sofie stuift van de bank, de gang door naar haar slaapkamer. Haar broek, ze moet haar broek hebben, maar de grond naast het bed is leeg. 'Cathelijne! Waar is mijn broek?' Geschrokken staat Cathelijne in de deuropening. 'Hij zit in de wasmachine...'

'Néé, dat meen je niet. Waarom heb je dat niet eerst gevraagd?' Sofie is woest. Dan ziet ze het roze briefje in Cathelijnes handen. Als ze haar kalmte hervonden heeft, durft ze de volgende vraag te stellen: 'En waar is het kettinkje?'

Als Cathelijne lijkbleek wegtrekt, weet ze genoeg. In blinde paniek tast ze met haar handen het hoogpolige tapijt af. Daniël is op de commotie afgekomen en als hij de lichtschakelaar omzet, ziet Sofie het fijn geschakelde kettinkje onder het bed uit steken. Trots overhandigt ze het aan Daniël, die er niet begrijpend naar kijkt.

Cathelijne reageert wel op het kettinkje 'Maar dat…Die komt uit de nieuwste collectie: de Moederdag collectie.'

Sofie legt het Daniël rustig uit, want hij snapt het overduidelijk niet. 'Ik heb hier niets aan', zegt Daniël schouderophalend. 'Het is indirect bewijs. Amar kan het gewoon gestolen hebben. We kunnen dit niet rechtstreeks aan de overval linken. Waar is de rest van de verdwenen sieraden? In ieder geval niet in het penthouse. Ook de andere buitgemaakte spullen niet, er was niets te vinden.'

Sofie steekt Daniël teleurgesteld het roze briefje toe en verwacht eenzelfde reactie en die krijgt ze.

'We hebben de tante van Amar ook gearresteerd, beiden praten niet. Ze beroepen zich op hun zwijgrecht. Sofie, het spijt me. Voor het OM is ook dit geen direct bewijs. Het zou ondersteunend kunnen zijn, maar dat is nu ondenkbaar.'

'Waarom?'

'Omdat het onrechtmatig verkregen is, je had het nooit mogen meenemen. Wij hadden een huiszoekingsbevel, jij niet. De advocaat van de familie Tahiri zal dit direct van tafel laten halen en het recht is, in dit geval, aan hun kant.'

'Maar je kunt de krant toch bellen en vragen wie betaald heeft voor deze advertentie?'

'Ja, dat gaan we zeker doen. Het is heel simpel, als ze niet bekennen dat zij de overval beraamd en gepleegd hebben, is het klaar. We weten dat ze verantwoordelijk zijn voor de dood van Karin en Henriette, maar dit…' Hij houdt de items als waardeloos goed omhoog. 'Dit is kansloos. We hebben nog één troef en dat ben jij. Met jou kunnen we Amar zijn eis inwilligen. Hij wil alleen met jou praten, Sofie. Als hij bekent tegenover jou, een verklaring aflegt op het bureau, dan hebben we hem. Met zijn bekentenis kunnen we dan de tante onder druk zetten om te gaan praten.' Hoopvol staren Cathelijne en Daniël haar aan, terwijl ze heftig haar hoofd schudt.

'Heeft Amar nog de naam genoemd, een eventuele derde dader?'

'Nee, alleen dat Jarkov hen geronseld heeft.'

'Hen? Bedoel je twee of zijn het er meer?'

Nu zal ze de hele waarheid moeten vertellen en dan zal Daniël te horen krijgen dat ze heeft gelogen. Achteraf gezien heeft ze hem nog nooit op een onwaarheid kunnen betrappen, hij heeft zelfs meer informatie met haar gedeeld dan officieel was toegestaan.

'Twee…Het waren die gasten die de dag voor de overval Amar aanvielen in de winkel.' Ze durft hem niet aan te kijken, bang om de verontwaardiging en afschuw van zijn gezicht te zien spatten.

'Hoe weet jij dat? Je hebt de daders niet gezien…Ik begrijp het niet. Sofie?'

Ze zwijgt, warmte stuwt naar haar hoofd uit pure schaamte en angst. Ze zal moeten opbiechten dat ze de politie bewust heeft misleid, op een dwaalspoor heeft gezet en, nog erger, de pas heeft afgesneden. Haar gedachten schieten alle kanten op, ze zit in de val. Zal ze de waarheid vertellen, dat ze loog voor Amar, omdat ze hem nog een kans wilde geven op een succesvolle stage, of de echte waarheid. Dat zij iets te bewijzen had, haar strijd tegen discriminatie en stigmatisering, Michelle haar ongelijk willen inpeperen. Nee, dan is ze Daniël zeker kwijt.

'Amar kende die gasten via Jarkov. Waar ze de dag voor de overval ruzie over hadden, wist ik toen echt niet. Nu wel, althans deels, het had met de overval te maken.'

'Maar waarom heb je niet verteld wat je die dag hebt gezien? Het is ons werk om dit soort connecties te leggen, misschien hadden we die gasten én Jarkov nu achter de tralies gehad. Waarom zou je daarover liegen?'

Dan richt hij zich tot Cathelijne. 'En jij, waarom heb jij tegen de politie gelogen? Nou, vertel op, kende Amar die jongens?'

'Ja, het was overduidelijk dat Amar die gasten herkende.' Tranen wellen op in Cathelijnes ogen.

'Ik wil weten waarom jullie gelogen hebben, zijn jullie bedreigd? Als dat zo is, dan kan ik jullie helpen met bescherming. Machtig, gaat iemand mij nog de waarheid vertellen? Sofie?'

'Ik wilde Amar niet in de problemen brengen.' Ze hoopt zo dat Daniël haar gelooft.

'Besef je wel wat je hebt gedaan? Als Amar die dag was meegenomen voor verhoor, was die overval misschien wel helemaal niet door-gegaan, hadden Karin en Henriëtte nog geleefd en was ik jou niet bijna kwijtgeraakt. Amar vraagt de hele tijd alleen naar jou…Had jij een relatie met hem? Nee, dit is niet waar. Cathelijne, kun je ons even alleen laten.' Die weet op haar beurt niet hoe snel ze weg moet komen.

'Sofie, heb je mij gebruikt? Om je vriendje ermee weg te laten komen?'

'Néé'! Ik heb niks met Amar, er nooit iets gebeurd.'

Daniël begint zijn rondjes weer te lopen, ze onderbreekt die cirkel. Hij moet naar haar luisteren, begrijpen dat ze Amar niet helpt. 'Ga zitten, Sofie.' Zijn stem is ijzig. Ze huivert, bang als ze is om hem kwijt te zijn.

'Daniël, ik wist pas in het ziekenhuis dat die gasten niet pluis waren. Toen wij op een avond in het restaurant waren, bedreigde één van die jongens mij. Samen met Michelle zijn we naar hen op zoek gegaan. Ik wilde je helpen met het onderzoek.'

'Stop maar met praten, jij gaat nú mee, naar het bureau.'

'Wat? Arresteer je mij nu?' Ze reikt naar zijn hand. 'Niet doen, mevrouw Ventura, pak uw spullen.' Ondertussen pakt hij zijn tele-foon en vraagt om assistentie.

Sofie kijkt steeds opnieuw het bescheiden kamertje in de rondte, er staan slechts een metalen tafel en twee stoelen. Aan de muur hangt één poster, boordevol tips om zakkenrollers tegen te gaan. Waar blijft Daniël toch? Ze zit hier vermoedelijk al uren. Een vrouwelijke agent is een bekertje water komen brengen, aan haar droge mond te voelen is dat al een eeuwigheid geleden. Ze staat op om haar benen te strekken, wetend dat elke beweging die ze maakt, vastgelegd wordt door de camera boven de deur. Met een hoop kabaal verschijnt er dan eindelijk een man in de kamer. Niet echt het type dat ze had verwacht en zeker geen Daniël. Zonder een woord te zeggen stalt hij zijn meegebrachte spullen voor zich uit op de tafel. Terwijl hij plaatsneemt, schraapt hij zijn keel en wijst naar de stoel tegenover hem. Als ze op de uitnodiging ingaat, trekt ze haar stoel iets verder van de tafel vandaan, ondertussen staart ze onafgebroken naar de persoon voor zich. Zijn vlezige hoofd en uitpuilende ogen zijn bijna weerzinwekkend om naar te kijken. Zouden ze expres de meest onaantrekkelijke rechercheur van het hele landelijke korps opgetrommeld hebben?

'Mevrouw Ventura, als eerste dank voor uw komst. Het heeft even geduurd, maar dit lijkt ons het moment om een uitgebreide getuigenverklaring van u op te nemen.' Een fijn lachje speelt om zijn lippen, terwijl hij zijn hand op de blikje cola laat rusten. Als hij denkt haar te kunnen verleiden met een beloning, dan heeft hij haar volkomen verkeerd ingeschat. 'Graag gedaan. Ik ben er klaar voor.'

'Fijn om te horen. Ik neem het over van mijn collega. We nemen weleens vaker taken van elkaar over, u begrijpt het wel.' Sofie knikt kort, terwijl het bloed naar haar hoofd stuwt. Daniël komt dus niet meer en dat heeft ze aan haar eigen keuzes te danken.

'Laten we teruggaan naar 5 april jongstleden. U was die dag op uw werk. Kunt u mij vertellen wat u zich herinnert van die ochtend?'

Dit is het moment, ze zit diep in de problemen en alleen met de waarheid kan ze de leugens overstijgen.

'Ik was beneden, net buiten het magazijn met Amar Tahiri. We hadden koffiepauze, mijn collega riep dat hij bezoek had en daarop ging hij naar boven. Ongeveer tien minuten later kwam ik de winkel binnen en zag dat Amar ruzie had met twee aanwezige jongens. Een moment werd ik afgeleid en opeens vlogen de glasscherven in de rondte.'

'Precies ja, maar in uw verklaring van die dag, vertelde u mijn collega's dat de heer Tahiri die heren niet kende. Mag ik nu opmaken uit uw verhaal dat deze "bezoekers" bekenden van hem waren?'

'Ja.'

'Waarom hebt u hierover gelogen?'

'Omdat Amar mij vertelde dat hij die jongens nooit eerder had gezien. Hij was die dag het slachtoffer, hij werd geduwd. Ik vond dat het zijn stageplaats niet mocht kosten.' Dat is niet gelogen, daar was ze bang voor.

'Prima, dan de volgende dag. Hoe begon u uw morgen?'

'Eh...ik ging naar mijn werk.'

'Is u onderweg nog iets bijzonders opgevallen? Werd u gevolgd, waren er personen of voertuigen die uit de toon vielen?'

'Nee, eigenlijk niet… Ik liep gewoon naar mijn werk, de stadsbus passeerde... Die was leeg. Ja, dat was vreemd. Amar was er al.'

'Wat bedoelt u precies?'

'Amar. Hij kwam altijd met de bus, stipt om half negen. Die dag was hij al bij het winkelcentrum.' Ongelooflijk, waarom heeft ze die link nooit eerder gelegd? Meteen slaan de herinneringen in als een bom. Amar zei dat ze naar huis moest gaan, nu weet ze waarom. Hij wilde niet dat zij bij de overval was. Hij sprak de waarheid, hij zit achter de overval en hij wilde haar beschermen. Wat is ze aan het doen? Als ze alles vertelt, dan gaat hij voor jaren de bak in. Nee, natuurlijk moet ze het vertellen, eerlijk zijn. Het is Amar zijn eigen schuld en zij wil gerechtigheid voor Karin, voor Henriette en Daniël. Ze wil Daniël!

'Ik praat alleen nog maar met Daniël.'

'Zoals ik u al eerder zei, neem ik het van hem over. Gaat u verder… De heer Tahiri was dus al bij het winkelcentrum, niet volgens zijn dagelijkse routine.'

'Dan zwijg ik…en ik wil een advocaat!'

'U bent slechts getuige, u heeft op dit moment nog helemaal geen advoca...' Opeens zwaait de deur open. 'Ik neem het over Gerrit.' Voor haar staat een heel boze Daniël.

'Jij gaat nu praten, anders ben ik weg.'

'Amar zei dat ik naar huis moest gaan.' Daniël neemt er genoegen mee, gaat zitten en klapt een laptop open. In deze setting ziet hij er een stuk professioneler uit, zeker zonder zijn schrijfblokje.

'En toen? Wat deed je toen?' Daniël is teruggekomen, voor haar, al gunt hij haar geen blik waardig. Hij praat en zij gaat alles vertellen wat ze weet.

'Ik begreep niet wat hij bedoelde en vond hem eigenlijk ondankbaar. Hij had zijn stageplaats en ik dwong hem bijna om mee te komen. Uiteindelijk ging hij mee en bij de buitendeur stond…Karin ons op te wachten.'

'Toen waren jullie binnen. Wat deden jullie? Wat deed Amar?'

'Amar moest koffie gaan zetten. Karin en ik gingen de kassa's tellen en toen ging de deurbel. Nee, eerst vond ik een briefje van Anne waarop stond dat Dennis verhuisdozen kwam brengen. De rest heb ik je al verteld. Amar opende de deur, er kwam een man de trap op en ik heb hem écht niet gezien, de rest…'

'Concentreer je op die man. Wat heeft hij allemaal gezegd.'

Ze sluit haar ogen en probeert het beeld voor zich te halen, verder dan "kutwijf" en geschreeuw komt ze niet. Het zweet breekt haar uit, de salvo's aan schoten, het bloed… overal bloed. Ze moet hier weg, machtig wat is het benauwd in dit kleine hok en dan weet ze het weer. Ze zag het grijs van de kast. Nee, rood! Die propellers, ze zag het rood van het embleem op Nina's tas. 'Ze hebben de duffelback van Nina gebruikt. Ik zag hem in het kantoor vlak naast mij.'

'Hoe weet jij dat? Dat kun je niet weten.'

'Jawél! Ik zag het embleem. Er zat een scheur in de zak die over mijn hoofd was getrokken.' Nee, ze heeft niet altijd de hele waarheid verteld, maar nu wél.

Hij knikt en typt, blijkbaar strookt dit wel met het bewijs. Opeens voelt ze zich gesterkt, eindelijk herinnert ze zich dingen en helpt ze écht mee met het onderzoek.

'Wie is er als eerste neergestoken?' Ze verstijft, dit kan hij niet van haar vragen. 'Ik begrijp dat dit moeilijk voor je is, maar we moeten het weten.' Opnieuw die tederheid in zijn stem. Zou het dan nog niet voorbij zijn tussen hen, hebben ze nog een kans? Ze zoekt oogcontact, Daniël niet, hij blijft in zijn rol. Een lange stilte volgt.

'Karin.'
'Waarom Karin?'
'Daniël, alsjeblieft, doe mij dit niet aan.'
'Ik vraag het je nogmaals, waarom is Karin als eerste neergestoken?'
'Misschien omdat ze het dichtst bij de trap zat, omdat ze zo krijste…'
ze laat haar hoofd hangen, tranen wellen op.
'Sofie, Karin is met dertien messteken om het leven gebracht. Jij had
één messteek, bijna fataal. Maar toch twaalf minder en dat verschil
is groot, te groot. Wij vinden zoiets, nou ja, behoorlijk verdacht.
Eerst veronderstelden we dat ze jou nodig hadden voor informatie
of dergelijke, maar na jouw verklaring over jullie relatie…'
'Ik heb nooit een relatie met Amar gehad!'
'Amar denkt daar anders over. Hij wil praten, maar alleen met jou
erbij. En weet je, ook dat vinden wij nogal verdacht overkomen.'
'Klootzak!'
'Sorry?'
'Niks "sorry". Je hebt mij zelf gezien, al die weken in het ziekenhuis.'
Ze kan haar tranen niet meer bedwingen, na alles wat ze heeft meegemaakt. 'Ja, Amar heeft gezegd dat hij om mij geeft en misschien
heeft dat wel mijn leven gered en daar ben ik blij om. Blij dat ik niet
afgeslacht ben. Ik ben dankbaar voor deze tweede kans, om een
nieuw begin te maken met jou …'
'Ja, rustig maar.' Overduidelijk wil hij niet dat zijn collega's iets van
zijn gevoelens voor haar te weten komen.
'Schaam je je voor mij?' Haar stem trilt. De man die voor haar zit,
heeft eindelijk de muur om haar hart doorbroken, in deze onzekere
tijden heeft ze hem nodig.
'Sofie, kunnen we het hier een andere keer over hebben? Wat heeft
Amar precies tegen je gezegd in het penthouse? Michelle heeft niet
jullie gehele gesprek kunnen volgen, we moeten de bekentenis van
Amar van jou persoonlijk horen.'
'Ik kan het niet meer, het spijt me.'
Ze kijkt hem aan, hij ziet er moe uit. Wat zou ze hem graag meenemen,
ver weg van deze plek. Een plek waar ze samen kunnen zijn, weg van

alle wreedheid.

'Mag ik even pauzeren?'

'Roken? Dat is toch wat je wilt?'

'Ja.'

'Ik heb liever niet dat je dat doet.' Al is hij bijna onverstaanbaar, nu heeft hij heel duidelijk gemaakt dat hij haar nog wil. Natuurlijk wil hij dat ze stopt met roken, zijn vrouw is overleden aan kanker.

'Koffie is ook goed.' Hij kijkt op van zijn laptop en is duidelijk verrast.

'Ja, laten we even pauzeren. Gaat het?' Ze weet dat hij aan een klein knikje genoeg heeft en die geeft ze hem.

Samen lopen ze naar de coffeecorner. 'Ga maar zitten, ik haal wel koffie voor je.'

Met twee kartonnen bekertjes komt hij terug. 'Sofie, het spijt me. Ik moest dit doen.'

'Stil maar, ik begrijp het. We doen het vanaf nu op jouw manier. Oké?' Even kijkt hij om zich heen. 'Het werkt niet tussen ons…Je bent anders, je leeft in een andere wereld. Mijn wereld is hard, jij gelooft in de goedheid van mensen…dat gaat niet samen.'

Ze wil hem aanraken, al doet ze het bewust niet, ze wil hem niet in verlegenheid brengen.

'Daniël niet doen, niet nu. Geef ons asjeblieft niet op.'

Er komen meer mensen de ruimte in, ze nemen plaats aan de tafeltjes om hen heen. Ze is hem kwijt, ze heeft niets meer te verliezen. 'Ik praat met Amar, zeg maar wat ik moet doen.'

'Echt? Kan je die confrontatie aan?' Zijn terneergeslagen houding verdwijnt als sneeuw voor de zon en dat raakt haar recht in haar ziel. Hij offert haar op om deze zaak op te lossen, een duidelijker statement had hij niet kunnen maken.

'Ik ben zo terug, wacht hier op me.'

Opnieuw duurt het wachten lang. Sofie staat op, loopt naar de raampartij en tuurt naar buiten. Ze wil naar huis, onder de dekens kruipen, met niemand praten. Ze moet nadenken, hoe moet ze verder met haar leven? Kan ze ooit nog terug naar de winkel? Zal ze ooit het magazijn weer in durven? Misschien wil ze wel te snel, zijn kleine stapjes beter. Ze schrikt op uit haar gedachtes als een vrouwelijke agente plots naast haar staat. 'Kan ik iets voor u doen, mevrouw Ventura? Er zijn wat ontwikkelingen en het gaat nog wel even duren.' 'Hebt u misschien mijn tas, mag ik misschien even roken en mijn vriendin op de hoogte stellen?' 'Het spijt me, uw bezittingen zijn momenteel niet beschikbaar. Ik heb wel een sigaret voor u kunnen regelen.' 'Graag.' Voor nu zal ze er genoegen mee moeten nemen. De agente gaat haar voor, via de achterzijde van het pand komen ze op een parkeerplaats waar de politiewagens staan. Het terrein is omringd door een hoog hekwerk. De agente overhandigt haar een pakje sigaretten en een aansteker die ze gelijk weer inneemt zodra Sofie een brandende sigaret vasthoudt. 'Mevrouw Ventura, u krijgt vijf minuten.' Wanneer voelde ze zich voor het laatst zo alleen, leeg en in de steek gelaten? Het lijkt zo lang geleden, maar het was op Astrids achttiende verjaardag. Sinds het overlijden van hun ouders, waren Astrid en Sofie op zichzelf aangewezen. Voor de kinderrechter verklaarde hun tante dat ze een goede woonruimte voor de meisjes had gevonden. Sofies hart maakte toen een sprongetje van geluk. De zussen zouden samen blijven en ze hoefden niet in te trekken bij hun oom en tante. Maar toen bleek dat de "woonruimte" de kantine van de timmerfabriek was, waar haar vader tot zijn dood aan toe werkte, braken de zwaarste jaren van Sofies leven aan. Astrid kon niet langer naar school, maar ze moest gaan werken om geld te verdienen. Ze werkte bij de plaatselijke supermarkt en ze had regelmatig geluk. De bedrijfsleider vulde af en toe Astrids tas vol met lekkernijen, die zij zichzelf echt niet konden permitteren. Die avonden waren bijna magisch. Astrids ogen glommen dan van trots en vaak nam ze de gitaar van hun vader ter hand. Verjaardagen waren heilig. Budget voor een cadeau was er nauwelijks en het was een ongeschreven regel dat het "iets" moest zijn wat ze écht nodig hadden. In de weken voordat Astrid achttien jaar oud werd, had Sofie in het geheim gewerkt aan een bedsprei. De nachten waren koud, zeker in de winter, als de wind tot diep in de fabriek doordrong. Trots wachtte ze met haar cadeau op Astrids thuiskomst, maar Eduard Klinkhamer was haar voor. Al maanden daarvoor werden Astrid en de zoon van de heer Klinkhamer, de huurbaas, steeds closer. Als een echte gentlemen hield hij gepaste afstand Alleen de doos al was het duurste dat Astrid ooit had gekregen. Een prachtige zwarte satijnen jurk kwam tussen de velletjes vloeipapier tevoorschijn. Astrid zag er zo gelukkig uit. Voor het eerst was Sofie die avond alleen. Met een bord koude kippensoep en stompje kaars op tafel had ze gehuild tot het moment dat ze geen tranen meer overhad.

In de verte hoort ze sirenes aankomen en een oranje zwaailicht kondigt bezoek aan. De vrouwelijke agente snelt naar Sofie en begeleidt haar naar een zijmuur. Daar staan ze veilig als het hekwerk opengaat en een politiewagen met een wit busje het terrein op draait. Daniël stapt uit de wagen en wenkt naar de agente. Sofie kan het gesprek niet volgen. Mannen in witte pakken sjouwen dozen en plastic zakken het pand in. Er is overduidelijk een huiszoeking gedaan. Bij haar thuis? Of opnieuw in het penthouse? Daniël geeft de agente een handdruk en hiermee lijkt hun gesprek ten einde.

'Mevrouw Ventura? We zijn er klaar voor.' Sofie dooft haar sigaret en volgt de agente. Kort kijkt ze over haar schouder, hopend een glimp van Daniël op te vangen. Teleurgesteld volgt ze de agente door het doolhof van gangen tot ze bij kamernummer twaalf komen. 'Nog een ogenblik geduld, mevrouw Ventura. De heer Jansen wil u nog enkele instructies geven voor u naar binnengaat.' De agente heeft haar zin amper afgemaakt of agent Jansen, voor Sofie inmiddels bekend als Gerrit, verschijnt. 'Mevrouw Ventura, luister goed. Wees vooral empathisch richting Amar. Geef hem het gevoel dat u hem begrijpt, niet vijandig, u moet vriendelijk zijn. Laat hem praten en zeg zelf zo min mogelijk. We willen natuurlijk niet dat uw emoties hem remmen in het afleggen van zijn eigen belastende verklaring.'

'Ik begrijp het.'

'Sofie, nog één ding. Er zit hier binnen een blaaskaak van een advocaat, een miezerig mannetje. Laat je niet intimiteren.' Sofie recht haar rug en slaakt een diepe zucht. 'Oké, ik ben er klaar voor.' Gerrit opent de deur, bemoedigend legt hij zijn hand op haar schouder en fluistert:

'Er kan je niets gebeuren, we zijn in de kamer hiernaast.' Sofie is gelijk overdonderd als een uiterst flamboyante man op haar af komt stieren. 'Mevrouw Ventura, wat fijn om u eindelijk in hoogsteigen persoon te mogen ontmoeten. Ik heb al zoveel over u gehoord. Gaat u toch zitten. Hier alstublieft neem deze stoel.' Als de deur achter hen dichtvalt, wordt de toon van de advocaat heel anders. 'Ik zal mij eerst voorstellen. Mijn naam is Vladimir Petrov, de advocaat van de familie Tahiri. Persoonlijk ben ik erg tegen deze ontmoeting tussen u en Amar, maar goed...Zorg dat onze samenwerking goed blijft verlopen. We zouden toch niet willen dat u vannacht onverhoopt slecht zal slapen.' Een regelrechte bedreiging van deze overduidelijk Russische advocaat, maar ze is verstandig en glimlacht vriendelijk. 'Trouwens, mevrouw Ventura, de camera's gaan pas aan op het moment dat ik uit deze kamer vertrek, dus laat er geen misverstand ontstaan over wat ik net tegen u zei.' Op het moment dat het Sofie bijna te veel wordt, gaat de deur weer open. Dit keer verschijnt Amar, hij wordt geflankeerd door twee agenten. De ene agent verwijdert de handboeien en de andere verzoekt de advocaat om met hem mee te lopen. Uiteindelijk blijven Sofie en Amar samen achter.
'Soof, bedankt dat je wilde komen.'
'Graag gedaan. Je wilde mij spreken, brand maar los.'
'Hoe is het met je?' Ze wil schreeuwen dat hij alles kapot heeft ge-maakt, maar ze beheerst zichzelf.
'Het gaat wel.'
'Ik ga de gevangenis in, voor een heel lange tijd en terecht. Ik heb een vreselijke fout gemaakt en ik ga mezelf hier niet verdedigen. Er zullen afschuwelijke dingen over mij gezegd gaan worden...Ik wil dat jij de waarheid hoort.'
'Waarom? Amar, ik voel niets voor je, niet op de manier waarop jij hoopt.'
'Nee, dat weet ik. Ik zag het in het ziekenhuis, hoe je keek naar die rechercheur. Zo heb je nooit naar mij gekeken.'
Ze geeft bewust geen antwoord, ze is Daniël toch kwijt en Amar mag ze niet afschrikken.

'Je vertelde mij over je neef, Jarkov toch?'
'Het hart op de tong, zo ken ik je weer.'
'Sorry, ik wilde je niet onder druk zetten.'
'Het is goed, Soof. We krijgen vast niet de hele dag. Ja, Jarkov kwam onverwachts weer bij ons wonen. Na zijn komst stopte mijn oom met het betalen van de maandelijkse toelage. Mijn oom en tante zijn officieel niet gescheiden. De rekeningen stapelden zich al snel op, mijn oom was onvermurwbaar en mijn tante moest op zoek naar een baan. Ze wilde zelfs het huis verkopen, maar Jarkov werd woest en wilde er niets van weten. Mijn tante en ik zijn, laten we zeggen, uit ander hout gesneden, vreedzamer. Jarkov is grotendeels opgevoed door mijn oom en dat is een harde. Jarkov was bij thuiskomst agressief en dominant, al snel wist hij dat ik stage moest lopen in een winkel en grapte dat hij wel voor extra geld zou zorgen...door een overval te plegen. Hij ging steeds meer drinken, was veel van huis en werd steeds dwingender naar mij om informatie over de winkel te delen. Eerst waren het vage plannen, er zou niemand gewond raken en ik ging steeds meer geloven dat het een oplossing was voor onze geldzorgen. Het plan was om alleen de winkel te overvallen en ik deelde alle informatie die jij mij gaf.'
Sofie wordt bij ieder woord meer onpasselijk, Amar merkt het en laat zijn hoofd beschaamd zakken.
'Waarom ben jij dan neergeschoten?'
'Toen de plannen concreet waren en Jarkov daarnaast besloot het waardetransport als bonus mee te nemen, besloot ik om eruit te stappen. Ondertussen raakte ik gehecht aan jullie, vooral aan jou. Je deed alles om mij te helpen een goed cijfer te halen en het idee dat één van jullie gevaar zou lopen...Ik kon het niet. Het was al te laat. Jarkov had jongens geronseld en hij kon zijn gang gaan ook zonder mijn hulp. Mijn tante smeekte mij om niet mee te doen. De angst dat Jarkov misschien wel in de gevangenis zou belanden, haar zoon achter de tralies, het zou haar kapot maken. Dus besloot ik om tegen te werken, te proberen om slachtoffers te voorkomen en tegen te werken zodat de overval zou mislukken...Uiteindelijk liep het juist

heel anders.'

'Je was die morgen al bij het winkelcentrum. Ik zag je niet in de bus.'
'Nee, ik had een bus eerder genomen. Jarkov wist dat niet. Ik had die tijd nodig om de vuilnisbak als obstakel voor de achterdeur te zetten. Ik had gehoopt dat het waardetransport dan veilig was. Hoe kon ik nou weten dat de geldloper uit zou stappen?' Sofies woede zwelt weer aan, verdedigt hij toch zijn daden. De woorden van Gerrit galmen tegelijkertijd door haar hoofd: "laat hém praten".

'Alles ging mis. Jij zou die morgen niet werken, maar Nina. En alsof dat nog niet erg genoeg was, stond er een compleet vreemde bij de buitendeur: Karin. Ik wist dat Jarkov door het lint zou gaan. Daarom smeekte ik je of ik nog even mocht gaan roken, Jarkov geruststellen.'
'Wow. Ik verbood het je. Door mij kon je niet naar Jarkov gaan.' Langzaam begint alles weer te draaien, onbewust heeft ze het noodlot over iedereen afgeroepen.

'Toen wist ik dat er geen weg meer terug was…Het was een kwestie van minuten voor Jarkov zou komen.' Sofies ademhaling gaat steeds sneller, ze wordt licht in haar hoofd. Dit is meer dan ze aankan, maar niemand zal haar te hulp schieten. Zij is het lokaas, ze heeft beet en iedereen kijkt toe, hoe ze wordt verslonden.

Vermanend spreekt ze zichzelf toe, hoe eerder Amar zijn vonnis tekent des beter het is.

'Toen ging de deurbel. Een moment zag ik je twijfelen, Sofie. Ergens wilde ik het uitschreeuwen, je op je verantwoordelijkheid wijzen. In plaats daarvan bevroor ik van angst en wist niet meer wat ik moest doen. Hoe ik de trap ben afgekomen, ik weet het niet meer. Je moet mij geloven, toen Jarkov binnenkwam heb ik hem gesmeekt om jullie niets aan te doen. Dat het toeval was dat jullie je niet zouden verzetten. Hij was razend, zijn ogen spoten vuur, zeker toen ik zei dat ik veel om jou gaf en ik het hem nooit zou vergeven als jou iets overkwam. Hij stormde de trap op, toen ik Karin hoorde krijsen, viel ik op mijn knieën. Die ander ging de keuken in en kwam aanzetten met een grote tas, zo'n duffelback. Hij zei dat er veel geld moest zijn en hij wilde de buit verdelen over meerdere tassen. Ik denk dat hij Jarkov niet vertrouwde, want hij ging daarna naar boven met de duffelback en liet mij alleen in het magazijn. Opeens zag ik een buitenkans. Ik verzamelde al de tassen die naar beneden werden gegooid en stopte alles van waarde in die ene duffelback en de andere tassen vulde ik met kleding, overduidelijk Nina's kleding. Het was doordrenkt met Chanel No. 5. De vuilcontainer stond nog netjes voor de achterdeur, dus ik troostte mezelf met het idee dat het waardetransport afstand zou houden. Ze konden niet veilig parkeren voor het pand, de achterdeur stond zelfs op een kier. Zoveel rode vlaggen, ik hoopte dat de geldlopers de politie zouden bellen bij zoveel onraad. Ik besloot de duffelback in de vuilnisbak te dumpen, dan was het geld veilig. Ik had hoop dat de schade beperkt zou blijven, dat Karin zou vechten voor haar leven. Toen ging de buitendeur verder open en stond ik oog in oog met een vreemde man.

'Dennis?'

'Ja, volgens mij wel. Op hetzelfde moment hoorde ik de dieselmotor van het geldtransport aankomen. In een seconde had ik mijn besluit genomen. Ik duwde die Dennis de duffelback in zijn handen en een gouden kettinkje met de opdracht om het sieraad bij het penthouse af te geven als cadeau voor mijn tante.'

'Wacht even, nu begrijp ik het niet meer. Waarom zou je je eigen familie verraden?'

'Toen Dennis verscheen, wist ik het zeker, het liep volkomen uit de hand. Jarkov zou jullie zeker niet meer laten leven en mij ook niet. Jarkov vertrouwde mij al niet meer, dat liet hij duidelijk merken toen ik de deur voor hen open deed. Ik bèn medeplichtig…Ik wìst dat ik de gevangenis in zou gaan. Dit was mijn manier om de politie te helpen om alle daders snel te achterhalen. Dennis schreeuwde als een klein kind, toen ik een pistool op hem richtte en hem dwong de duffelback mee te nemen. Al snel zette hij het op een lopen. Ondertussen hoorde ik het alarm van het waardetransport dat achteruit reed en toen ging alles zo snel. Die handlanger kwam de trap af, liep naar buiten en begon te schieten. O God, de geldloper gilde zou hard…Ik krijg het niet uit mijn hoofd. Toen krijste jij het uit en de laatste die ik zag, was Jarkov. Daarna werd alles zwart en toen werd ik wakker in het ziekenhuis.'

'Amar, ik...' Opeens vliegt de deur open, agenten stormen de kamer binnen. Amar wordt vastgegrepen, zijn hoofd op de tafel gedrukt. Sofie deinst achteruit, verliest haar evenwicht en struikelt over haar eigen stoel. Iemand slaat beschermend armen om haar heen. 'Het komt goed lieverd. Het is voorbij.'

'Kan iemand een ambulance bellen!'

'Crisis, Van Dam, beheers je. Dit was jouw idee, deal met de gevolgen.' Sofie heeft haar handen om de toiletpot geklemd, een volgende golf braaksel komt opzetten. Een agente wrijft zachtjes over haar rug. 'Rustig aan, Sofie, we gaan hier samen doorheen.' 'U was het, de centralist, de dag van de overval.' 'Kom Sofie, dan gaan we even zitten. Gerrit, regel een emmer.' Sofie loopt krom van het zuur dat brandt in haar slokdarm.' Hier, wat lauwe thee, mijn oma zei altijd dat dat het beste recept is.' Dankbaar pakt Sofie het bekertje aan en neemt een paar kleine slokjes. Eindelijk heeft ze een gezicht bij de vrouw die haar, net na de overval, ervan overtuigde om hulp binnen te laten.

'Gaat het, of moeten we iemand naar je laten kijken?' 'Nee, het gaat wel. De spanning werd mij iets te veel, denk ik.' 'Goed zo. Je hebt het prima gedaan. We hebben meer dan waar we op hoopten.' 'Mag ik nu naar huis?' 'Bijna meid, we willen nog een paar dingen doornemen en dan word je thuisgebracht.' Zachtjes wordt er op de deur geklopt, Gerrit steekt zijn hoofd om de hoek. 'Mevrouw Ventura? Ik wil de zaak met u afronden, helaas word ik in de rechtbank verwacht. Heeft u er problemen mee als de heer Van Dam de laatste puntjes met u doorneemt?'

'Kan niemand anders het van hem overne...' Dan ziet ze Daniël staan, die haar overduidelijk heeft verstaan en begrepen. 'Uiteraard. Een moment nog, ik ga op zoek naar een andere collega.' 'Nee, dat hoeft niet. Sorry, ik begreep u vast niet goed. De heer Van Dam is prima.'

'Daniël, mevrouw Ventura verwacht je.' Sofie durft haar blik niet op te heffen en staart naar de grond. 'Sofie, het spijt me. Het spijt me van alles.' 'Het is goed. Je wilde mij nog wat vragen stellen?' 'Ja, laten we het zakelijk houden. Heb jij nog vragen?' Sofie schudt licht haar hoofd, ze wil zo snel mogelijk naar huis. 'Oké, Amar heeft de bekentenis inmiddels ondertekent. Hij heeft zijn medewerking toegezegd om compositietekeningen te laten maken van de handlangers. Uiteraard is een arrestatiebevel uitgevaardigd voor Jarkov en daarmee is de zaak, althans voor ons, momenteel klaar. 'Wat wordt mijn straf?' 'Hoe bedoel je?' 'Nou, je hebt mij toch niet voor niets laten afvoeren door je collega's. Het lijkt mij dat jullie zo'n kans niet voorbij laten gaan.' 'Het was een tactiek.' 'Het was een wat?' 'Nogmaals het spijt me, ik moest je breken. Het onderzoek kwam in een stroomversnelling, jij was onze enige troef voor Amars bekentenis en toen je aan kwam met het gedichtje en de ketting…Ik zag mijn kans schoon.' 'Was ik alles waarop je hoopte?' 'Je bent meer voor mij, dat weet je. Als ik het over kon doen, dan…' Fel steekt ze haar hand omhoog, meer hoeft ze niet te weten. Snel schakelt Daniël weer over op het onderzoek. 'Dennis heeft vanmorgen een verklaring afgelegd tegenover de Deense politie. Hij heeft inderdaad de duffelback tijdens de overval meegenomen. Vanwege jurisdictieproblemen duurde het even voor een Nederlandse rechter een huiszoekingsbevel kon ondertekenen. We hebben het geld en de sieraden gevonden in de duffelback in de lege woning van Dennis en Frederique. De handafdruk die we op de buitendeur van de drogisterij vonden, blijkt inderdaad van Dennis te zijn. Uiteindelijk heeft hij de waarheid verteld. Door deze ontwikkelingen, samen met wat Amar heeft verklaard, is de zaak opgelost. Jij en al je collega's gaan vrijuit. Mevrouw Tahiri zal ook vervolgd worden voor haar rol, maar ik verwacht dat het OM mild voor haar zal zijn.'

'Nou, ik ben blij voor je. Kan ik nu gaan?' 'Nog één ding Sofie, het gaat over de zaak tegen Leonard.' 'Wat heeft Leonard hiermee te maken?' 'Je bent vandaag meerdere keren gebeld, herken je dit nummer?' Daniël overhandigt haar mobiel.' Eh, ik zou niet zo snel

weten van wie dit nummer is, maar jij gaat mij dat vast vertellen.'
'Het is van Leonard en hij heeft met dit nummer de winkel ontelbare
keren gebeld. Sofie, Leonard was jullie telefonische stalker.'
'Weet je Daniël, ik wil naar huis. Leonard is een lafaard en binnenkort
zal hij zich moeten verdedigen bij de rechter. Cathelijne moet haar
leven weer oppakken en, als je het goed vindt, ga ik dat nu ook doen.'
Direct maakt ze aanstalten om te gaan. 'Sofie, wacht. Ik ben een
ongelooflijke lul voor je geweest deze laatste 24 uur. Eén ding weet
ik zeker, ik wil je niet kwijt en, voor je iets zegt, ik denk dat we even
afstand moeten nemen, alles laten bezinken en dan verder kijken.'
Die verwachtingsvolle blik in zijn ogen, dezelfde blik als de eerste
keer toen ze hem zag in het ziekenhuis. Ze houdt van hem, maar
voor nu kan ze hem nog niet vergeven. 'Zal ik je thuisbrengen?' De
hoop in zijn stem, ze mag hem niet kwellen. 'Nee, ik neem een taxi.
Ik bel je wel als ik daar aan toe ben.' Daarna verlaat ze het pand.

'Dat wordt dan €15.75.' 'O, ja natuurlijk.' Nerveus grabbelt Sofie in
haar tas. 'Het wisselgeld mag u houden.' 'Dat is erg vriendelijk van u,
fijne avond.' 'U ook.' Sofie verlaat de taxi. Even kijkt ze naar boven, in
haar appartement brandt geen licht. Zou Cathelijne elke avond in het
donker zitten, vraagt ze zichzelf af, terwijl ze de parkeerplaats
oversteekt. Stiekem hoopt ze dat Cathelijne al ligt te slapen, zodat zij
ongemerkt in haar bed kan glippen. Ze is hoopvol, tegelijkertijd
realistisch. Cathelijne is een nachtmens, een onverwoestbare party-
locomotief. Tijdens het stappen legt Sofie het vrijwel altijd af
tegenover haar hartsvriendin. Officieel mag ze dan een vrije vrouw
zijn, in elk opzicht eigenlijk. Toch zal er met haar nieuwe mede-
bewoner de nodige spanning in huis zijn. Hopelijk wordt snel een
datum voor een rechtszitting gepland. Leonard krijgt zeker een
contactverbod, al hoopt ze dat de rechter hem nog veel zwaarder zal
straffen. Het portaal van de flat is verlaten en de lift brengt haar naar
de zevende verdieping. Vanaf de galerij kijkt ze uit over het meer dat
even verderop ligt. Het is een uitzonderlijke zachte avond, bijna
windstil en het water kabbelt rustig door. Golfjes tikken de kant aan,

duiken onder en sluiten achter in de stroom weer aan. Het kalmerende effect dat het altijd op haar had, voelt ze niet meer. Leeg, gevoelloos, zwevend is ze. Wat ze ook aanraakt, het wordt door haar zintuigen niet herkend, de signalen bereiken haar hersenen niet meer. Ze is uit de dood opgestaan, maar het leven is uit haar gezogen. Angst regeert en beheerst haar hele functioneren. Als je een liefdeloos huwelijk al geen nieuw leven in kan blazen, wat voor weg zal zij dan moeten afleggen. Haar ziel is vergrendeld, op slot en de sleutel is weggeworpen. In welke richting moet ze zoeken? Moedeloos grijpt ze de reling vast. Ze wil de kou voelen van het ijzer, het leven voelen. Haar hoofd bonst, haar maag blijft zich maar samentrekken, ze is fysiek ziek. Haar benen voelen als dunne stokjes, breekbaar. Als ze nu springt is alles voorbij, geen angst meer, geen pijn en geen strijd. Ze is vervangbaar, geen man, geen kinderen...slechts Jacky. Jerry! Ze is nu op zo'n zelfde punt, om op te willen geven, te stoppen met vechten. Ze veroordeelde zijn gevoel, zijn besluit om uit het leven te willen stappen, maar blijkbaar heeft iedereen zijn grenzen en daar mag je als buitenstaander geen mening over geven. Nee, ze geeft het niet op, ze gaat knokken om haar bestaan weer op te bouwen. Als eerste doel stelt ze zich om Jackie bij Leonard op te halen. Kinderstemmetjes omringen haar. O nee, het is officieel. Ze is gek geworden. Ze hoort dingen die er niet zijn. Wat is de volgende fase? Volkomen krankzinnigheid? De schrille decibellen zwellen aan, met haar ogen zoekt ze de parkeerplaats af. Als haar ogen de zwarte Chrysler Voyager van haar zus vinden, krijgt ze pas weer lucht. Ze is niet gek, althans nog niet. Haar fonkelnieuwe voordeursleutel glijdt bijzonder soepel in het slot en voorzichtig opent ze de deur. Het appartement is inderdaad in duisternis gehuld. Zo zachtjes mogelijk trekt ze haar jas en schoenen uit. Ook al voelt ze aan alles wat er komen gaat, de zenuwen gieren door haar lijf. 'Surprise!' 'Nee, nee...nee!!' Sofie krijst het uit en slaat haar handen voor haar gezicht. Het felle licht verblindt haar en prikt in haar ogen. Bevend, snikkend laat ze zich op haar knieën vallen, ze maakt zich zo klein mogelijk. 'Mam, ik denk dat Sofie de verrassing niet leuk vindt.' 'Iedereen naar de kamer.' Het is de onmiskenbare stem van haar tante Leila. 'Nou, lekker ben jij hoor, typisch iets voor jou. Je weet een verrassing weer eens flink te verpesten. Ruben is zich rot geschrokken van jouw hysterische reactie. Ga staan en doe effe normaal...' 'Leila, alsjeblieft, laat haar even bijkomen. Ik zei toch dat dit niet zo'n goed idee was.' 'Ach houd toch je mond, Charles. Denk maar niet dat ik het niet weet. Sofie is altijd je lieverdje geweest, je eigen dochter zie je niet eens staan. Alles draait altijd om haar daar. Kijk haar eens liggen, aanstelster. Typisch haar moeder.' 'Nu is het genoeg, laat haar met rust.' 'Ach man, je bent een slappeling. Dat jij je nou laat inpakken door deze zielige vertoning. Ze mag blij zijn dat ze er ongeschonden vanaf gekomen is. Ik heb pas echt te doen met de families van die meisjes, zij moeten verder leven zonder hun geliefden om hen heen. Trouwens, mag ik je eraan herinneren dat Sofie er ook een hand in heeft gehad. Zij had de buitendeur dicht moeten houden...' 'En nu is het genoeg, Leila, je gaat te ver!' Briesend stampt haar tante richting de woonkamer, voorzichtig probeert Sofie overeind te komen. 'Het spijt me Charles.' 'Lieverd, luister toch niet naar haar, dat doe ik al jaren niet meer.' Sofie moet er eigenlijk wel een beetje om lachen. Cathelijne komt langzaam dichterbij. 'Soof, gaat het weer een beetje? Het spijt me, ik heb mij mee laten slepen. We dachten...nou ja, we wilden je een beetje opvrolijken.' 'Cat, het geeft niet. Kom, help mij eens overeind, dan gaan we bij de rest kijken.' Als Sofie de woonkamer binnengaat, wordt ze begroet door acht kleine handjes. Tranen van blijdschap komen opzetten bij het zien van haar neefjes en nichtje. 'Kijk tante Fie, ik heb een toverjurk aan.' De kleine Cato draait een paar rondjes en de tule waait op. 'Je ziet er prachtig uit, Cato. Ik heb jullie zo gemist.' 'Waar ben je eigenlijk geweest? We hebben je zolang niet gezien.' 'James, kom eens.' Ze wenkt haar veel te slimme neefje naar zich toe. 'Ik heb een heel lange vakantie gehouden.' 'Waarom moest je dan zo gillen? Vakantie is toch leuk...' 'Oké jongens, laten we tante Sofie even bijkomen en neem een pannenkoek.' Eduard steekt zijn hand uit. 'Welkom terug. Blij om je zo...Nou ja, ik ben gewoon blij dat het beter met je gaat.' 'Dank je wel, Eduard, ik ben ook blij om weer terug te zijn.' 'Mijn kleine zusje! Kom eens hier.' Astrid slaat haar armen stevig om Sofie heen. 'Sorry, het was mijn idee en van Bernadette.' Die komt op haar beurt met een bord vol pannenkoeken de woonkamer binnen. 'Etenstijd.' Bernadette klapt in haar handen en iedereen stuift naar de geïmproviseerde tafel. Ruben zit in zijn eentje in een hoekje, Sofie kruipt naast hem op de grond. 'Hey kerel', zegt ze terwijl ze haar hand door zijn haren woelt. 'Je hebt vierentwintig keer pannenkoeken eten overgeslagen. Twaalf potjes memory, twaalf keer niet voorgelezen...' 'Oké, kleine man, je hebt gelijk, zoals altijd. Hoe kan Sofie het goedmaken.' 'Je kunt die keren niet inhalen, want dat kan niet qua tijd. Tijd kun je niet inhalen, want dat zou betekenen dat het jaar langer moet worden. Je kunt niet meer weken in een jaar stoppen, dus je kunt het niet meer goedmaken.' 'Weet je, Ruben, misschien heb ik jou wel het meest gemist van iedereen.' 'Wat is "missen"?' 'Ik heb je te weinig gezien, we hebben te weinig leuke dingen samen gedaan.' 'O, dat had je toch meteen kunnen zeggen.' 'Hey, wat zie ik nou, heb je een nieuw boek?' 'Ja, van oma gekregen.' Sofie kijkt direct naar Leila, zijn oma, de zus van háár moeder. 'Soof, er is iemand voor je aan de deur.' Nieuwsgierig staat Sofie op en niet begrijpend kijkt ze Bernadette aan. 'Cathelijne, het bezoek komt ook voor jou...' Als Bernadette een stap opzij doet, ziet Sofie niemand minder dan Daniël bij de voordeur staan. 'Het spijt me dat ik jullie stoor, mag ik even binnenkomen.' Overrompeld doet Sofie een stap opzij en laat Daniël binnen. 'Waar kunnen we even rustig praten?' 'Loop maar mee naar mij kamer.' En Cathelijne gaat voorop. Daniël sluit de deur achter zich. 'Jullie kunnen beter even gaan zitten.' 'Wat is er aan de hand Daniël? Man, je maakt mij bang.' 'Cathelijne, het spijt me, maar er heeft een brand gewoed in jouw appartement.' 'Wat! Dat meen je niet, in mijn huis? Hoe kan dat nou...' 'Jackie, Jackie... Daniël, waar is Jackie?' 'Je moet mij geloven Sofie, de brandweer heeft er alles aan gedaan...maar Jackie heeft de brand niet overleefd. Er niets meer over van de woning.' Vol ongeloof blijft Sofie Daniël aanstaren, nu is ze alles kwijt. Alles waar ze voor leefde, is weg. 'Natuurlijk zijn wij een onderzoek gestart, volgens getuigen was eerst een explosie te horen. Ik moet deze vraag stellen. Cathelijne, zou jij iemand weten die deze brand bewust kan hebben veroorzaakt?' 'Leonard natuurlijk.' Cathelijne is stellig in haar antwoord, maar Sofie moet direct aan iemand anders denken: "We zouden toch niet willen dat u vannacht onverhoopt slecht zal slapen." 'De advocaat van de familie Tahiri heeft mij bedreigd.' Sofie vertelt precies wat er die middag is voorgevallen. 'Maar Soof, dat betekent… Ik heb die gasten in de winkel ook gezien…Straks komen ze hierheen. We moeten hier zo snel mogelijk weg.'

'Mijn gevoel zegt dat het dat loeder van een Leonard is, alhoewel. Ik neem geen enkel risico met die Rus. Jullie zullen hier inderdaad weg moeten en wel zo snel mogelijk. Is er een plek waar jullie terecht kunnen? Gewoon een paar weken, totdat wij de zaak hebben kunnen onderzoeken.'

'Ik heb alleen directe familie hier in de buurt, wat aftakkingen in Italië…' Hoopvol kijkt Sofie naar Cathelijne. Haar hersenen draaien op vol vermogen, al lijkt ze meer in shock dan tot antwoorden in staat. 'Voor nu lijkt het mij het beste om jullie spullen te verzamelen en daarna kijken we verder.' Als een robot staat Cathelijne op en verlaat de kamer. 'Lieverd, je bent niet alles kwijt, je hebt mij nog.' Een uiterst voorzichtige Daniël knielt voor Sofie op de grond. Dit moment is ze zwak, kwetsbaar, gebroken door verdriet. De man voor haar is een jager. Hij jaagt op alles waarvoor zij zover mogelijk uit de buurt wil blijven. 'Ik heb tijd nodig, Daniël.' 'Je krijgt alle tijd die je nodig hebt, maar ik moet het weten. Maak ik nog een kans?' Zijn altijd perfect zittende haar steekt alle kanten op. Geen aftershave, maar een indringende brandlucht hangt om hem heen en zijn pak zit onder de roetvegen. Spontaan kust ze hem. 'Soof, ik…' Voor hij nog een woord uit kan brengen, staat ze op. 'Ja, misschien maak je nog een kans.'

Sofie staat bij haar opengeslagen koffer. Opnieuw zal ze haar eigen huis moeten verlaten voor ander veilig onderkomen. Daniël heeft iedereen zonder pardon naar huis gestuurd en Cathelijne is in telefonisch overleg met haar nicht in Parijs. Als laatste legt Sofie een foto van haar en Jackie in de koffer en ritst hem dicht. Ze is bijna klaar voor vertrek naar de lichtstad. Daniël zal zo wel terugkeren, hij is naar het ziekenhuis om haar laatste spullen op te halen. Aankomende nacht zullen ze bij hem thuis doorbrengen. 'Ben je er klaar voor?' Sofie legt haar hand op de koffer. 'Ja, ik denk het wel.' 'Mooi. Louise wacht morgen op ons bij het Centraal Station en we mogen zo lang blijven als dat nodig is.' 'Dat is zeer ruimhartig van haar,' en dat meent Sofie. Wie neemt er nou vrijwillig twee potentiële doelwitten in huis, misschien zit overdreven positiviteit wel in hun genen. 'Cat, gaat het allemaal wel met je?' 'Ja en nee. Ik wilde toch nooit meer terug naar het appartement, maar het doet zeer om alles met emotionele waarde kwijt te zijn. Ik ben nu verplicht om een nieuwe start te maken, in de meest letterlijke zin van het woord.' Er wordt zachtjes op het raam geklopt, dat zal Daniël zijn. Voorzichtig opent Sofie de voordeur, haar hart maakt een sprongetje als ze de man om wie ze zoveel is gaan geven, voor zich ziet staan. 'Dames, zijn jullie zover?' Zowel Sofie als Cathelijne pakken hun koffer en verlaten het appartement.

De volgende morgen zit Sofie ongemakkelijk naast Daniël in de auto. Op de achterbank zitten Cathelijne en Anne en het is Cathelijne die Anne in geuren en kleuren vertelt wat zich de afgelopen twaalf uur heeft afgespeeld. Sofie staart naar buiten, haar gedachten dwalen af naar vannacht. Ze lag noodgedwongen naast Daniël in bed, doodstil. Daniël zocht wel toenadering, zij hield hem af. Eindelijk waren ze dan samen, in één bed. Niet eerder zo dicht tegen elkaar aan, zijn lichaamswarmte voelbaar. Toch vulde haar innerlijk zich niet met hartstocht, eerder afschuw. Hij had gelijk, ze zijn te verschillend. Hij heeft haar gebruikt, het politieonderzoek was "een hoger doel". Hij heeft naar haar gekeken, hoe ze de verklaring uit Amar trok en niets gedaan, slechts toegekeken. Zijn drive om daders op te sporen, achter de tralies te krijgen en uiteindelijk aan vrouwe Justitia over te leveren is belangrijk voor hem, te belangrijk. Lang geleden heeft ze geleerd dat je mensen niet kunt veranderen en dat ook niet moet willen. Zelf kun je wel veranderen, maar zij wil niet veranderen. Toch heeft Daniël haar hart geraakt, of verwart ze medelijden met liefde? Op welke plek kun je daar het beste over nadenken? In de stad van de liefde.

'Stap alsjeblieft in die trein, anders barst ik nog in tranen uit.' 'Ach lieverd, dat zijn de zwangerschapshormonen.' 'Tuurlijk, laten we daar alles op gooien.' Een heftig transpirerende Anne dept haar voorhoofd af. 'Cathelijne, heb jij alle bagage?' 'Yep, ik zoek alvast een plaatsje voor ons.' Sofie omhelst Anne, die het niet meer droog houdt, stevig. 'Waarom moeten jullie nu weggaan? Ik blijf helemaal alleen over.' 'Lieve schat, voor nu is het beter zo. Als de zaak opgelost is en het is veilig, komen we terug.'
'Kom je écht weer terug? Ik bedoel in de winkel?'
'Ik beloof niets. Als ik een besluit heb genomen, dan ben jij de eerste die het hoort.'
De conducteur geeft het fluitsignaal, de laatste kans om in te stappen. Nog éénmaal omhelst ze Anne. 'Zorg goed voor jezelf en de kleine.'
'Ja, ga nu maar.'
'Dag Sofie.'
'Dag Daniël, bedankt voor alles.'
'Hier.' Hij overhandigt haar een mobiele telefoon. 'Alleen mijn nummer bellen, ik houd je op de hoogte.' Sofie stapt de wagon in, de deuren sluiten zich. Als de trein in beweging komt, verdwijnt het perron langzaam uit het zicht.

Epiloog

Twee maanden later

Sofie kreunt als de wekker gaat, met haar hand tast ze het nachtkastje af. Nog heel even wil ze blijven liggen. Het is broeierig warm in de kamer, toch trekt ze de dekens stevig om zich heen. Opeens beseft ze welke dag het is. Met haar benen schopt ze de dekens van zich af en ze schiet in haar pantoffels. Terwijl ze het douchewater laat stromen, kiest ze haar outfit voor vandaag: een spijkerbroek en haar lievelingssweater. Twijfelend kijkt ze ernaar en legt dan het setje snel terug. Dit wordt een bijzondere dag en daar hoort een gepaste uitdossing bij. Met in haar ene hand een pantalon met bijpassende blouse en in haar andere hand een fleurig jurkje, kan ze nog steeds geen keuze maken. Eerst douchen, dan beslissen. Vandaag krijgt Anne te horen of ze een jongen of meisje krijgt en zij zal daar getuige van zijn.

'Je komt te laat!' 'Ja, ik kom!' Anne probeert zich met veel moeite in een jurkje te wurmen. De spiegel toont het eindresultaat, ze lijkt wel een ingesnoerde rollade. 'Ik háát zwanger zijn!'
'Je bent prachtig.' Verschrikt kijkt ze op, Ricardo staat met een dampende kop koffie in de deuropening. 'Deze pas ik écht niet meer, hoor', snauwt Anne hem toe. 'Oké lieverd, je hebt gelijk. Hooguit iets te strak.' Uitgeput neemt Anne plaats op het bed. 'Ik geef het op. Ik heb echt niets om aan te trekken.' 'Dat valt vast wel mee.' Ricardo overhandigt Anne de koffie en duikt de kledingkast in. Na de derde 'Néé!' volgt een: 'Misschien.' Hij legt het jurkje naast Anne op bed en kust haar teder. 'Ik maak ondertussen wel een ontbijtje voor je.' 'Pak het maar in. Ik moet zo gaan, anders kom ik te laat.'

Al uren ligt Leonard naar het plafond van zijn smoezelige hotelkamer te kijken. Dit is de dag van de waarheid en het oordeel. Het maakt hem onrustig, te onrustig om te kunnen slapen. Het kersverse bruidspaar in de kamer ernaast heeft zijn humeur ook geen goed gedaan. Hij draait zich op zijn zij en pakt de foto van Cathelijne. Zachtjes streelt hij het fotopapier. De mooiste, de liefste, de perfecte vrouw. Met een vloeiende beweging klikt hij de Zippo open. Het vlammetje danst heen en weer, likt aan het puntje van het glossy papier, hongerig, gretig naar meer. Al snel geeft hij het vuur vrij spel, het aandenken smeult weg in de glazen asbak. Vastberaden verlaat Leonard het bed, zijn horloge zet hij gelijk aan de radiografische klok aan de muur. Vandaag is een dag van totale controle. Ook zijn rugzak ondergaat een grondige inspectie, dan is het tijd. Zonder verder om te kijken trekt hij de kamerdeur achter zich dicht en gaat op weg naar de bushalte.

Jarkov veegt het zweet van zijn voorhoofd, draait met zijn hoofd en schouders ter ontspanning. Zijn dagelijkse ochtendritueel is ten einde, honderdvijftig push ups als sluitstuk. De adrenaline pompt door zijn lijf. Zijn kick, hij leeft erop. Nog een laatste maal neemt hij de verrekijker ter hand en tuurt de straat af. De kust is veilig, zijn taak zit erop. Hij schudt aan de arm van Diego, die ontwaakt en knikt kort. De boodschap is duidelijk, vanaf nu is het ieder voor zich. Jarkov pakt zijn legergroene plunjezak, niet echt het meest onopvallende bagagemiddel, maar groot genoeg om zijn volautomatische AK47 te verhullen. 'Man, wat een ding, hé.' Jarkov vertrekt geen spier als hij de canvaszak dichtknoopt. 'Ik hoop dat het je lukt en dat je uit handen van de smeris kan blijven.' 'Mijn wraak zal zoet zijn.' Met die woorden verlaat Jarkov hun schuilplaats.

'Rustig aan maat, we zijn ruimschoots op tijd.' Een lijkbleke Gerrit zet zich schrap voor de volgende bocht. Hij prijst zich gelukkig dat het aankomende verkeerslicht op oranje springt. In plaats van dat hij de auto afremt, trapt Daniël het gas flink in en rijdt vol door rood.

'Ben jij helemaal je verstand verloren. Ik heb een gezin thuis, een vrouw die mij vanavond aan de etenstafel verwacht, niet tussen zes planken.' Daniël zwijgt en drukt het pedaal nog verder in. Gerrit voelt zijn ontbijt omhoog komen. 'Het is die meid, hè, die Sofie. Ze maakt je knettergek!' 'Bemoei je met je eigen zaken.' 'Dit is mijn zaak "partner". Laat haar gaan, ze is het niet waard.' 'Bek houden, Gerrit. Ik meen het.' Daniël gooit het stuur om en rijdt met gierende banden de Adelheidsstraat in, slechts een straat verwijderd van het gerechtsgebouw. 'Die Leonard is van mij!'

Annes voeten knellen in haar pumps. Misschien wordt het tijd om zich over te geven aan moeder natuur. Ze dijt uit, nu al en ze moet nog twintig weken. In de verte ziet ze de bus al aankomen, nog even en dan zal ze Sofie eindelijk weer in de armen kunnen sluiten. Al die weken van onzekerheid, dat is nu voorbij. Alles is voorbij. Vandaag is de rechtzaak tegen Leonard, hij heeft een deal met het OM gesloten. Cathelijne zal vandaag in de rechtzaal aanwezig zijn, onder voorwaarde dat Leonard zich overgeeft. Amar zit al veilig opgesloten in de gevangenis in Vught en van zijn broer en handlangers is niets meer vernomen. De politie heeft het sein "veilig" gegeven en daar is Anne maar wat blij mee. Ook zij heeft een deal gesloten en die wordt vandaag ingelost.

'Het laatste stuk lopen we en ik rijd terug, maat!' Daniël negeert de hysterie van Gerrit en rijdt de wagen in het eerste vrije parkeervak. 'Nou ik leef, maar daar is alles mee gezegd. Jij gaat je shit regelen, Daniël, anders vraag ik om een andere partner.' 'Wees gerust Gerrit, die vind je niet. Niemand wil tegen die lelijke kop van jou aan kijken, laat staan al dat gezeik aanhoren.' 'Ga lekker naar de hoeren, klootzak.' 'Als je achter je kijkt, zie je het gerechtsgebouw', zegt Daniël terwijl hij zijn binnenspiegel zover mogelijk naar rechts draait. 'Oké, Sherlock en hoe weten we of die Leonard niet al binnen is?' Daniël haalt zijn mobiel tevoorschijn. 'Ten eerste, ik zie die gammele bak van zijn advocaat nog nergens staan en ik heb er een mannetje op gezet en die ga ik nu bellen.'

Zenuwachtig beent Leonard heen en weer. Op deze belangrijke dag draait alles om de perfecte timing. Hij moet zich snel kunnen verplaatsen en, indien dat nodig mocht zijn, uit de handen van justitie blijven tot zijn doel is bereikt. Het openbaar vervoer is niet ideaal. Hij heeft er een schijthekel aan en niemand, maar dan ook niemand zal hem zoeken in een stadsbus.

Jarkov is uit zijn comfortzone, hij is de controle kwijt. Het is hem al twee keer gelukt om uit de handen van de smeris te blijven, maar nu zal hij zich onder de mensen moeten begeven. Zijn geliefde auto, mobiele telefoon en andere persoonlijke spullen heeft hij gedumpt. Alles wat hij nog heeft, is zijn wapen en dat gaat hij inzetten, het liefst zo snel mogelijk.

'Akkoord. Ja, wij blijven in onze positie, vanuit onze wagen hebben we goed zicht op de ingang van het gebouw en het voorliggende plein. Bel me wanneer dat loeder zijn gezicht laat zien.' Als Daniël langer dan nodig op zijn beeldscherm blijft kijken, kan Gerrit het weer niet laten. 'Ze heeft nog steeds niets van zich laten horen, hè?' Op dit soort momenten zou Daniël een partner willen die hem niet door en door kent. Er is geen dag voorbij gegaan waarin hij niet aan Sofie heeft gedacht en al die tijd is het vanaf haar kant stil gebleven. De dader van de verwoestende brand is niet gevonden, de hoop hierop vervlogen. Vanwege de deal die Leonard met het OM heeft gesloten, zijn Cathelijne en Sofie uit Parijs gekomen. Al ruim zesendertig uur zijn ze terug en nog steeds is er geen enkele vorm van toenadering van Sofie haar kant geweest. Op professioneel gebied hebben ze niets meer met elkaar te maken. Hoogstwaarschijnlijk is Jarkov de Russische grens weer over. Terug naar het hol van zijn vader bij de FSB, de Russische geheime dienst. Zijn handlangers zijn ook van de radar, als ze ooit al in het vizier waren. Die ene nacht lag Sofie naast hem. De lavendelachtige geur van haar haren, haar perzikkleurige huid. Hij brandde van verlangen, zij niet. Als een plank lag ze op het randje van het matras, zijn schuld. Sinds die nacht beseft hij wat hij heeft aangericht en achtervolgt hem dagelijks een schuldgevoel, wroeging en een gevaarlijke dosis zelfverwijt.

Leonard heeft zich in de luwte van een kantorencomplex voor het gerechtsgebouw verschanst. Over een half uur zal de officiële ontmoeting tussen hem en Cathelijne plaatsvinden. Argwanend scant hij de hele omgeving, nergens is een spoor van Cathelijnes nabijheid te vinden. Eén van haar slechtere eigenschappen is altijd op het allerlaatste nippertje aanwezig zijn, vandaag is zijn hoop hierop gevestigd. Onder geen geding gaat hij vrijwillig het gerechtsgebouw binnen. Hij ziet het al voor zich hoe de politie hem voor de ogen van zíjn vrouw in de boeien slaat. Zijn vrouw, zijn zwangere vrouw. Uit zijn jaszak haalt hij het rompertje, zijn bewijs dat hij de waarheid weet.

'Ik ben echt sprakeloos…een meisje.' Anne knijpt Sofie hard in haar arm. 'Hey, dat doet zeer.' 'Sofie, het wordt een meisje. Een meisje!' 'Ik ben zo blij voor je, bedankt dat ik mee mocht. Zag je dat hartje kloppen, wat een wonder.' 'Heb jij de afdrukken van de echo?' 'Ja, in mijn tas.' 'Zal ik Ricardo bellen?' 'Nee, zoiets vertel je toch niet over de telefoon. Vraag anders of hij ons opwacht bij de bushalte, tot hoe laat is hij in vergadering?' 'Geen idee, maar ik denk dat hij dat wel redt. Wacht even, dan stuur ik hem een berichtje.' 'Schiet wel op, want volgens mij komt de bus er al aan.'

Nu moet hij uitkijken, het gerechtsgebouw ligt aan zijn linkerzijde. Om bij het station te komen, moet hij het passeren. De canvaszak slingert hij over zijn andere schouder, gewoon voor de zekerheid. Hij zal deze missie volbrengen, niet weer falen. De spanning in zijn lijf loopt op, had hij de stalen zenuwen van zijn vader maar geërfd. Gewetenloos, barbaars en wreed. Zijn vader beheerst het allemaal, hij niet. Zweetdruppels verschijnen op zijn voorhoofd, zou Alexia veilig zijn? Hij weet het niet en zal het nooit weten. Zes maanden geleden hebben ze voor altijd afscheid van elkaar genomen. Nooit meer omkijken, nooit meer terugkeren naar Rusland. Hij kon de trekker niet overhalen, daarvoor hield hij te veel van haar. Niemand komt ooit meer in zijn hart, het vertroebelt zijn scherpte, liefde maakt blind. Hij had het moeten zien, ze werkte voor de CIA en was bereid hem uit te leveren. Zijn vader zag het wel en droeg het onvermijdelijke aan hem over. Ze lag slechts een paar meter bij hem vandaan, zijn vinger op de trekker, vastbesloten. De tranen in haar grote ogen, smekend viel ze op haar knieën, daarna volledige overgave aan de dood. Niet zij, hij rende weg. Als een hond met de staart tussen zijn benen, regelrecht naar Nederland, naar de veilige armen van zijn moeder.

'Ik zeg het je eerlijk, Daniël, die gluiperd komt echt niet.' Daniël kijkt op zijn horloge, nog tien minuten voor de zitting begint. 'Oké Gerrit, dit keer geef ik je gelijk. Wat is je voorstel, dat loeder is ons iedere keer een stap voor.' 'Cathelijne als aas gebruiken. Niet hier, maar bij de drogisterij.' 'Tja…niet slecht. De vraag is alleen, hoe dekken we de risico's af.' 'Laten we het idee eerst met Cathelijne zelf bespreken, vanmiddag gooi ik het op het bureau in de groep. We komen er wel uit.' 'Zullen we maar gaan?' 'Ja, gassen maar. Hier verdoen we onze tijd.'

Een kerkklok in de buurt slaat twaalf keer, het is voorbij, hij is opnieuw bedonderd. Cathelijne is hier niet, maar waar is ze wel? Briesend van woede loopt hij weg van het gerechtsgebouw. Die hele wijvenclub bij elkaar, stelletje arrogante sletten. Wat denken ze nou, dat hij gek is? Ja, die Sofie waande zich veilig met haar nieuwe sloten in de voordeur. Ongelooflijke domme snol. Wie hangt er nou zijn reservesleutels aan de kapstok! De woning kon hij niet meer in, de brievenbus wel en dat was voldoende om Cathelijne in de gaten te houden. Hij vond het pakketje en het kaartje: Gefeliciteerd met je zwangerschap! Je zult een geweldige moeder worden. Liefs Sofie. Hoe had Cathelijne de zwangerschap en de baby, zíjn baby, bij hem vandaan willen houden? Ze hadden er gewoon over kunnen praten, een bezoekregeling kunnen treffen. Als dat geregeld was, dan had hij zijn straf ondergaan, nu niet. Plan B: als ze hier niet is, dan is ze in de drogisterij en met grote stappen vertrekt hij richting de bushalte.

Sofie bekijkt de foto's op haar mobiel in vogelvlucht, het gros is van haar en Anne samen. 'Wat vond je eigenlijk van mijn cadeautje?' Vol trots kijkt Sofie opzij. 'Eh…cadeautje?' 'Ja, ik had Astrid gevraagd om iets voor je te kopen als felicitatie voor je zwangerschap. Vast een miscommunicatie. In Parijs kon ik het gewoon niet laten…maar die kleertjes bewaar ik voor de babyshower.' 'Soof? Je hebt beloofd om vandaag mee te gaan naar de winkel…Dat ben je toch niet vergeten?' Sofie verstijft en zwijgt. 'Heb je Daniël eigenlijk al gesproken… Ik bedoel, nu je terugbent, verdient hij op zijn minst een telefoontje van je…' Het gepush van Anne beklemt haar, al heeft ze wel gelijk. 'Ja, ik ga met je mee naar het werk. Maar alleen een rondje door de winkel, als eerste stap, niet naar het kantoor en het magazijn. Tevreden?' 'Als je Daniël een berichtje stuurt wel.' 'Chanteur die je er bent. Dan moet jij nog een keer met mij op de foto.' 'Stuur eerst Daniël maar een bericht.' Sofie typt een kort bericht, maar wel met zorgvuldig gekozen woorden: "Als je alles loslaat, heb je twee handen vrij om de toekomst te omvatten". Deze boodschap begrijpt Daniël wel, ze is klaar voor de toekomst, samen met hem. Opeens klinkt er een zware stem door de luidspreker: "Halte Ridderhof". 'Soof, schiet op. Straks rijdt die bus verder en kom ik te laat.'

Hijgend staat Jarkov op het perron met een treinkaartje in zijn hand. Hij heeft het gered, ongezien is hij weggekomen. Voorzichtig haalt hij een sealbag uit zijn binnenzak, de lange bruine lokken er veilig in opgeborgen. Het bloed maakt het nog echter, geloofwaardiger. De trein komt aan denderen en piepend staal stijgt boven het geroezemoes van de menigte uit. Hij zal zich tot de grens schuilhouden in een toilet, tot zover loopt zijn plan gesmeerd. Zal zijn vader hem geloven? Geloven dat hij Alexia heeft opgejaagd dwars door Europa heen en uiteindelijk gedood. Missie geslaagd, haar schoonheid, haar bruine lokken afgesneden en als trofee in zakje meegenomen. Zijn moeder verraadt hem niet, zij zal niet vertellen dat zijn bewijs van een andere brunette komt. Amar was een offer dat gebracht moest worden. In de gevangenis maken ze een échte man van hem, net zoals hijzelf is geworden. Zijn killerinstinct is los, kent geen grenzen meer. Hij is klaar voor een gouden toekomst naast zijn vader, straks als opvolger. De trein stroomt leeg en hij glipt naar binnen. Als hij de toiletdeur op slot draait, daalt er berusting op hem neer. Het fluitsignaal van de conducteur klinkt, nog enkele secondes en hij laat Nederland achter zich, hopelijk voorgoed.

Anne stapt uit de bus het trottoir op met haar pumps in haar hand. 'Waar is Cathelijne?' Direct herkent ze de zware stem van Leonard, hij staat recht voor haar. 'Rot op man.' 'Zeg dat nog eens?' Dan kijkt ze recht in de loop van een revolver. 'Leonard? Wat wil je?' 'Waar is Cathelijne? Machtig, zijn jullie allemaal zwanger of zo?' Beschermend legt Anne haar hand op haar buik. 'Cat is hier niet…Ze is in Den Haag, bij de rechtbank.' 'Lul niet, daar is ze niet.' 'Rustig nou maar, er is vast een goede verklaring voor…' Een oorverdovende knal, vogels stuiven op uit de berken. Anne wankelt op haar benen, nogmaals een knal. Langzaam zakt ze in elkaar, kou valt als een deken van sneeuw over haar heen, met een diepe zucht verlaat ze haar lichaam. Zonder berouw kijkt Leonard naar het opbollende buikje: Hij geen baby, zij geen baby. Ziet hij het nou goed, zijn dag kan niet beter worden. Aan Annes voeten ligt Sofie. Behoedzaam stapt hij op haar af, de revolver op scherp. Zij gaat zeker niet praten, verbitterd kijkt hij op haar neer. Alle ellende is begonnen door het gestook van haar. Als ze haar hoofd opricht, twijfelt hij geen seconde. Hij richt het wapen en schiet. Van alle kanten verschijnen er mensen, terughoudend dat wel, maar vluchten is te laat. Hij zet de loop tegen zijn slaap en haalt de trekker over.

'Daniël, wacht!' Hijgend en puffend probeert Gerrit zijn partner bij te houden, maar hij geeft het op. Daniël rent de SEH op, trekt alle gordijnen open en stort zich dan op de balie. 'Waar is ze? Sofie Ventura! Welke kamer?' 'Meneer, ik moet u echt verzoeken om te vertrekken.' Zonder te stoppen rent hij door, dan ziet hij Astrid. 'Astrid?' 'Daniël! Wat ben ik blij om jou te zien.' 'Hoe is het met… Leeft ze nog?' 'Ja, ze leeft.' Met zijn handen op zijn ogen geslagen valt hij op zijn knieën, ze leeft en hij laat haar nooit meer gaan.

Nawoord van de auteur

Op 6 april 2000 vond er, in winkelcentrum de Ridderhof in Alphen aan den Rijn, een gewapende overval plaats op een vestiging van een bekende drogisterijketen.

Zelf was ik één van de slachtoffers.

In dit boek zijn enkele waargebeurde feiten over deze overval verwerkt.
Alle personages zijn fictief evenals de verdere gebeurtenissen in dit boek. De waarheid is zo verdraaid dat niemand zichzelf kan herkennen, dit om de privacy van alle betrokkenen te waarborgen.

Daarentegen zijn de emoties waarin je verstrikt kan raken na zo'n traumatische gebeurtenis wel oprecht.
Hopelijk draagt dit boek bij om de samenleving duidelijk te maken, dat slachtoffers van geweld voor de rest van hun leven zijn getekend, ook al is het aan het oppervlakte niet altijd zichtbaar.

Sarah Faber

www.ingramcontent.com/pod-product-compliance
Lightning Source LLC
LaVergne TN
LVHW042102190726

843493LV00006B/1337